그리고
특별한 내 마음

ET MON COEUR TRANSPARENT

by Véronique OVALDÉ

그리고
투명한 내 마음

베로니크 오발데 | 김남주 옮김

muɟintree
뮤진트리

죽은 것처럼 있기,
그것이야말로 그가 힘든 시간을 견디는 방법이다.

I

01

오늘 밤 랜슬롯의 아내가 죽었다.

처음 만난 날, 그가 그녀에게 말했다, 내 이름은 랜슬롯입니다. 그는 정말이지 유감스럽다는 듯 그렇게 말했고, 그녀는 그 안타까워하는 듯한 태도에 호감을 느낀 모양이었다. 그녀는 대답했다. 괜찮다면 난 당신을 랜슬롯(아서 왕 전설에서 원탁기사 중 가장 훌륭한 기사의 이름. 왕비 기네비어의 연인이기도 했다-옮긴이)이라는 이름 대신 폴이라고 부를래요. 그가 자신의 성이 루빈스타인이라고 덧붙이자, 그녀는 웃음을 터뜨렸다. 랜슬롯 루빈스타인이라고요. 아내-당시에는 아직 그의 아내가 아니었지만-의 웃음소리에 그는 약이 오르는 동시에 매혹되었다. 그녀는 팅겨 오르는 듯한 웃음소리를 갖고 있었다. 매끄러운 표면에 닿으면 통통 팅겨 오르는, 사방으로 퍼져나가는 그런 웃음이었다. 랜슬롯 루빈스타인은 생각했다, 이제부터 난 저 웃음 없이는 견디기 어렵겠군. 그녀의 웃음 속에는 따뜻하고 복슬복슬한 그 무엇이 있었다. 아내를 처음 만난 날 저녁 그는 바로 그런 것들을 생각했다. 그러니까 랜슬롯이란 남자는 누군가의 웃음을 따뜻하고 복슬복슬하다고 느낄 줄 아는 그런 사람이었다.

그러니까 오늘 밤 랜슬롯은, 자신에게 폴이라는 이름을 붙여준 아내를 잃은 것이다.

랜슬롯이 아내의 죽음을 알게 된 그날 밤, 날씨는 얼어붙을 듯 춥고 눈보라와 우박이 휘몰아친다. 랜슬롯은 아내와 함께 밀레나 교외의 외진 마을 카타노에 살고 있다. 그러니까 카타노는 밀레나의 위성도시쯤 되는 셈이다. 밀레나는 반경이 수 킬로미터에 이르는 무척 흥미로운 도시로, 대학교 하나, 일요일마다 문을 여는 자극성 기호식품을 파는 술집들, 식품점들(자동차를 타고 가야 하는 대형 슈퍼마켓도 있다), 단편영화제, 극장 두 곳—그중 한 곳은 동물인형극만을 공연한다—이 있다. 그곳의 기후는 거의 일년 내내 춥고 그 추위는 2월에 절정을 이룬다. 카타노 근처의 숲속에는 아직도 곰과 늑대들이 살고, 북극산토끼와 흰담비와 흰여우를 밀렵으로 쉽게 잡을 수 있다. 밀레나에서는 이런 각종 동물 가죽들이 팔려나간다. 거기에는 그런 일을 할 줄 아는 사람들, 그것을 터무니없는 가격에 넘겨받는 이들이 있다.

그날 밤 랜슬롯은 잠을 이루지 못한다. 그는 인조 얼룩말 가죽으로 만든 쿠션을 머리에 고인 채 가죽을 엮어 만든, 좋아하는 소파에 앉아 있다. 그가 볼륨을 낮추고 녹음해둔 톰슨가젤에 관한 필름을 보고 있는데 전화벨이 울리기 시작한다. 그는 미간을 찌푸리며 제기랄, 하고 중얼거린다. 이런 늦은 시각에는 남의 집에 전화하지 않아야 하는 거 아냐. 아이들이 깨면 어떻게 해.

그 순간 그가 걱정한 아이들은 상상속의 아이들이다.

랜슬롯과 그의 아내에게는 아이가 없다. 그런 엄연한 현실에도 불구하고, 그런 부적절한 시각에 울리는 전화벨 소리를 듣는 순간 그의 머릿속에 처음으로 떠오른 것은 상상속의 아이들이다. 그는 미간을 찌푸린 채 수화기를 집어 든다.

여보세요?

랜슬롯 루빈스타인 씬가요? (그의 이름을 발음하는 상대방의 어조에서는 미안함 섞인 주저 같은 건 찾아볼 수 없다. 그 목소리는 랜슬롯에게 자신이 알고 있는 누군가의 목소리를 떠올리게 했다. 혹시 로버트 미첨이 내게 전화를?)

그런데요.

밀레나 경찰입니다.

아, 그러세요? (그 순간 랜슬롯은 자신이 혹시 범칙금 같은 걸 밀리지 않았는지, 차고 안쪽 선반 위에 놓인 공구 상자 속에 대마초 같은 것은 없는지, 자동차 보험 갱신을 제대로 했는지 등등을 떠올린다.)

부인 일로 전화 드렸는데요.

제 아내요?

부인이 있으시죠?

예, 예, 물론입니다. 15분 전에 아내와 통화를 했지요.

지금 당장 오모코 다리로 좀 와주셔야겠습니다.

왜요?

부인께서 사고를 당하셨습니다.

오모코 다리에서요?

그렇습니다.

그럴 리가 없습니다. 사람을 잘못 보신 것 같습니다. 제 아내는 15분 전에 공항에서 비행기를 기다리고 있었거든요(랜슬롯은 가죽을 엮어 만든 소파 속에 편안하게 몸을 기댄 다음 인조 얼룩말 가죽으로 된 쿠션을 집어 들어 배 위에서 끌어안는다). 오늘 저녁 제가 직접 그곳까지 아내를 배웅했지요.

부인 성함이 이리나 루빈스타인 맞습니까?

그렇습니다(랜슬롯은 다른 쿠션을 집어든 데 이어 또 하나의 쿠션을 집어 들어 배 위에 올린다).

그렇다면 가능한 한 빨리 이리로 오시는 편이 좋을 것 같습니다. 사람들이 차에서 부인을 끌어내 데려가기 전에 말입니다. 그러니까…… (상대방은 주저하면서 잔기침을 한다) 병원이 되겠죠? (상대방은 이리나 루빈스타인을 병원으로 데려가야 할지 아니면 다른 어딘가로 데려가야 할지 확신하지 못하는 듯하다.)

랜슬롯은 침을 삼키고, 인조 얼룩말 가죽 쿠션들이 무슨 방패라도 되는 것처럼 배에 대고 끌어안는다. 공포가 그를 점령하는 것이 느껴진다. 공포가 손가락 끝을 통해 들어와서는 손가락 살을 채우고 신경을 따라 올라오는 것을 또렷이 느낄 수 있다. 그 진행을 막고 싶지만, 공포는 이미 거기 와 있다. 그의 온몸과 머릿속을 집어삼키고, 어퍼컷처럼 갑작스럽게 그의 흉골 안에 자리 잡는다. 그는 더 이상 숨을 쉴 수가 없다. 시야가 좁아졌다가(그는 자문한다, 이제 정신을 잃게 되는 걸까?) 다시 넓어진다. 그가 말한다, 곧 가겠습니다. 하지만 그의 입 밖으로는 아무 소리도 나오지 않는다. 이윽고 그는 목청을 가다듬고 소리 내어 말한다, 곧 가지요. 로버트 미첨이 그의 말을 알아들었는지 확신할 수 없지만, 그런 건 중요하지 않다. 랜슬롯은 전화를 끊고 자리에서 일어서서 자동차 열쇠를 집어 들고 차고로 내려온다. 차를 출발시키고 어두운 눈보라 속을 달린다. 그는 상상속의 아이들을 챙겨야 한다는 걸 잊고 있다. 그는 오직 이리나에게, 그의 별, 그의 보물, 그의 빛에게 달려가는 것에 집중한다. 벌써 스며드는 불안을 떨쳐버리려 애쓰며 이렇게 중얼거린다, 아닐 거야, 아니고말고. 그 말이 몸 안에 들어 있기라도 한 것처럼 그는 이를 악물고 중얼거린다. 말의 리듬이 그의 몸에서 울리는 또 다른 이명 같다. 그는 속도를 높인다. 더 빨리 달리기 위해, 이런 상황에 어울리지 않게 환희에 차서 맴돌고 있는 눈보라를 더 잘 보기 위해 핸들에 몸을 갖다 댄다. 랜슬롯은 생각한다, 더 빨리 달릴 수 있다면, 시간을 되돌려 그의 삶에 이 비극이 닥치기 이전으로 돌아갈 수 있다면 얼마나 좋을까. 그는 예감한다. 이제 이 비극이 그의 삶을 온통 지배하리라는 것을.

02

랜슬롯이 이리나를 만났을 때 그는 이미 결혼한 상태였다.

하지만 아내 엘리자베스와 함께 지내는 일상은 그를 점점 더 혼란스럽게 만들었다. 이 여자와 무엇을 제대로 만들어낼 수 있을까? 이 여자와 뭔가를 한다는 게 과연 가능할까?

엘리자베스는 교사였다. 그런 직업을 갖게 된 후 그녀는 누구에게나 아주 특별한 방식으로 말하는 습관을 갖게 되었다. 그러니까 자신이 맡은 아이들과 가깝게 지내는 어른들을 혼동하고 있는 듯했다. 예를 들어 그녀는 랜슬롯에게 이렇게 물었다. 그 맛있는 초콜릿 과자를 좀 만들어줄 수 있겠어(그녀는 마치 받아쓰기 문제를 부르듯이 음절을 하나씩 떼어 발음했고, 얼굴의 주름을 강조하기 위한 복잡한 운동이라도 하는 것처럼 힘들여 인상을 썼다)? 럼주 같은 건 물론 넣지 말고, 번거롭지 않다면 아이들이 먹기에 편하도록 같은 크기로 잘라주었으면(이 대목에서 그녀는 보이지 않는 칼을 오른손에 들고 있는 흉내를 냈다) 좋겠는데.

랜슬롯은 그런 아내를 바라보면서, 그녀와 도대체 무엇을 할 수 있을지를 자문한 다음, 초등학교 사육제를 위해 자신의 특기인 초콜릿 과자를 만들었다.

랜슬롯은 대개 집에서 하루 종일을 보냈다. 그는 출판할 책들의 원고를 교정하는 편집자였다. 아침 일찍 엘리자베스가 출근하자마자 책상에 앉아 일을 시작해서, 11시 30분경 일손을 놓고 점심으로 먹을 샌드위치를 만들고, 라디오를 켜고 그 시간에 하는 정치풍자극을 들은 다음, 라디오를 끄고 창가로 가서는 선 채로 꼬마오이(그의 턱에 경쾌한 느낌을 선사하고 입 안 가득 침을 돌게 하는)를 잔뜩 넣어 만든 샌드위치를 먹으면서 뜰의 나무 아래서 벌어지고 있는 일들을 지켜보았다. 그 녹나무 아래에서는 많은 일들이 일어났다. 참으로 특별한 나무였다. 랜슬롯과 그의 아내는 그때 대도시 카메론에 살고 있었다. 그 나무는 과거 전쟁 동안의 폭격과 유독가스 공격, 그리고 그 지역의 다른 모든 녹나무들을 고사시킨 변종 바이러스의 창궐에도 기적적으로 살아남았다. 랜슬롯은 그 녹나무를 몇 시간이고 지루해하지 않고 지켜볼 수 있었다. 거기에는 고양이 몇 마리가 살고 있었다(어쩌면 고양이가 아니라 주머니쥐일지도 몰랐다. 분명한 건 몇 마리가 머리를 아래로 하고 꼬리로 나뭇가지를 감은 채 자고 있었다는 것이다. 그 사실은 그들과 그 나무에 사는 새들과의 동거—

암묵적인 협조-를 증명한다). 랜슬롯은 고개를 아래로 숙인 채 창문 손잡이를 붙잡고는 바닥에 발을 붙이고 최대한 몸을 움직이지 않으려 애쓰면서 그 녹나무를, 주머니쥐인 척 하는 고양이들을 바라보았다.

그는 미풍에 살랑거리는 나무 사이 햇살들을 주의 깊게 살펴보았다. 그림자들이 랜슬롯 주위에서 미묘하게 흔들리고 있었다. 그 녹나무를 오랫동안 응시한 다음 그는 다시 일로 돌아와 교정쇄를 읽었다. 그럴 때면 어린 시절, 바로 옆의 주방에서 저녁을 짓고 있는 엄마를 의식하며 차오르던 충만함과도 흡사한 환희를 느꼈다(자신의 느낌을 정확히 감지하려 애쓰면서 그가 떠올리는 것은 바로 그런 것이었다. 그러니까 랜슬롯은 스스로의 느낌을 명확히 감지하고 싶어 하는, 그런 사람이었다). 그는 중얼거렸다, 이 느낌은 어렸을 때 엄마가 저녁을 짓고, 나는 라디오에서 들려오는 알아듣기 어려운 소리를 듣던 그 순간을 떠올리게 해. 그런 때는 참 기분이 좋았지, 지금처럼 말이야…… 그는 미소를 짓고, 그 그윽한 즐거움을 음미하며 의자의 등받이에 잠깐 몸을 기댔다. 그런 때면 그는 아내 엘리자베스가 곧 집에 돌아오리라는 것, 그녀가 마치 다섯 살짜리에게 하듯 자신을 가르치려 들리라는 것을 가까스로 잊을 수 있었다.

그가 자신의 삶에 커다란 구멍이 뚫려 있음을 깨달은 것은 이리나를 만나면서였다.

03

어느 날 엘리자베스는 학생들과 여행을 떠났다.

그들은 텐트와 스카프를 챙겨서 자동차 한 대에 꽉 차게 타고 야영을 떠났다. 엘리자베스가 밤마다 직접 재봉틀을 돌려 만든 스카프였다. 그녀가 천 조각들을 늘어놓고 이해할 수 없는 기준으로 분류하는 동안, 랜슬롯은 최후의 공룡이나 맹수들에 관한 방송을 보았다. 그런 방송은 아내의 원대한 작업을 이해하는 데 아무런 도움도 되지 못했다. 아내가 스카프의 천과 무늬를 어떤 기준으로 선택했는지, 아이들 중의 하나가 크레바스 속으로 굴러 떨어져 구조를 요청할 경우, 그 다채로운 빛깔의 스카프가 교관들이 아이들을 식별하고 구조하는 데 얼마나 큰 도움이 되는지를 설명하는(그런데 그에게 설명한 것일까?) 소리가 불분명하게 들려왔다(방 안에는 그

이외에는 다른 사람이 없었다). 랜슬롯은 아내의 말에 건성으로 고개를 끄덕이면서, 운석이 떨어져 멕시코의 마지막 공룡들이 멸종하는 장면을 보았고, 머리 한 구석으로는 다음날 만들 콩과 설탕을 넣은 참치조림의 조리법을 생각했으며, 또한 아찔한 속도로 거실을 벗어나 어린 시절로 돌아가 귀여운 사촌 미미와 함께 보냈던 달콤한 순간들을 떠올렸다. 미미는 성인 만화를 즐겨 보고, 그에게 육체의 다양한 매력을 가르쳐준 퇴폐적인 일면을 지닌 친척 누이였다. 그는 어린 학생들을 위해서는 정신이 좀 이상한 교사와 산행을 하는 것보다 훨씬 교육적인 다른 활동들이 많을 거라고 생각했다. 그는 간간이 아내 쪽으로 눈길을 던지며 저 여자가 바로 내 아내야, 라고 스스로에게 되뇌면서 그 말의 의미를 뇌리에 새긴 다음, 아내가 눈치채지 못하게 한숨을 내쉬고는 도대체 어느 순간 이 모든 게 궤도를 벗어날 것인지 자문했다.

⚜

그 다음다음날 엘리자베스가 떠나고 나자 랜슬롯은 텅 빈 아파트 안을 서성거렸다. 처음에는 커다란 즐거움에 차서, 그 다음에는 아무런 걱정 없이.

갑자기 찾아온 평온함을 좀 더 누리기 위해 그는 그의 삶을 채우고 있는 가구들을 관찰하기 시작했다. 그는 흐뭇한 기분으로 이 방저 방을 옮겨 다니며 마치 가구들을 새로 발견하기라도 한 것처럼 손은 대지 않고 하나하나 눈으로 살펴보면서 정말 아끼는 것들, 불필요해 보이는 것들, 스웨덴제 가구들의 목록을 작성했다(진짜 싸움이 일어날 경우 그것들을 그냥 두고 갈 것인가 아니면 그중 몇 가지를 건질 것인가?). 랜슬롯은 팔짱을 끼고 좋아하는 가구들의 순위표를 작성했다. 거기에는 그를 행복하게 해주는 이사무 노구치의 테이블, 샤를로트 페리앙의 책꽂이, '빌라 사부아 모형'(사부아 부부와 아들 로저를 위해 르 코르뷔지에가 지은 주말 주택. 근대 건축의 전범으로 꼽히나 실제 거주에는 문제가 많았다고 한다─옮긴이) 안에 있는 것과 혼동할 정도로 비슷한 소파가 있었다. 멋진 무덤이나 다름없는 그 아파트를 선택하고 구입하고 장식하고 유지하느라 평생이 걸린 것이다.

그 특정한 날을 떠올릴 때면 랜슬롯은 언제나 그날 아침이 시작될 무렵 뭔가 특별한 점이 없었는지, 그 날이 그의 삶 전체를 뒤흔들게 될 것임을 시사하는 징후 같은 게 없었는지, 햇빛에 특별한 뭔가가 깃들어 있지 않았는지, 뜰의 녹나무 아래서 여느 때와 다른 일이 벌어지지 않았는지, 세상의 소란스러움이 여느 때와 다르지 않았는지 기억을 되살리려 애썼다.

그가 이리나를 처음 만난 바로 그날 말이다.

그 일이 일어나고 나자 그 특별한 날이 다른 평범한 날들처럼 시작되었다는 게 그에게는 믿어지지 않았다.

그날 그는 일을 시작해 11시경 교정쇄의 재교를 마치고 그 사실을 알리기 위해 담당 편집자에게 전화를 걸었다.

안녕하십니까. 랜슬롯입니다.

아, 잘 지내세요, 랜슬롯?

그렇습니다…… 음…… 재교를 끝냈는데요…… (그는 어째서 이 편집자와의 전화 통화에서는 언제나 음 하는 소리를 내게 되는 걸까 하고 자문했다. 아마도 그 남자가 그를 불편하게 하고, 그런 불편함 때문에 그는 상대방에게 한심한 소리들을, 교정자들의 삶이란 사회부적응자들의 삶과 다를 바 없음을 확인시켜줄 뿐인 말들을 늘어놓게 되는 듯했다.)

그럼 이제 춤이라도 추시죠, 편집자가 참신한 유머라도 되는 듯 그에게 대답했다.

뭐라고요?

아니, 아니에요, 아무것도 아닙니다, 랜슬롯…… 농담을 했을 뿐이에요. 전 그저 다음 월요일까지는 당신에게 맡길 교정쇄가 없다는 말을 하려던 겁니다. 사람을 보내서 재교지를 가져오게 하지요.

아닙니다, 랜슬롯이 전화기가 놓인 서랍장 위에 걸터앉은 채 녹나무를 힐긋 건너다보며 대답했다. 제가 외출해야 할 것 같으니…… 교정지를 가져다 드리죠.

그래요? 시내에 나오시려고요? 편집자는 놀라움이 서린 어조로 호감을 표시했지만, 그의 말을 들은 랜슬롯은 상대가 자신을 국외자로 간주하고 있다고 확신하기에 이르렀다.

예. 꼭 그런 건 아니지만요.

원하신다면 그렇게 하십시오.

잠시 후에 뵙겠습니다.

랜슬롯은 전화를 끊고, 그 녹나무를 바라볼 때면 언제나 그렇듯

이 다시 마법에 빠졌다(하얀 티티새 한 쌍이 그 나무에 앉아 있었다). 그는 창가로 다가가 고개를 끄덕인 다음 양쪽 창을 열어젖히고 잠들어 있는 나무의 소리에 귀를 기울였다. 이윽고 그는 몽상에서 깨어나 준비해둔 크라프트지로 된 봉투를 집어 들어 이전 수취인(그 자신!)의 이름을 연필로 문질러 지운 다음 스웨터를 입고 밖으로 나왔다.

집에서 나오기 직전 현관에서 무엇인가가 그의 관심을 끌었다. 여기 분명히 옷장이 있었는데, 하고 그가 중얼거렸다. 그는 한순간 어리둥절했다. 만약 그 옷장이 사라졌다면, 그 안에 있는 것들까지 모조리 사라져버린 걸까?

랜슬롯은 믿을 수 없다는 듯 입을 비쭉 내밀고 그 자리에 없는 옷장에게 인사라도 하듯 고개를 끄떡여 보인 다음 밖으로 나와 문을 닫았다. 그는 옷장이 사라진 것에 놀라지 않았다. 랜슬롯의 세계는 가변적이고 불안정해서 사물들이 갑자기 나타나기도 하고 사라지기도 했다. 그는 그 법칙을 이해할 수 없었지만 쉽사리 받아들일 수는 있었다. 랜슬롯은 사물들이 길을 잃고 헤맨다는 사실이 좋았다. 그것은 그에게 세상에 또 다른 차원이 존재한다는 것을 은밀한 가운데 환기시켜 주었다.

⚜

그는 미세한 흰색 드롭스 같은 벚꽃잎이 눈송이처럼 흩날리는 거리로 나왔다. 날씨가 무척 포근해서, 그는 출판사까지 걸어가기로 마음먹었다. 걸어서 그곳까지 가려면 한 시간 정도가 걸리겠지만, 어쨌든 그는 다음번 교정 일까지 비어 있는 시간에 뭘 할 것인지 아직 계획이 없었다. 그저 고양이들이 이 가지 저 가지로 풀쩍 옮겨가는 것을 바라보거나, 탐정 소설(물론 애거서 크리스티 같은 고전적인 것으로)을 읽거나, 녹차를 마시는 것 정도일 터였다. 사교 생활이 주의력을 분산시킨다고 생각해 랜슬롯은 사람들을 만나는 것을 피했다. 배려와 우정과 상대를 위한 시간을 요구하는 사교 생활이 그에게는 바람직하게 여겨지지 않았던 것이다. 랜슬롯은 아내가 학교에 가 있는 시간 동안의 쾌적한 고독—다른 사람들이 스포츠에 탐닉하거나 분재에 정성을 기울이듯이—을 즐기고 있었다.

잠시 걷다 보니 꽃집이 나왔다. 지나치다 싶은 당초 문양에 "그는 한 송이 장미였다……"(말줄임표가 가게 이름에 들어 있었다)라는 영어 문장을 손글씨로 써놓은 간판이 달려 있었다. 걸음을 멈춘 그는, 물을 채운 투명한 비닐 봉투 속에서 참을성 있게 기다리고 있는 포장된 꽃다발들을 바라보았다. 가게 안에서 주인이 달려 나왔다. 랜슬롯은 그에게 물건을 사려는 것이 아니라고 손짓한 다음, 절도 있는 걸음걸이로 다시 걷기 시작했다. 하지만 그는 다시 걸음을 멈추지 않을 수 없었다. 공중에서 뭔가가 떨어져 그의 머리를 강타했던 것이다. 길이 25센티미터, 높이 10센티미터 쯤 되는, 벨벳 벽지를 연상시키는 부드러운 재질로 된 물건이었다. 그러니까 그것은 가죽의 이면, 곧 스웨이드로 된 것이었는데 사실 랜슬롯으로서는 아무것도 연상할 수가 없었다. 가죽의 이면이라고 하면 가죽의 내부를 말하는 것일 텐데, 가죽의 내부가 벨벳처럼 그렇게 보드랍다는 걸 어떻게 알 수 있겠는가. 그러니까 그리 크지도 작지도 않은, 10센티미터 짜리 금속 굽이 달린, 부드러운 재질로 된 무엇인가가 랜슬롯의 머리를 강타한 것이었다.

굽에 맞은 그의 두상에 살짝 홈이 패인 것 같았다.

랜슬롯은 놀라움과 아픔으로 외마디소리를 내질렀다. 그는 고개를 들어 올리고 싶었지만 왼쪽 눈의 한 귀퉁이로 들어오는 강한 햇빛 때문에 순간 현기증을 느꼈다. 그는 고개를 숙이고 도랑에 굴러 떨어진 문제의 물건(23.5센티미터 짜리 아주 우아한 여자 구두)을 주워들었다. 그는 그것을 주의 깊게 살펴보면서 생각했다, 완벽한 물건이군. 그 순간, 머리 위에서 비명 소리가 들려왔다.

그는 그 구두의 주인을 볼 수 있을지도 모른다는 기대를 안고 고개를 들었다. 그 사람이 구두의 완벽함에 어울리는 여자였으면 좋겠다고 그 자신도 모르게 기대하면서.

건물의 3층에 있는 창문 하나가 열려 있을 뿐 사람은 보이지 않았다. 상당히 대담한 추측이기는 해도, 그 구두는 하늘에서 떨어진 것이 아니라면 그 창문에서 떨어졌을 가능성이 높았다.

랜슬롯은 고개를 든 채 그 창문을 바라보며 잠시 망설였다. 이윽고 그는 열려 있는 건물 현관문을 향해 단호한 걸음으로 걷기 시작했다. 랜슬롯 같은 남자에게 그런 행동은 아주 특별한 일이었다. 그는 오래전부터 수동적으로 살기로 결심한 사람이었다. 무기력을 좋아하는 탓에 종종 지배당하고 의존해야 하는 상태에 놓였지만, 그럼으로써 느릿하고 쾌적한 여유를 얻을 수 있었고, 그것이야말로 그에게는 몹시 귀한 것이었다. 그것은 사물들 곁에서 아주 가볍고 기분 좋게 살 수 있는 하나의 방법이었다. 타인에 대한 평화로운 방심이랄까.

타인에 대해 견지하고 있는 그런 고요한 배타성에 어울리지 않게, 식물처럼 수동적인 삶에 대한 그의 선택에 어울리지 않게, 자신이 무엇을 산산조각 내고 있는지 더 이상 생각하지 않은 채 그는 건물 문을 밀고 안으로 들어갔다.

포석이 깔린 안마당에는 음울한, 하지만 어이없게도 분홍빛인 수국들이 육중한 화분에 담겨 놓여 있었다. 앞서 말한 창문이 있는 층으로 올라가기에 꼭 어울리는 것처럼 보이는 층계가 나왔다(계단 하나하나가 얼마나 닳았는지 표면이 움푹 패여 난간 쪽이 기묘하게 기울어진, 어이없는 층계였다. 거기를 올라가는 가장 좋은 방법은 층계참에 이를 때 난간이 흔들리는 것을 조심하면서 벽을 타고 올라가는 것이었다). 랜슬롯은 계단을 올라가며 생각했다, 내가 이 건물에서 무사히 나갈 수 있을까. 두 번째 층계참을 지난 그는 맞을 거라 짐작되는 문을 노크했다(안에서는 요란하게 물건을 옮기는 소리가 들려오고 있었다). 잠시 기다려도 대답이 없자 그는 다시 노크를 하며 고개를 숙여 문패의 이름을 보았다. 이리나 아무개라고 씌어 있었다. 그가 그런 불리한 자세(목을 내밀고 등을 굽힌)로 고개를 숙이고 있는데, 갑자기 문이 열리더니 한 여자가 나타나 그를 쏘아보았다.

뭐죠? 여자는 그가 15센티미터밖에 떨어져 있지 않은데도 소리를 질렀다.

구두 때문에 왔는데요, 랜슬롯은 침착(그의 어머니라면 그 태도를 그렇게 표현했을 터였다)을 유지하려 애쓰면서 오른손에 쥔 문제의 구두를 흔들었다. 혹시 있을지도 모르는 다른 충격에 대비해 교정지 봉투를 끼고 있는 왼쪽 옆구리에 힘을 주면서.

무슨 구두 말인가요?

인도에 이게 떨어졌더군요(랜슬롯은 퉁명스럽게 말하는 여자 앞에서 문득 피로가 몰려오는 것을 느꼈다). 제 머리를 때린 다음 말입니다.

그런데요?

이 구두가 이 집 창문에서 떨어진 것 같아서요.

젊은 여자는 그와 구두를 번갈아 바라보더니 이윽고 그의 말을 알아들은 모양이었다. 그녀는 몸을 반쯤 돌려 아파트 안에 대고 소리를 질렀다, 멍청이 1호, 여기 멍청이 2호가 있어(그 말에 랜슬롯은 꿀꺽 침을 삼켰다). 자기 머리 위에 떨어진 네 애인 구두를 주워 왔단다. 혹시라도 내 눈에 띌까봐 창밖으로 그걸 집어던진 거니?

랜슬롯은 생각했다, 난 가보는 게 좋겠군.

그 여자보다 훨씬 나이가 많아 보이는 남자 하나가 출입구에 면한 방 중의 하나에서 얼굴을 내밀었다. 랜슬롯은 조금 전에 했던 생각을 다시 했다, 난 가는 게 낫겠어. 남자가 여자와 랜슬롯을 바라보았다. 당신 그 사람 알아? 남자가 젊은 여자에게 물었다. 랜슬롯은 피로감이 더욱 심해지는 것을 느꼈다. 그때 누군가 그에게 나이를 물었다면 그는 백두 살이라고 대답했을 것이다. 그는 그날 하루가 어떻게 시작되었는지를, 땅바닥에 흩뿌려진 벚꽃잎들을 생각하고 한숨을 내쉬며 말했다, 난 그만 가봐야겠습니다. 그가 남자에게 구두를 던지자, 남자는 한쪽 손을 내밀어 그것을 받았다. 당신 물건이니 받으시지요, 랜슬롯은 위엄 있게 들리기를 바라며 또박또박 말한 다음 돌아섰다. 그는 올라갈 때와 같은 방법으로 조심스럽게 층계를 내려와, 안뜰의 짓눌린 듯한 수국들 앞을 지나, 조용한 거리로 나왔다. 그제야 그는 돌로 지어진 오래된 그 건물 안이 지하실처럼 한기에 차 있었다는 것을 깨달았다. 랜슬롯은 몸을 부르르 떨고는 중얼거렸다, 도대체 내가 무슨 쓸데없는 짓을 한 거지? 그는 그 난처한 사건이 일어나기 직전 누리던 유쾌한 기분을 되찾으려 듯 대기를 들이마시며 잠시 두 눈을 감았다. 스스로에게 집중해 이따금 길 한복판에서 그를 강타하는 순간적인 고통(그 억압된 고통은 그를 즉각 어린 시절의 한 때로 되돌려 보내곤 했다. 난 조용하고 진지하고 이해받지 못하는 소년이야. 삶에 대해 벌써 향수를 느끼고 있다고)을 퇴치하기 위해서였다. 이윽고 그는 교정지 봉투를 낀 옆구리에 힘을 주면서 조금 전의 차분한 기분을 되찾으려 애썼다. 마치 그 기분이 미립자들로 이루어져 미풍 속으로 흩어져버리기라도 할 것처럼. 그런 다음 편안하게 숨을 들이쉬었다가 내쉬었다(루빈스타인 씨, 지나치게 가쁜 호흡은 위험합니다. 당신은 너무 강하고 빠르게 숨을 쉽니다. 그럴 때 어떤 일이 일어나는지 보세요. 고통 속으로 빠져 들어가는 거죠). 점차 마음이 편안해지는 것이 느껴졌다.

랜슬롯은 평정을 되찾고 다시 걸음을 떼어놓았다. 그때였다. 그의 뒤에서 건물의 현관문이 열리더니 그에게 문을 열어주었던 3층의 그 불쾌한 여자가 밖으로 나왔다. 여자는 옷을 미처 여미지도 못한 채 눈으로 황급히 누군가를 찾는 것 같더니 랜슬롯을 발견하자 두 팔을 흔들며 달려오기 시작했다. 그녀는 전투적인 걸음으로 그를 향해 다가오고 있었다. 그것을 보고 그는 한숨을 내쉬었다. 그는 생각했다, 이런, 안 돼. 그 말을 입 밖에 내지 않았음에도 그의 태도가 어찌나 절망적이었던지 3층의 여자는 조심스럽게 걸음을 늦추며 그의 표정을 살폈다. 둘 사이의 거리가 상당히 가까워지자 그녀가 말했다.

죄송하다고 말하고 싶어서요……

오, 별 거 아닙니다, 랜슬롯이 습관이 된 공손한 태도로 여자의 말허리를 잘랐다.

아니에요, 별 거 아닌 게 아니에요.

여자가 그를 바라보자, 랜슬롯은 처음으로 여자를 제대로 바라보았다. 그 순간 그는 소리 없는 신음을 내지르지 않을 수 없었다. 그는 생각했다, 오늘은 아주 평화로운 날이 될 수도 있었지. 그런데 지금 그의 앞에는 특별한 눈에 올리브빛 피부, 한 가닥 한 가닥이 살아 있는 것처럼 넘실거리는 검은 머리카락, 활처럼 휜 속눈썹을 가진 젊은 여자가 서 있는 것이 아닌가. 그 존재가 어찌나 감동적이었던지 랜슬롯은 하마터면 눈물이 나올 뻔했다. 그는 생각했다, 이건 보석이군. 그는 여자가 혹시 그 완벽한 구두의 나머지 한

쪽을 신고 있는지 보기 위해 그녀의 발을 바라보았다. 그녀는 그와 는 다르지만 역시 완벽한 구두(아주 작은 금빛 옆장식에다 뾰족한 잿 빛 굽이 달린 빨강 하이힐)를 신고 있었다. 그는 하마터면 신음을 내 지를 뻔했다. 여자는 베이지색 비옷(그의 어머니는 언제나 그것을 담 황색 비옷이라고 불렀다)을 입고 있는 그 아가씨(이제 그녀는 그에게 더 이상 아줌마가 아니었다)는 아름다운 얼굴과 이상적인 구두를 갖 고 있었고, 랜슬롯을 사랑에 빠지게 하는 데에는 그 둘만으로 충분 했다. 랜슬롯은 말없는 가운데 절망에 휩싸였다. 거대한 피로가 그 를 점령했다. 그는 평정을 되찾기 위해 눈길을 들어 대로의 커다란 가로수들, 그 살랑거리는 잎사귀들을 올려다 보고는 한숨을 내쉬 었다. 여자의 말소리가 들려왔다.

제가 잠시 함께 걸어도 될까요?

그가 더 이상 아무 말도 하지 않고 다시 걷기 시작하자, 여자는 그와 보조를 맞추어 걷기 시작했다. 그 순간 랜슬롯은 바로 그렇게 생각했다, 이 여자가 나와 보조를 맞추어 걷는군. 그 표현이 그의 마음에 들었다. 그는 완벽한 구두를 신은 그 아가씨와 나란히 걷는 것이 정말 특별한 일이라는 것을 깨달았다. 그는 생각했다, 다들 우리를 바라보는군. 모두들 나를 부러워한다는 뜻이지. 그런 한 줄 기 자부심을 느끼며 그는 평정을 되찾았다. 그는 중얼거렸다, 랜슬 롯, 랜슬롯, 랜슬롯, 허황된 상상 같은 건 하지 마. 그들은 그렇게 함 께 걸었다. 그는 여자의 보조에 맞추기 위해 걸음을 늦추었다.

04

하지만 엘리자베스가 돌아왔다. 코는 햇볕에 붉게 탄채, 배낭과 돗자리, 등산화를 줄줄이 들고 아파트에 도착했다. 랜슬롯은 책상에서 일어섰다. 그녀를 맞기 위해, 아니 희귀한 종류의 딱정벌레처럼 집안을 뱅뱅 돌아다니기 시작하는 그녀를 지켜보기 위해.

아파트 안에 발을 들여놓자마자 엘리자베스는 이야기를 하기 시작했다. 랜슬롯은 그녀가 결코 입을 다물지 않을 것이라고 추측했다. 그는 그저 곁을 지나가면서 토막난 문장들만을 알아들었을 뿐이었다. 그는 고개를 숙이고 생각했다, 더 이상 이렇게 살 순 없어. 이런 생각은 당연히 최근(사흘 전에) 이리나를 만났기 때문에 갖게 된 것이다. 그 만남에 어찌나 동요되었던지 이제 그에게는 이전의 삶으로 돌아간다는 것이 있을 수 없는 일 같았다. 그는 자신도 모르게 아내에게 단도직입적으로 이렇게 말하면서 놀라지 않을 수 없었다.

옷장이 사라졌어(그러면서 그는 눈썹을 치켜 올리고 어깨를 으쓱해 보였다. 그건 중요한 일도 아니고 그는 그 일에 아무 책임도 상관도 없다는 듯이).

아내는 그의 말에 대답하지 않았다. 그녀는 발치에 온갖 물건들을 내려놓은 채 그 자리에 서 있었다. 그녀의 팔은 보통 사람들의 팔보다 훨씬 길었다. 그래서 확신에 차서 움직일 때면 그녀의 동작에는 인도의 무희 같은 기묘한 우아함이 깃들었지만, 온갖 물건들을 바닥에 내려놓느라 어정쩡하게 몸을 굽힌 지금 같은 순간에는 심기가 불편한 긴꼬리원숭이 같은 느낌이 있었다.

옷장이 버뮤다 삼각지대로 간 모양이야, 랜슬롯이 웃으며 말했다. 그는 어떤 책에서 발견한 이 표현이 재미있게 여겨져서 사용했지만, 아내가 그에게 던지는 눈빛을 보면 별 효과를 내지 못한 모양이었다. 사실 그는 아내가 웃음을 터뜨리기를 기대한 것도 아니었다. 그저 알아들었다는 고갯짓이면 만족했을 터였다. 하지만 그녀는 그저 암묵적인 동조의 표시로 눈을 동그랗게 뜨고 그를 바라보았을 뿐이었다.

그 상황 전체가 그로 하여금 가능한 한 빨리 그곳으로부터 도망쳐야 한다는 생각을 굳히게 했다.

그는 생각했다, 나의 이리나, 나의 공주, 나의 새로운 보석이 시내 저편에서 날 기다리고 있어. 그녀를 만나고 싶어 속에서 불이 날 지경이야(실제로 그는 수십 마리의 성게가 달라붙은 것처럼 몸의 말단부위들이 날카롭게 따끔거리는 것을 느꼈다).

영원히 만나지 않고 평행을 달리는 사랑의 응답은 늘 부적절한 법. 랜슬롯은 자신의 결정을 단단히 해줄 신호들만을 찾고 있었다. 엘리자베스가 어떻게 나오든 간에, 그녀와 상관없이 그의 결정은 바뀌지 않을 터였다. 그녀의 말 한 마디 한 마디, 그녀의 동작 하나하나가 그를 그녀로부터 멀어지게 만들고 그를 좀 더 단호해지게 만들었다.

도대체 무슨 말을 하는 거야? 엘리자베스가 물었다.

그런 다음 그녀는 다시 혼잣말 같은 이야기를 늘어놓으면서 방안을 왔다 갔다 하며 물건을 정리하고, 주방으로 가서 과일 주스를 마셨다. 랜슬롯은 그런 그녀를 따라다니며 동작 하나하나를 기억 속에 새겨놓으려는 듯이 관찰했다. 냉장고를 열었다가 팔꿈치로 팅겨 닫는 그녀의 버릇, 모든 것을 깨끗하게 해두지 않고는 못 배기는 그녀의 집착 같은 것을 기억해두려는 듯이. 엘리자베스는 주스를 마시자마자 컵을 씻어놓고는 방안을 맴돌면서 지치지도 않고 다녀온 여행 이야기를 이어나갔다. 랜슬롯이 알아듣든 말든 거의 신경 쓰지 않은 채. 실제로 랜슬롯은 단 하나의 문장도 제대로 알아듣지 못했다.

이윽고 그녀가 침대 위에 물건들을 모조리 끄집어내놓는 동안, 랜슬롯은 말했다(부부침대를 보자 랜슬롯은 문득 구토증 이상의 것이 치밀어 오르는 것을 느꼈다. 그 침대에 누워 왼편에 엘리자베스를 두고 또 한 밤을 보낸다는 게 그에게는 참을 수 없게 여겨졌다).

난 떠나겠어, 이리나.

그러니까 그가 이름을 혼동하는 바람에 전달하고자 하는 바가 기묘한 것이 되어버렸다. 엘리자베스가 고개를 들더니 이렇게 말했다.

내 이름은 이리나가 아닌데.

시간의 흐름을 되돌려 그 순간의 실수를 무마하기 위해, 최소한의 위엄을 되찾기 위해, 헤어지는 아내에게 새 애인의 이름을 가르쳐주지 않기 위해 랜슬롯은 모든 수단을 동원하고 싶었다. 그가 말을 더듬자, 그녀는 망설이는 듯했다. 읽고 있는 책, 교정중인 소설 속 인물의 이름과 혼동했다는 랜슬롯의 말을 그대로 믿어주어 그를 곤경에서 구해줄 것인가? 하지만 그녀는 그러지 않았다. 그녀가 그렇게 해줄 이유가 어디 있겠는가? 그저 이렇게 간략하게 대답했을 뿐.

어쨌든 여기서 당신이 가져갈 것도 거의 없잖아.

그녀는 집안 전체를 가리켰다. 그래서 랜슬롯은 노구치 테이블과 샤를로트 페리앙 책꽂이에 대한 소유권을 주장할 수가 없었다.

이 모든 걸 전리품 정도로 생각하자고, 그녀가 단호히 말했다.

그녀가 그를 정면으로 응시했을 때, 그는 그 옛날 길고 하얀 팔을 지닌 그 여자에게 느꼈던 감정이 되살아나는 것을 느꼈다. 그는 아내의 말에 아무 말도 덧붙일 수 없었다. 그저 이렇게 말했을 뿐이다, 좋아, 좋고말고. 마치 그녀가 그에게 이런 결정을 강요하기라도 한 것처럼. 그는 몸을 돌려 복도를 가로질러 거실로 가서는 아직 손을 대지 못한(당연히 이 모든 혼란과 동요 때문에) 새 교정지 더미를 집어 들었다. 그러면서 그는 괘종시계 역시 사라져버렸다는 것을 깨달았다. 아파트 현관문으로 다가가는 동안, 집안에 놓인 물건들이 눈앞에서 스르르 사라지는 것 같은 느낌이 들었다. 물건들과 함께 사라지지 않기 위해서는 달리기라도 해야 할 것 같았다. 그는 걸음을 빨리 했다. 그의 오른쪽에서 옷장이 이미 흐릿해진 채 모습을 감추고 있었고, 우산대는 이미 흔적도 찾을 수 없었다. 랜슬롯은 문까지 달려가 얼른 문을 열고 등위에서 닫았다. 지나치게 큰 소리를 내지 않으려 애쓰면서. 쾅 소리를 내며 문을 닫을 이유가 어디 있는가. 엘리자베스는 화를 내지도 않았고, 그의 하얀 셔츠 자락을 붙잡지도 않았다. 그는 그 자리에 가만히 서서 모든 것이 문 저쪽으로 삼켜져버렸음을 실감했다. 그는 귀를 기울였다. 처음에는 아무 소리도 들리지 않았다. 이윽고 신음소리 같기도 하고 작은 동물의 울음소리 같기도 한 소리─덫에 걸린 생쥐의 약한 비명 소리를 연상시키는─가 들려왔다. 그는 한 걸음 뒤로 물러나 이중으로 잠긴 그 나무문, 그에게 몹시 익숙하게 여겨지는 문 앞에 잠시 서 있었다. 그것은 다시 돌아올 수 없으리라는 확신과 더불어 이타카를 떠나는 느낌이었다. 랜슬롯은 한숨을 내쉬고 생각했다, 난 여자랑 헤어지는 데는 영 소질이 없어. 마치 자신의 숫기 없음과 서투름, 그리고 결별의 경험이 초라할 뿐 실제로는 여자를 버리는 버릇이 있는 사람처럼.

랜슬롯은 층계를 내려와 뜰로 나왔다. 녹나무는 여전히 그 구역의 모든 고양이─그러니까 주머니쥐─들을 품고 있었다. 하지만 그는 걸음을 멈추고 나무 아래에 서 있을 시간이 없었다. 건물 현관을 지나 거리로 나온 그는 경쾌하고 자유로운 기분에 휩싸였다−이제 그가 가진 것은 교정지 뭉치와 신고 있는 운동화 그리고 팔꿈치에 다른 천을 댄(엘리자베스가 수선해준) 흰 셔츠뿐이었다.

그는 이리나의 집을 향해 걷기 시작했다.

05

이리나의 집으로 가는 동안 랜슬롯은 줄곧 아내 엘리자베스 생각을 했다. 배우자와 정부는 비교하지 않는 것이 좋다. 배우자가 항상 우월한 위치에 있는 법이니까. 어머니는 그에게 남자는 아내 곁에 머물기 위해 정부를 갖지만, 여자는 남편을 떠나기 위해 정부를 갖는 거라고 입버릇처럼 말했다(그의 어머니는 그런 일에 대해 뭔가 알고 있었다. 랜슬롯의 유년기를 통틀어 어머니가 남자 곁을 떠나고 남자에게 버림받는 일이 반복되었다. 어머니는 유부남이자 한 집안의 가장인 남자를 사귀어 그가 집에서 나오기를 4년 동안 기다렸다. 하지만 그 남자는 결국 두 아들과 임신한 아내를 데리고 마요르카로 가서 그곳에 정착했다).

그렇다면, 이리나를 만나 아내 곁을 떠난 자신에겐 여성적인 면이 있는 것일까, 랜슬롯은 생각했다.

　그는 걸었다. 그의 다리가 독특한 리듬에 따라 움직이고 있었다. 오늘, 나는 아내 곁을 떠났다.

　그는 길을 건넜다. 그의 다리가 줄곧 움직이고 있었다. 오늘, 나는 아내 곁을 떠났다.

　문득 아내와의 첫 만남이 떠올랐다. 누군가 머리를 한 대 때리기라도 한 것처럼 그 기억이 그를 강타했다. 아내를 만나고 얼마 되지 않았을 무렵 그는 그들의 만남을 영화처럼 머릿속에 떠올리는 습관이 있었다. 하지만 그런 습관을 잃어버린 것이 벌써 여러 해 전이었다.

　그는 엘리자베스의 하얗고 긴 팔 그리고 목덜미와 사랑에 빠졌다. 대학 도서관에서 그는 그녀를 지켜보곤 했다. 그녀의 동작은 마치 물속에서 움직이고 있는 것 같은 느낌을 주었다. 엘리자베스의 몸놀림은 묵직하고 치밀해서 대부분의 사람들과는 달리 공기가 아닌 다른 물질 속에서 움직이는 듯 느릿하고 유려했다. 그런 그녀의 모습이 그에게는 특별하게 여겨졌다. 그래서 어느 날 도서관 현관문 앞에서 그녀에게 말을 걸었던 것이다. 그의 접근에 그녀는 따뜻하게 반응하며 많은 이야기를 늘어놓았다. 그가 층계 위에서 그녀에게 무엇이 아름답고 무엇이 그렇지 않은지(당시 그는 미술사 공부를 하고 있었다) 바보스럽고 과장된 질문을 던지자, 그녀는 걸음을 멈추더니 자신은 그런 질문에 대해 딱히 할 말이 없다고 대답했다. 카바레 화가의 배설물이 등나무로 뒤덮인 방앗간과 들판을 뛰

노는 두 마리의 야수들을 그린 풍경화보다 더 예술적이라는 견해를 이해할 수 없다는 것이었다.

그들은 젊고 경험이 없었다.

랜슬롯은 그녀를 바라보았다. 목선에 주름장식이 달리고 영국 자수가 놓인 그녀의 하얀 원피스와 반짝이는 모조 루비 귀걸이, 맑고 차분한 그녀의 눈빛을 그는 오랫동안 기억하게 될 것 같았다. 그가 결혼해야겠다고, 그녀를 자기 아이들의 엄마로 삼아야겠다고 결심한 것은 바로 그 순간이었다.

그로부터 19년 후 랜슬롯은 그녀 곁을 떠났다. 그는 그녀를 아파트 안에 홀로 남겨두었다. 그가 나오는 순간 그 아파트는 명패가 바뀌었을 것이다.

랜슬롯은 미간을 찌푸리고 발이 뜨거운 것에 닿기라도 하듯 조심스럽게 걷기 시작했다. 그는 슬펐다. 삶을 바꾸기로 결심한 그 순간 머릿속에서 작은 목소리가 그에게 향수어린 생각들을 불러일으키고 있었다. 발길을 돌려 잘못을 시인하고 용서를 빌기에 아직은 늦지 않았다고, 이제까지처럼 평온하고 지루한 삶으로 아직은 되돌아갈 수 있다고, 그 목소리가 그에게 말하고 있었다.

양로원을 짓기 위해 벽돌 건물을 허물어 놓은 공터 옆 인도에서 아이들이 전쟁놀이를 하고 있었다. 모두 셋이었는데, 그중 한 아이가 플라스틱 무기를 들고 있었다. 그 무기가 어찌나 진짜처럼 보였던지 아이는 그것을 휘둘러대면서 사실은 장난감이라고 다른 아이들을 안심시켰다. 다른 두 아이들이 그 아이를 쫓아가며 소리를 질러댔다, 널 가만 두지 않겠어. 목 졸라 죽여 버릴 거야. 랜슬롯은 걸음을 멈추었다. 아이들은 '출입금지'라는 팻말이 달린 담장을 뛰어넘더니, 무기를 내려놓고 뭔가 빠르게 달려갈 때 나는 것 같은 소리를 내지르며 가라테 자세를 취했다. 랜슬롯은 울타리 옆에 서서 생각했다, 우리에게 아이가 없는 게 정말 다행이야. 전적으로 그렇지는 않겠지만, 엘리자베스를 떠나온 지금 같은 때에 그녀와의 사이에 아이들이 있었다면 사태가 상당히 복잡했을 것이다. 랜슬롯은 다시 걸음을 옮겨놓다가, 잠수용 마스크를 연상시키는 필요 이상으로 커다란 안경을 쓰고 있는 여자와 하마터면 부딪칠 뻔했다. 작살이라도 들고 있을 법한 모습이었다. 이어 그는 어린 소녀를 데리고 가는 여자와 엇갈렸다. 아주 짧은 미니 원피스에 하이힐을 신은 젊은 여자의 손을 잡은 소녀는, 어머니인 듯한 그 여자를 향해 작은 얼굴을 들어 올리고 이야기를 하고 있었다, 그러니까 꿈속에서 그 나쁜 아저씨가 내 열쇠를 빼앗으려고 했어. 하지만 나는 그 열쇠를 보석들이 가득 찬 멋지고 튼튼한 상자 안에 감추었지. 랜슬롯이 그들에게서 멀어지는 순간 소녀가 이렇게 말하는 소리가 들려왔다, 지금 내 말 듣고 있어? 여자와 소녀가 멀어져간 후까지도 그의 귀에는 아이의 목소리가 줄곧 들려왔다, 내 말 듣고 있어? 듣고 있어? 듣고 있어? 그리고 랜슬롯은 생각했다. 아마도 그 소녀는 엄마로 하여금 자기 말에 귀를 기울이게 하려고 꿈 이야기를 꾸며냈는지도 모른다고.

❧

　그는 마침내 이리나의 집이 있는 건물 앞에 도착했다. 꽃집의 꽃다발들은 말끔하게 준비되어 있었다. 그는 사랑하는 이의 창문을 올려다보았다. 창문은 닫혀 있었다. 그는 생각했다, 집에 없는지도 몰라. 작은 목소리가 그에게 말하고 있었다, 그 여잔 어쩌면 영원히 떠나버렸을지도 몰라. 여행 가방을 싸놓고, 맞은편에 있는 술집으로 가서, 독주를 앞에 놓고 속으로 네 순진함을 비웃고 있을 거야. 랜슬롯은 실제로 길 맞은편에 술집이 있는지, 이리나가 그 안에 앉아 있는지 고개를 돌려 확인하고 싶은 마음을 가까스로 억눌렀다. 그는 심호흡을 하고 거리에 면한 육중한 문을 밀고 건물 안으로 들어간 다음, 사람 잡기 딱 좋은 층계를 올라가서는 이리나의 집 문을 두드렸다. 마룻바닥 위를 걸어오는 그녀의 발소리가 들렸다. 그는 고마움을 느끼며 한숨을 내쉬었다. 고마워, 고마워, 고마워. 이리나는 문을 활짝 열고 문간에 가만히 서 있었다. 그가 편안하게 그녀의 모습을 감상할 수 있게 하기 위해서인 듯했다. 그녀의 몸에 걸쳐진 네 가지가 랜슬롯의 심장과 성기를 뛰놀게 했다. 어둠 속에서 빛나는 검은 인조 가죽 코르셋, 팔꿈치까지 길게 올라오는 검은 새틴 장갑, 반짝이는 핫팬츠, 그리고 12센티미터 짜리 하이힐(보라색인 것 같았지만 주위가 너무 어두워 정확히 알 수 없었다). 랜슬롯은 침을 삼키며 생각했다. 만약 내가 지금 여기 오지 않았다면, 그녀는 이런 차림을 하고 하염없이 나를 기다렸을까? 그러자 그녀가 오지 않는 자신을 기다리며 낙담할 수도 있었다는, 그런 모욕을 당할 가능성을 무릅썼다는 사실(그가 오지 않았다면 그녀는 아무도 없는 아파트 안을 검은 인조 가죽 코르셋 차림으로 돌아다녔을 것이고, 하릴없이 소파에서 뒹굴어야 했을 텐데, 움직일 때마다 사각거리는 소리가 나는 그런 차림새는 그녀에게 오지 않을 남자를 위해 원통하게도 불필요한 단장을 했다는 사실을 줄곧 상기시켜 주었으리라)이 그녀의 모습을 더욱 멋지고 감동적으로 보이게 했다. 랜슬롯은 그녀에게 미소를 지어 보였다. 그 순간 또 하나의 목소리, 앞으로 몇 해 동안 그의 마음속에 살게 될 새로운 목소리가 머릿속에서 자신에게 속삭였다, 자, 랜슬롯, 생각을 좀 해봐. 누가 저 모든 의상을 저 여자에게 주었을까. 더 지독한 얘길 해볼까. 친구, 더 지독한 얘기가 있다고, 그러니까 저 여자는 널 만나기 전에 누구를 기쁘게 하려고 저런 정신 나간 의상을 산 걸까?

06

랜슬롯은 전화벨이 울리는 소리를 들었다.

그는 한쪽 눈을 떴다. 그곳은 그의 집, 엘리자베스와 함께 쓰는 침실이 아니었다. 그는 자신이 누워 있는 곳이 어디인지 순간적으로 기억해내지 못해 가볍게 현기증을 느꼈다. 그는 침대에서 일어나 앉아 주위를 둘러보았다.

내가 여기서 뭘 하고 있는 거지?

애도 기간이야, 이리나가 복도에서 소리쳤다.

그제야 랜슬롯은 기억이 떠올랐다. 그는 다시 베개 위로 몸을 눕혔다.

그는 천장을 물끄러미 응시했다. 쇠시리와 배관들이 벽을 따라 구불거리며 뻗어 있었다. 그 방은 황폐한 동시에 포근했고, 그에게 뜬금없이 울적함을 느끼게 했다. 창 왼쪽에 있는 책상 위에는 금방이라도 부서져 버릴 것 같은 마른 아이리스 한 다발이 놓여 있었고, 그 바로 위에는 가장자리가 메꽃 무늬로 장식된 거울이 걸려 있었다. 이제까지 그 거울은 어떤 애욕의 현장을 비춰냈을까, 하고 랜슬롯은 생각했다. 잡동사니 책들이 꽂힌 서가는 진지함과는 거리가 멀었고, 뒤죽박죽된 옷가지들이 알록달록한 더미를 이루고 있었으며, 다리가 짧고 옆으로 푹 퍼진 할머니풍 서랍장이 놓여 있었다.

빨간 털 암고양이가 서랍장 뒤에다 새끼를 쳤다네. 랜슬롯의 어머니는 늘 그 노래를 흥얼거렸다.

그 노랫말에는 뼈가 있었다. 심술궂은 그 무엇, 인종차별적인 그 무엇이 있었다. 하지만 그의 어머니는 그렇지 않다고 반박했으리라. 천만에, 천만에, 이건 그저 적갈색 고양이가 새끼를 낳았다는 것뿐이라고……

내가 여기서 뭘 하고 있는 거지?

책 더미들, 굽이 너무 높아서 누군가의 발에 신겨져 있지 않아도 그 자체로 살아 있는 듯한 하이힐들―단화에는 언제나 방치되고 불완전하고 딱한 분위기가 있다면, 날카로운 굽이 달린 하이힐들은 그 자체로 동화 같은 삶을 살고 있는 것 같다―은 때때로 땅 위나 지저분한 리놀륨 바닥 위에서 나동그라질 수도 있지만 그럴 때조차 기적적인 우아함과 초연한 광채를 잃지 않는다.

랜슬롯은 하이힐을 신은 여자들이 좋았다.

아, 물론 그렇겠지.

빨간 털 암고양이가 서랍장 뒤에다 새끼를 쳤다네.

하이힐들.

드리워진 커튼을 통해 들어오는 오후의 마지막 햇빛이 방안을 뿌옇게 만들고 있었다.

내가 오후까지 잔 것일까?

밖에서 이리나가 소곤거리는 소리가 들려왔다(저 여자가 목소리를 낮추는 게 널 깨우지 않기 위해서인 줄 알아?). 그녀는 탄식이 나오려는 것을 억제하고 다시 한 번 특유의 괴상한 욕지기를 내뱉은 다음 다시 속삭이기 시작했다.

이윽고 그녀가 전화를 끊었다.

빨간 털 암고양이가 서랍장 뒤에다 새끼를 쳤다네.

발소리가 가까워지더니, 어깨로 방문을 밀어 열며 이리나가 모습을 나타냈다. 그 순간부터 랜슬롯은 자신이 거기서 무엇을 하고 있는지 자문할 수가 없었다. 자신이 거기서 무엇을 하고 있는지가 명백해졌던 것이다. 그녀가 웃으며 말했다, 일어났어? 그런 다음 책상 위에 쟁반을 내려놓았다. 쟁반 위에는 찻주전자와 찻잔, 유리잔 그리고 싸구려 진 한 병이 놓여 있었다.

랜슬롯은 생각했다, 이런, 내 사랑이 술을 마시겠다는 건가?

그녀가 차를 한 잔 따라 그에게 내밀었고, 그는 그것을 받아들어 입으로 가져갔다. 혀와 입천장이 타는 것 같았지만, 태연한 척하고 계속해서 뜨거운 차를 입 안에 들이부었다.

그녀는 침대 가에 앉아 진을 마시며 그를 바라보았다. 와플직 천

(천의 이름을 잘 알던 어머니의 영향때문이다.)으로 된, 가슴 위에 황금색 방패 문양이 놓인 하얀 가운 차림이었다.

혹시 그거 호텔에서 훔쳐온 거 아냐? 랜슬롯이 가운을 가리키며 물었다.

이리나는 대답 대신 미소를 지어 보이며 창 쪽으로 몸을 돌렸다. 그들 사이에 미적지근한 침묵이 감돌았다. 차분한 무엇인가가 그 모든 것에도 불구하고 랜슬롯의 마음에 미묘한 불안감이 생겨나게 했다. 그 불안으로 인해 그는 누가 시킨 것도 아닌데 뜨거운 차에 입안을 뎄고, 이리나의 얼굴을 지그시 응시했던 것이다. 이윽고 그는 그의 설명을 기다리느라 그 여자를 불편하게 만들지 않기 위해 그 눈길을 거두었다.

그는 되도록 늦추려 애썼다. 아내 곁으로 돌아갈 의도가 전혀 없다는 것, 이제 그곳에 볼일이 전혀 없다는 것(그곳의 책들은 이미 다 읽었고, 베이지색 바지와 잘 맞는 폴로셔츠들은 지난 삶에 속한 것들이었다), 아내와 함께 보낸 19년의 세월을 무로 돌리고 당장 그녀와 새 삶을 시작할 수 있다는 것을 그녀에게 알려야 할 순간을. 그는 당장 함께 살겠다는 그의 제안에 이리나가 기뻐하지 않을지도 모른다고 생각했다.

그는 이런 종류의 상황에 대해 누군가 말하는 것을 읽거나 들은 적이 있는지, 그러니까 거두절미하고 그녀가 운명적인 여인이라는 것을 경쾌하고 유머러스하게 알릴 방법이 없는지 머릿속을 뒤져보았지만, 아무것도 찾을 수 없었다. 그의 신경세포들이 끈적거리는 아교 속에서 허우적대고 있는 것 같았다. 그들의 요구는 오직 이리나의 얼굴을 응시하는 것뿐이었다.

랜슬롯은 한숨을 내쉬었다. 그는 자신의 신경세포에게든 책에서 얻은 지식에든 도움을 청하지 않은 채, 그저 그들 둘 사이에 뭔가 특별한 게 생긴 것 같다고 말하고 싶었다. 진부하지 않은 방식으로 말이다. 다행히 그녀는 그에게 그럴 시간을 주지 않았다.

이틀 후 난 슬로베니아로 떠나야 해.

그녀는 머리카락을 쓸어 올리며 잠시 말을 멈추었다.

곰들을 촬영하러 가는 거야.

랜슬롯은 발 아래에 구멍 하나가 열리는 것을 느꼈다. 침대 아래에 깊은 구멍 같은 게 있는 것 같았다. 그 심연 속에 빠진 그는 비명을 지르고 발버둥치고 싶었지만, 시트를 움켜쥐고 몸을 움찔거렸을 뿐이었다. 그는 미소를 지어 보였지만 그 미소는 자연스럽지 않았다. 그가 그녀가 한 말을 되풀이했다, 곰들을 촬영하러 간다고? 그녀는 고개를 끄덕이면서 아주 부드럽게 말했다.

그래, 당신이 기억할지 모르지만, 그게 내 직업이야.

당신 직업이 곰들을 촬영하는 거라고?(그의 목소리가 날카롭고 부조화스럽게 울려 퍼졌다.)

아니, 그냥 동물들을 찍는 거야.

아, 그래.

책임자에게서 전화를 받았어. 전에 촬영하던 사람에게 곤란한 일이 생겼대……

어떤 종류의 곤란한 일인데? 랜슬롯이 물었다(그리고 자문했다, 책임자라는 게 도대체 뭐지?).

어느 날 밤 곰의 습격을 받아 잡아먹혔대.

잡아먹히다니?

말 그대로 잡아먹혔다는 거야.

사실이야?

그 곰은 먹을 만큼만 먹은 다음 나머지를 땅에 묻어놓았대. 나중에 먹으려고 말이야, 그녀가 설명했다.

그런데 당신은 그 사람이 하던 일을 대신하러 가겠다는 거야?

사실을 말하자면(그녀는 오른손으로 훔쳐온 가운 자락을 벌려서 인조 가죽으로 된 코르셋을 내보였다. 그런 상황에 전혀 어울리지 않는 어이없는 행동이었다), 그 사람은 신중하게 행동하는 편이 아니었어. 나도 전에 만난 적이 있는데……(그 대목에서 엉뚱한 생각의 귀재인 랜슬롯은 자문했다, 이 여자 그 남자랑 이미 잔 거 아냐?) 아주 기본적인 안전수칙조차 지키지 않더라고……

랜슬롯은 그녀가 대본을 읽고 있는 것 같은 불쾌한 느낌이 들었다. 그는 미간을 찌푸렸다. 구역감이 올라왔다.

폴? 그녀가 불렀다.

랜슬롯은 소스라쳤다.

왠지 예감이 좋지 않아, 그가 신음하듯 말했다.

난 괜찮은데.

내 말은 곰들 말이야.

내 말이 그 말이야.

오래 걸려?

그렇게 오래 걸리진 않아. 몇 주 정도.

몇 주라고? (그는 이 일에 집착하는 자신이 원망스러웠지만, 그러지 않을 수가 없었다.)

3주쯤 걸릴 거야.

기다릴게, 하고 그가 말했다. 그런 다음 그는 고개를 끄덕였다. 바로 자신이 그녀에게 그만큼의 시간을 주는 것처럼, 그가 그 상황과 빨라지는 심장 박동을 완벽하게 제어하고 있기라도 한 것처럼. 그는 그녀의 손을 잡아 자기 쪽으로 이끌었다.

당신을 기다릴게……

그는 생각했다. 내 보석, 내 연인, 나의 빛.

당신은 무사히 돌아올 거야……

그는 그녀를 품에 안았다.

당신을 기다릴게…… 그가 되풀이해서 말했다.

최대한 조심스럽게 그녀를 품에 안은 그 순간, 그녀의 가녀린 골격을 더듬고 머리카락과 얼굴을 애무하는 그 순간, 랜슬롯은 훔친 가운도, 삐걱거리는 인조 가죽도, 사람을 먹는 곰들도 모두 잊을 수 있었다.

07

처음으로 이리나와 나란히 걸었을 때, 랜슬롯은 어찌나 큰 충격을 받았던지 마침내 자신의 삶을 적절한 선에서 들여다볼 수 있게 된 것 같았다. 그러니까 이리나가 산발한 머리카락을 아무렇게나 틀어 올린 채(그녀의 머리카락은 왠지 수초를 연상시켰다. 마치 흐느적거리며 움직이는 해태 같았다), 보기 싫은 담황색 비옷을 입고 아찔하게 높은 회색 하이힐을 신었음에도 아주 작아 보이는 실루엣으로 그의 곁에 서 있던 그날, 비잔틴 모자이크 같은 그녀의 눈 아래에 커다란 다크 서클이 푸른색 아치를 그리고 있고, 그녀의 몸 전체에서 아주 특별한 개성―당시 랜슬롯은 그렇게 생각했다. 그로서는 달리 표현할 말을 찾아낼 수가 없었다―이 발산되던 그날 말이다.

밖에서 처음으로 함께 커피를 마신 다음 그녀가 그를 자기 아파트로 데리고 갔을 때, 아파트 문을 열면서 그 비열한 작자와는 완전히 끝났다고, 그 작자가 자기가 없는 사이에 여자들을 그곳으로 데려와서는 자기의 진을 축내며 노닥거렸다고, 벌써 오래전부터 그런 기미가 있었다고, 그들 사이에 아무것도 남지 않은 지 꽤 오래되었다고, 창밖으로 구두를 내던진 그 사건은 그저 하나의 계기가 된 것뿐이라고, 그자는 이제 더 이상 자기 집에 발을 들여놓지 않을 거라고, 어쨌든 지금 당장 열쇠공을 불러 현관 열쇠를 바꾸겠다─그자가 갖고 있던 열쇠를 돌려받긴 했지만, 속이 검은 그자가 복사본을 만들어 지금까지처럼 자기 아파트를 스튜디오로 이용할 수도 있지 않겠느냐는 것이었다─고 말했을 때, 커피를 한 잔 더 하자고 제안했을 때, 그렇게 우울한 날 함께 있어줘서 고맙다고 했을 때, 랜슬롯이란 이름은 정말 쓰기 불편하다고, 보다 현대적인 이름, 예를 들어 폴─폴, 바로 이거예요, 짧고 효율적이잖아요. 거리에서 누가 이 이름을 부르면 뒤를 돌아보세요. 응급 상황에서 완벽한 이름이에요─ 같은 이름이 필요하다고 말했을 때, 그의 앞에서 비옷을 벗었을 때, 그가 이 여자는 몇 살이나 되었을까 자문했을 때, 그가 주위를 둘러보고 벽에 붙은 잡다한 사진들(기린들, 아이들, 보스니아의 어떤 마을, 화재, 해변, 인광을 발하는 메두사들)을 발견했을 때, 그녀를 뚫어져라 바라보지 않기 위해 주위를 두리번거렸을 때, 그녀가 에스프레소를 만드는 동안 마치 그곳이 미술관인 것처럼 뒷짐을 지고 벽 앞에 서 있었을 때, 그녀가 그의 곁에 와서 섰을 때, 그녀가 그의 팔을, 이어 그의 손을 만졌을 때, 그녀가 그의 손바닥 안에 그녀의 주먹을 넣고는 그를 껴안아 방으로 이끌었을 때, 그녀가 커튼을 쳤을 때, 그가 그녀를 눕히고 옷을 벗겼을 때(그때 그는 생각했다, 랜슬롯, 넌 이런 일을 하기에는 너무 소심한 남자 아니었어?), 그의 키스에 그녀가 아파, 폴, 이라고 말했을 때, 그래서 그가 사과했을 때(그는 생각했다, 네게 이런 면이 있는 줄 몰랐는걸, 랜슬롯, 네 소심함은 어디로 간 거지?), 그가 한 순간 커다란 혼란에 빠져들면서, 욕망이란 걸 잊고 지내던 자신, 여자와 성관계 없이 여러 해를 보낸 자신(실제로 그는 엘리자베스와 그렇게 지냈다)이 지금 무엇을 하고 있는지 자문하면서, 이어 모든 게 뒤죽박죽이 된 채, 도대체 무슨 일이 일어났길래 내가 여기 이 침대에서 이 아름다운 여자와 함께 있게 된 거지? 하고 자문하면서, 그런데 이 여자는 나 같은 남자에게서 뭘 원하는 거지? 하고 다시 고통스럽게 스스로에게 물으면서, 남자와 헤어진 지 겨우 몇 시간 만에 다른 남자와 자는 게 과연 정상적일까? 하는 또 다른 의문에 시달리면서, 혹시 이 여자가 섹스 중독은 아닐까? 하고 생각하면서 아름다운 그녀의 가슴에 머리를 올려놓았을 때, 향수 냄새가 풍기지 않는 그녀의 섬세한 살갗에 입을 맞추었을 때, 감동과 감사의 마음으로, 어쨌든 울진 않겠다고 다짐했을 때, 마침내 그 모든 여정을 마친 후 그녀를 껴안고 그녀의 두 눈꺼풀에 입맞춤을 했을 때, 랜슬롯은 알 수 있었다, 이제 자신에겐 다른 선택의 여지가 없다는 것을. 자신이 살아 있다고 느끼기 위해서는 그녀 곁에 머물지 않을 수 없다는 것을.

08

이리나는 곰들을 찍으러 떠났다. 그리고 랜슬롯은 그녀의 아파트에 자리를 잡았다.

이리나는 생필품을 구하러 마을로 나올 때면 공중전화 부스에서 그에게 전화를 걸었다. 그에게 사랑의 말들을 속삭였고, 자신이 찍고 있는 것에 대해, 곰들과의 만남에 대해, 좋은 사진을 찍기 위한 기다림과 작은 삼각형 텐트 아래에서 보내는 밤에 대해 이야기해 주었다.

랜슬롯은 전화기 옆에 앉아 여러 시간을 보낼 수 있었다. 졸리면 바로 잠에 빠져들 수 있도록 테이블 위에 올려놓은 쿠션에 머리를 기댔다. 그리고 테이블 앞에 앉아 두 팔을 바닥까지 늘어뜨리고 잠에 빠져들었다가는 귓가에서 전화벨이 울리기 시작하면 잠에서 깼다. 응답기에서 이리나의 목소리가 흘러나오는 순간 그는 두근거리는 가슴으로 수화기를 집어 들었고, 전화를 끊어야 할 때가 되면 아쉬운 나머지 그녀의 목소리를 들어서 몹시 행복했다는 말밖에는 할 수가 없었다. 그의 기대를 충족시켜주는 것은 그들이 나누는 대화의 내용이 아니었다. 중요한 것은 그녀와 함께 일하는 두 동료에 대해 말해주고, 기술적인 애로사항을 자세히 알려주는 전화기를 통해 들리는 이리나의 목소리였다. 그러면서도 랜슬롯은 멋진 비약을, 영원한 사랑의 약속을 원하고 있었다. 이리나가 전화에서 아무리 달콤해도, 랜슬롯의 마음속에서는 의심이 조금씩 자리를 잡아갔다. 그는 생각했다, 그녀는 정말 슬로베니아에 있는 것일까(실제로 그녀는 거기 있는 것일까, 아니면 복잡한 계획을 세워 그녀의 서명이 된 엽서 두 장이 류블랴나 소인이 찍혀 그의 손에 들어오도록 조치한 것일까)? 그녀는 누구와 함께 떠났을까? 그녀가 나에게 잘해주는 건 지금 산 속에 있기 때문인지도 몰라. 일단 도시로 돌아오고 나면 내 존재가 별 의미도 없다는 것을 깨닫게 되겠지. 이렇게 전화로 나를 안심시켜주는 건 그녀가 착하기 때문이야.

그런 고통스러운 생각을 하면서 랜슬롯은 이리나의 테이블 위에 머리를 대고 잠깐씩 눈을 붙였다.

이런 식으로 며칠을 보낸 그는 이윽고 자신을 추스를 수 있었다. 오후가 되면 수국이 있는 뜰로 내려가 벤치에 앉아 추리소설을 읽었고, 매운 소스를 곁들인 파스타를 만들었으며, 이리나의 오디오로 바흐를 듣고, 덧문을 열고, 화분에 물을 주었다. 그는 그녀가 돌아올 때를 대비해 잘 정돈된 아름다운 작은 세계를 준비했다. 때때로 마음속의 악마의 유혹에 조바심이 나서 그녀에게 온 편지를 열어보거나 봉투를 빛에 비추어 내용을 살펴보고 싶은 마음이 들기도 했지만 억제했다. 그는 편지들을 종류별로 분류하고, 하루 종일 창문들을 열어두고, 이리나의 모든 전화에 차분하게 응답했다. 그녀의 전화가 극히 규칙적이라는 데 놀라지 않고, 곰들과의 생활에 대해 자상하게 관심을 표하고, 말할 때는 예의를 갖추기에 이르렀다.

그녀가 여러 날 동안 소식을 전해오지 않아도 그는 불안해하지 않을 수 있게 되었다. 처음에는 그녀가 화가 난 회색곰의 두 발에 갈기갈기 찢겨나갔을지도 모른다고 상상했지만, 이윽고 침착한 태도로 이렇게 중얼거릴 수 있었다, 상황이 허락하는 대로 그녀는 나에게 전화를 걸 거야. 혹시 그녀에게 무슨 일인가 일어났다면, 사람들이 내게 연락했을 테고(불행한 사태가 벌어질 경우 그에게 즉각 연락할 수 있도록 그의 연락처가 적힌 메모지를 지니고 있을 것을 그녀에게 약속하게 했다).

만난 지 겨우 며칠 만에 이제까지의 삶을 끝장내고, 오직 그 여자만을 기다리며 사는 그의 상황은 사실 무척 기묘했다. 그는 건물 관리인이 우편물을 전해주기 위해 올라오는 것이 좋았다. 그는 관리인에게 문을 열어주고 감사의 미소를 지어 보였다. 마치 관리인이 들름으로써 자신이 그 아파트에 사는 것이 정당화되기라도 하는 것처럼. 이윽고 그는 관리인에게 커피를 대접하기에 이르렀다. 관리인은 흘러내리는 땀 때문에 힘들어하며 온통 뒤죽박죽인 이리나의 주방에 앉아서는, 자신의 이름은 블라디미르이고, 원래 남자였는데 성전환 수술을 받았다고, 수술 후 젖가슴이 나오기 시작했는데, 그것은 그녀의 인생에서 가장 어이없고 실망스런 경험이었다고 말했다.

실망스러웠다고요? 랜슬롯이 물었다.

그러자 블라디미르는 코냑이 들어간 커피를 앞에 놓고 자신은 여전히 외로움을 느낀다고, 자신이 맞고 있는 여러 가지 호르몬 주사 때문에 결국은 암에 걸릴 것이고, 자식들은 여전히 그녀를 만나주지 않는다고 설명했다.

랜슬롯은 어떻게 대답해야 좋을지 알 수 없었다.

그는 블라디미르의 보드랍기 짝이 없는 손을 감싸 쥐고 토닥여준 다음 코냑을 한 잔 더 권했다. 그리고 자신은 막 아내와 헤어졌고 아이는 없으며 은행 계좌는 거의 비어 있고, 자신이 사랑하는 여자가 곰들에게 잡아먹힐까봐 두렵다고 말했다.

블라디미르는 랜슬롯의 머리를 통통한 두 손으로 감싸 새로 생긴 젖가슴에 갖다 대고 꼭 끌어안은 다음 흐느끼기 시작했다. 몸을 앞으로 기울인 채 블라디미르의 손에 목덜미를 내맡긴 랜슬롯은 흐느낌 사이사이에 블라디미르의 심장이 뛰는 소리를 들었다. 그는 고개를 들어 올리려 해보았지만 블라디미르가 손에 힘을 풀지 않아서 그럴 수가 없었다. 그는 이리나의 주방에 놓인 하늘색 포마이카 의자에 앉은채 블라디미르의 절망에 그의 몸을 내맡기고 있었다. 블라디미르는 그들 두 사람을 위해, 그들의 커다란 불행 때문에 울고 있는 것 같았다.

블라디미르는 이따금 그에게 들러서 비슷한 장면을 연출했다.

그가 다녀가고 나면 랜슬롯은 열린 창문 옆에 놓인 소파에 앉아 대로에서 들려오는 소리를 듣거나, 아래로 내려가 수국 옆의 벤치에 앉아 그가 가장 자신 있는 일, 곧 이리나를 기다렸다.

❧

이리나가 돌아왔다.

랜슬롯은 변호사에게 전화를 걸어 이혼 수속을 시작했다. 그가 엘리자베스를 만난 것은 판결이 나는 날뿐이었다. 그때까지 그녀에게 직접 말을 하지도, 이유를 설명하지도 않았다. 그녀는 랜슬롯의 개인적인 서류들을 포장해 그의 고용주의 사무실로 보냈다. 그들은 그동안 서로 만나지 않았다.

랜슬롯은 그녀를 자주 생각했다.

이리나와 함께 카타노로 이사 오기 직전 그는 매일같이 엘리자베스가 가르치는 초등학교 앞에 갔다. 거리에서 학교 운동장을 들여다볼 수 있었다. 그는 플라타너스에 몸을 기대고 서서, 교복을 입은 아이들이 운동장의 아스팔트 위를 뛰어다니는 것, 직접 만든 옷을 입은 키 크고 아름다운 전 아내가 절도 있고 느린 리듬으로 운동장을 왔다 갔다 하는 것을 지켜보았다. 그러다 시간이 되면 이윽고 이리나가 있는 집으로 돌아왔다.

2

09

오모코 강에는 랜슬롯이 처음 보는 자동차 하나가 빠져 있다.

어둠이 내린다. 숨을 쉴 때마다 코를 맵게 하는 차갑고 짙은 어둠이다. 하지만 경찰이 강변 위에 설치한 초강력 조광기가 강을 환하게 비추고 있다. 어둠 속에서 많은 사람들이 움직이고 있는 것이 보인다. 랜슬롯은 생각한다, 이상하군, 차 한 대가 강에 추락했을 뿐인데 저렇게 사람들이 많이 모이다니. 그는 차에서 내려 아주 천천히 걷는다. 그의 몸이 풀어졌다 조여졌다 하는 것 같다. 그런 느낌 때문에 평소처럼 걷기가 힘들다. 앞을 막아서는 경찰에게 그가 말한다, 난 죽은 여자의 남편입니다. 그런 다음 덧붙인다, 확실치는 않지만요. 그 말은 그 자신을 위한 것이다. 그녀의 남편이라는 게 확실치 않다는 것인지, 죽은 여자가 이리나라는 게 확실치 않다는 것인지 더 이상 알 수 없다. 주위에 회전경보등이 깜박거리고, 모든 것이 기묘한 정적 속에서 이루어진다. 이런 상황에서는 주위가 아주 떠들썩할 거라고, 귀청이 터져나갈 것 같은 요란한 소동이 벌어질 거라고 그는 상상했었다. 강을 향해 걸어가면서 그는 갑자기 귀가 먹먹해지는 것을 느낀다.

가느다란 눈발이 흩날린다. 눈송이가 어찌나 생생한지 걸을 때마다 미세한 무척추동물들을 짓밟는 것 같은 느낌이 든다. 왜 자신들을 밟느냐고 그에게 목소리를 높여 항의하는 대신 입을 다물고 가만히 으스러지는 편을 택하는 가엾은 동물들을.

누군가 그의 소매를 잡아끌며 말한다, 슈나이더 경감님이 기다리십니다. 랜슬롯은 앰블런스를 바라보며 생각한다, 앰블런스가 와 있는 걸 보니 최소한 그녀가 죽진 않을 거야. 그리고 덧붙여 이렇게 중얼거린다, 하느님, 고맙습니다. 그는 이 사건에 하느님을 끌어다 붙이는 스스로에게 놀라지만, 이런 상황에서는 어쩔 수 없이 미지의 존재에게 도움을 청할 수밖에 없다는 것을 깨닫는다. 몸집이 큰 남자가 다가오더니 그를 슈나이더 경감에게로 데려간다. 슈나이더 경감은 등을 돌리고 있지만, 분홍색 파카를 입고 있는 것으로 보아 여자인 것 같다. 경감님, 몸집 큰 남자가 부르자, 슈나이더 경감이 뒤를 돌아본다. 그녀는 부하와 이야기를 나눈다. 랜슬롯은 생각한다, 맙소사, 저 여자 몸집 정말 거대하군. 그리고 자문한다, 경찰과 신체적 비만은 양립할 수 없는 것 아닐까?

경감이 그에게로 다가와 악수를 청한다, 루빈스타인 씨입니까?

경감의 손에는 힘이 넘친다. 랜슬롯은 경감의 두 눈이 눈두덩 안에 깊이 박힌 채 기민하게 움직이고 있는 것에 주목한다. 그는 생각한다, 지방덩어리가 모든 기관들을 압박하는 거야. 그는 그 점에 대해 그녀와 이야기를 하고 싶지만, 그의 뇌가 그에게 중요한 일에 집중하라고 지시한다. 그가 말한다, 내 아내는 어디 있습니까? 슈나이더 경감은 오른손으로 가리킨다, 저 안에요. 랜슬롯은 그녀가 가리키는 방향을 본다. 앰블런스가 떠날 준비를 하고 있다. 내 아내를 어디로 데려가는 겁니까? 저도 같이 갈 수 없나요? 그가 묻는다. 경감이 부하 쪽으로 몸을 돌리자 부하가 대신 대답한다, 밀레나로 갑니다. 경감은 다시 랜슬롯에게 몸을 돌리고는 그가 부하의 말을 이해하지 못하기라도 한 것처럼 다시 반복한다, 밀레나로 간답니다. 그런 다음 이렇게 덧붙인다, 저 차에 같이 타는 건 어려울 것 같습니다. 하지만 우리 차를 타고 저 차를 따라가 사망 확인서에 서명하십시오.

랜슬롯에게 그 말은 지나치게 갑작스러운 충격이다. 그는 눈 위에 고꾸라진다.

놀란 경감은 비명을 내지르며 몸을 기울여 그를 일으키려 한다. 그녀가 날카롭게 외친다, 이 사람한테 아무도 사실을 말해주지 않은 거야? 그녀는 당혹스러운 동시에 짜증이 난 것 같다. 랜슬롯은 눈 아래로 사라지기로 결심하고 눈 속으로 빠져들기 시작한다. 여러 길이 넘는 눈 속으로 빠져든다. 뚱뚱한 경감이 외친다, 누구 나 좀 도와줄 사람 없어? 랜슬롯은 눈 속에 구멍을 파고 발버둥을 친다. 누군가 그를 건드린다. 사람들이 주위를 둘러싸자 랜슬롯은 은 신처를 만든다. 침묵 속에서 회전경보등이 돌아가는 가운데 그는 몸을 뒤튼다. 사라져버리고 싶다. 쌓인 눈 속으로 깊이 빠져들고 싶다. 누군가 뭔가 알 것 같다는 듯이 말한다, 개들이 이러는 걸 여 러 차례 본 적이 있습니다. 아무도 그 말에 대답하지 않는다. 각자 자신의 생각 속에 빠져 행동을 삼가고 있는 것 같다. 그날 할 행동 의 양을 이미 채우기라도 한 것처럼. 이윽고 슈나이더 경감이 고개 를 내저으며 소리친다, 이 사람을 일으켜 데리고 가.

사람들이 랜슬롯을 일으켜 데리고 간다.

그들에게 끌려가면서 랜슬롯은 고개를 흔들어댄다. 달걀껍질에 금이 가는 것처럼 세상이 갈라져 부서지는 것 같다.

IO

　랜슬롯은 차를 준비한다. 주방 창을 통해 먼 곳을 바라보며 주전자에 물을 받는다. 앞쪽으로 기울어진 도로, 아침 빛 속에서 반짝거리는 반투명한 설탕 입자 같은 얼어붙은 나무들이 보인다. 왼쪽으로는 뒤처진 여우 한 마리가 눈 속에 어지러운 발자국을 남기며 숲으로 달려가는 것이 보인다.

　랜슬롯은 그 자신 곁에 또 다른 자신이 있는 것 같은 느낌에 휩싸인다. 주전자에 물을 채우고 있는 자신을 또 하나의 자신이 개수대 바로 옆에 서서 바라보고 있는 것 같다. 자신이 아주 조심스럽게 그 일을 하고 있다는 것을 인정하지 않을 도리가 없다. 자신이 수동적인 존재, 복제된 존재가 된 것 같은 느낌이 든다.

　이런 몽롱한 분열 증세는 분명 닥터 엡스타인이 그에게 준 약 때문에 생기는 것이리라.

이제 그는 주전자를 사용하면서 그것을 산 사람이 이리나라는 사실을 상기하지 않을 수 있다. 이전에 살던 사람들이 난장이가 아니었을까 의심스러울 정도로 낮은, 돌로 된 그 끔찍한 개수대 ―보통 키의 사람이 설거지를 하면 허벅지 윗부분에 온통 물이 튀고 마는― 앞에 서서 일을 하느라 이리나가 얼마나 힘들어했는지를 즉각적으로 떠올리지 않을 수 있는 것이다.

닥터 엡스타인이 준 약 덕택에 랜슬롯은 적어도 일 초 동안은 이리나를 생각하지 않을 수 있다. 나머지 시간에는 그의 혈관에 유리 조각으로 둘러싸인 추억이 공급되는 것 같다.

그는 무른 돌로 된 개수통에 두 손을 펴서 갖다대고 생각한다, 술을 마실 줄 안다면 이른 아침이긴 하지만 도수 높은 술을, 램프용 알코올을, 보드카를 마셨을 거라고. 가까운 이의 죽음으로 인한 충격을 잘 극복할 수 있게 해주는 방법 같은 건 없다고. 그래서 그는 물에 빠진 이리나의 얼굴을, 그주 초 슈나이더 경감과 나누었던, 그를 '외상후스트레스장애'에 빠뜨린 그 대화를 떠올린다.

랜슬롯이, 주전자에 물이 흘러넘치게 내버려둔 채 개수대 위의 창 앞에 서 있는 동시에 바로 옆에 서서 그의 바지를 적시는 물줄기를 흥미롭게 바라보고 또 다른 자신으로 분열되어 있는 바로 그때, 그림자 하나가 그의 집을 향해 다가온다. 창 앞에 선 랜슬롯이 몸을 앞으로 기울여 창에 서린 김을 닦아내고 눈쌓인 들판을 가로질러 다가오는 사람이 누구인지 알아내려 애쓴다. 분명 경찰이리라.

이리나가 죽은 후 하루가 멀다 하고 경찰이 와서 그에게 질문을 던지고 있지 않은가.

그는 다가오는 남자를 바라본다.

그는 생각한다, 저 사람 다리를 저는군.

그는 생각한다, 어디 아픈 사람인가?

그는 이리나가 자신에게 함께 카메론을 떠나자는 말을 꺼내기 직전에(그러니까 그녀의 변덕이 충족되지 않으면 우울증에 빠져버리거나 미친 척하는 방법을 동원하기 직전) 했던 이야기를 떠올린다. 카메론의 거리에서, 전철이나 버스 속에서 사람들을 보는 것을 더 이상 못 견디겠다고, 사람들의 몸 속에서 내장이 파닥거리는 상상을 하지 않을 수 없다고, 헐떡거리는 붉은 살점을, 생명의 증거인 다채로운 소화액들을 떠올리지 않을 수 없다고, 그 모든 것들을 가려줄 피부가 벗겨져버린 사람들과 더 이상 같이 살 수 없다고 그녀는 말했다.

랜슬롯은 그런 기억을 떨쳐 버린다.

그는 현관문 쪽으로 가 남자에게 문을 열어준다.

랜슬롯이 문을 열자 남자가 말한다, 안녕하시오. 얼핏 보기에 예순이 좀 넘은 것 같다. 영화 속에 나오는 군인처럼 키가 크고 야윈 몸매를 하고 있다. 그렇게 피곤해 보이지 않았다면, 충분히 경계심을 불러일으킬 만한 인상이다. 굶주린 사람처럼 얼굴이 움푹 패어 있다. 속에 양털을 댄 반코트를 걸치고 눈이 잔뜩 묻은 두꺼운 장화를 신고 있다. 차를 저 위에 두고 왔소, 남자가 길 쪽을 가리키며 말한다. 랜슬롯은 문 밖으로 고개를 내밀어 남자가 가리킨 방향을 바라보지만, 차는 눈에 띄지 않는다. 어쨌든 그는 고개를 끄덕인다. 방해가 되지 않았는지, 남자가 묻지만 그것은 전혀 질문 같지 않다. 이렇게 아침 일찍 뭔가 다른 일을 하고 있었을 리가 없다고 확신하는 것 같다. 랜슬롯이 어깨를 으쓱해 보이고는 대답한다, 난 차를 만들고 있었답니다. 그러자 남자는 미소도 짓지 않은 채 대답한다, 잘됐군요. 그는 집 안으로 한 걸음 걸어 들어와 악수를 청하며 말한다(그는 집 안에 벌써 한 발을 들여놓고 있다. 랜슬롯은 현관의 흙털개 위에 놓인 남자의 눈 투성이 부츠를 바라본다), 난 이리나 애비요. 랜슬롯은 남자가 내민 손을 쥐면서 미간에 주름을 잡고 생각한다, 이 남자를 죽은 사람으로 간주해야 하나? 이리나는 자기 아버지가 죽었다고 말했던 것이다.

랜슬롯은 남자의 얼굴에서 익숙한 특징을 찾아낸다. 남자의 눈이 이리나의 눈과 똑같다는 사실을 즉각 알아챈다. 그 눈이 살아서 움직이는 것을 보자 행복감이 밀려든다. 랜슬롯은 남자가 들어올 수 있도록 비켜선 다음 말한다, 이리나는 자기 아버지가 죽었다고 했는데요. 남자는 현관에 있는 흙털개 위에다 부츠를 두드린 다음 양말만 신은 채 대답한다, 놀랄 일도 아니오.

랜슬롯은 그를 거실로 안내하고 서둘러 주방으로 간다. 그는 개수대 가장자리를 붙잡고 서서 창 너머를 막연히 바라본다. 머리가 기분 좋게 빙글거린다. 닥터 엡스타인의 알약이 그에게 안정감과 함께 묵직한 현기증 같은 것을 불러일으킨다.

그는 주전자에서 끓는 소리가 나기를 기다린다. 끓는 물 1리터를 두 손에 들지 않고서는 거실에 있는 그 꼿꼿한 몸매의 남자를 마주 대할 용기가 나지 않는다는 듯이.

거실로 간 랜슬롯은 남자가 인조 얼룩말 가죽 쿠션들이 놓인 그가 좋아하는 소파에 앉아 있는 것을 보고 당황한다. 그는 남자에게 자리를 옮겨달라고 할까 하다가 포기하고 그 앞에 있는 벨루어 천 소파에 앉는다. 이리나가 책을 읽을 때 즐겨 앉던 소파다(이리나가 책을 읽으면서 취하던 자세대로 앉자 무척 편안하다. 팔꿈치와 엉덩이와 발목이 닿았던 부분들이 조금씩 해어져 있다).

신문을 보고 그 애가 죽은 걸 알았소, 이리나의 아버지가 말한다.

랜슬롯은 알았다는 뜻으로 속눈썹을 내리깐다. 그는 차가 입천장이 델 정도로 뜨겁다는 것을 알면서도 잔을 내려놓지 않는다. 마치 기꺼이 입 안을 데겠다는 듯이.

그 애 엄마에게는 말하지 않았다오, 남자가 말을 잇는다. 아내는 몸이 좀 쇠약해요. 그래서 그녀에게는 북쪽 나라로 송어 낚시를 간다 하고 왔다오(그는 자신이 댄 핑계에 웃음을 짓는다).

이리나의 어머니가 다른 질문을 하진 않았습니까, 랜슬롯이 묻는다. 그가 그렇게 물은 것은 이리나 부모의 대화에 관심이 있어서가 아니라 그저 대화를 이어가기 위해서이다.

아내는 오래전부터 말을 하지 않는다오, 남자가 차분하게 대답한다. 오래전 발작을 일으킨 후로 말이오.

랜슬롯은 늙은 이리나가 꽃무늬 소파에 파묻혀 말없이 텔레비전을 뚫어져라 보고 있는 것을 상상한다. 절망 같은 것은 없다. 그는 자문한다, 그런데 이리나는 왜 자기 부모들에 대한 소식을 듣고 싶어하지 않은 것일까? 그는 고개를 내젓는다. 기적의 알약을 두 알 삼키고 싶지만, 남자 앞이라 그럴 수가 없다. 그는 스스로에게 묻는다, 지금 자리에서 일어나 적당한 핑계를 대고 부엌으로 갈 용기를 낼 수 있을까? 그는 한숨을 내쉰다. 아니, 지금 그에게는 그럴 용기가 없다.

남자가 자기 잔에 담긴 차가 식기를 기다리며 그 집을 사기라도 할 것처럼 주위를 둘러본다.

여기서 산 지 오래 됐소? 그가 묻는다. 랜슬롯은 상대가 줄곧 과거 시제로 말하고 있다는 걸 깨닫는다.

2년 정도 됩니다.

그 전에는?

카메론에 살았지요.

아(남자는 차를 조금 마셔보더니 재빨리 잔에서 입술을 떼고 말을 잇는다), 내가 마지막으로 보았을 때 이리나는 카메론에서 어떤 간호사와 살고 있었소. 그는 '크릭Cric' 단원으로 벽보 붙이는 일을 했는데……

'크릭'이라뇨?

생체해부에 반대하는 초강경 단체라오. 어떤 단어들의 약자인지는 잘 모르겠소(그는 잠시 그 문제를 생각해보는 듯하더니 이윽고 포기하고 경멸하듯 입을 내밀어 보였다).

무슨 말인지 알아들을 수가 없습니다, 랜슬롯이 말한다.

으음…… 당시 이리나는 아주 젊었소, 거의 아이나 다름없었지.

아, 그렇다면 당신은 그렇게 오랫동안 이리나를 만나지 못한 건가요?

난 그 애와 당신을 만나보고 싶었소(그 말은 우정의 표시처럼 들린다. 이어 남자는 그에게 미소를 지어 보인다. 잇몸을 살짝 드러낸 채 조금 인상을 쓰는 듯한, 남자의 얼굴에서 나올 수 있는 서글픈 미소이다. 그 미소를 보자 랜슬롯은 어릴 때 동물원에서 보았던 털 빠진 침팬지 얼굴이 생각난다. 침팬지들이 이를 드러내는 게 적의의 표시인지 호의의 표시인지 분간하기 어렵다.)

이리나가 왜 내게 당신이 죽었다고 말했는지 이상합니다…… 당신은 이리나와 사이가 좋지 않았습니까?

노인은 한숨을 내쉬고 밖을 내다본 다음 대답한다.

이곳에서 눈이 내리는 걸 보니 기묘하군요. 우리나라에서는 겨울이 와도 눈이 전혀 내리지 않는다오.

랜슬롯은 생각한다, 좋아, 좋아. 그러니까 내 질문에 대답하고 싶지 않다는 거군…… 그렇다면 이 구석까지 왜 온 거지?

그러니까(랜슬롯은 평소의 습관대로 자신의 말뜻을 가늠해본다) 당신은 이리나의 사고에 대한 기사를 신문에서 읽었다는 거로군요……

그렇지, 바로 그렇소…… 그리고 두세 가지 미심쩍은 점이 있었다오……

남자가 기침을 한다. 랜슬롯이 생각한다, 내가 정곡을 찌른 모양이군.

이리나의 아버지가 다시 말을 잇는다.

우선 시체부검을 한다는 게 그랬소, 또 다른 것들도 그렇고 말이오(그는 뭔가를 포함시키는 듯한 손짓을 하지만, 랜슬롯으로서는 그것이 무엇을 뜻하는지 짐작이 가지 않는다).

무슨 말씀인지 모르겠네요, 랜슬롯이 조금 방어적으로 말한다, 난 그 사고에 대한 기사를 읽은 적이 없습니다…… 그런 종류의 글은 일부러 읽지 않았지요(랜슬롯은 스스로에게 자문한다, 내가 왜 이 사람에게 이런 식으로 말하는 걸까, 어째서 이런 부자연스러운 어조를 쓰는 걸까? 남자의 말은 그를 다시 외상후스트레스장애 상태에 빠뜨린다. 그것은 며칠 전 슈나이더 경감이 그에게 준 정보이다. 경감은 그의 뒤얽힌 고통 속에 그런 의혹을 흘려 넣었던 것이다). 랜슬롯은 좀 더 차분한 어조로 다시 말한다, 경찰에 따르면 시체부검 결과 몇 가지 모호한 점들이 있었다더군요(이리나의 아버지가 새로운 관심을 보이며 몸을 앞으로 기울여 자신을 바라보는 것을 보자마자 그는 그런 말을 했다는 사실을 후회한다). 하지만 크게 문제될 것은 없었다고 했습니다……

그런데 이 남자가 정말 이리나의 아버지라는 증거가 어디 있단 말인가? 이 남자의 눈이 이리나와 비슷하다고 생각한 것은 그의 상상일뿐인지도 모른다. 그들이 서로 닮았다는 사실이 갑자기 의심스러워진다. 랜슬롯은 남자를 바라보며 낯선 이를 집안에 들여놓았다는 사실에 두려움을 느낀다(이런 종류의 이야기는 너무나도 흔하지 않은가. 차를 대접받던 손님이 갑자기 강도로 돌변해 잔인하게 주인을 목졸라 죽인 후 시체를 쓰레기봉투에 넣는다는 이야기 말이다). 이런 생각을 하며 랜슬롯이 상대의 얼굴을 뜯어보기 시작하자, 이리나의 아버지가 놀라서 눈썹을 치켜 올린다.

무슨 일이오, 그가 묻는다.

노인은 자신이 꿈을 꾸고 있는 것이 아니라는 것을 확인하려는 듯 자신의 얼굴을 더듬는다.

무슨 문제라도 있소?

랜슬롯이 자리에서 일어선다.

저는 지금 상태가 안 좋습니다. 그만 쉬어야겠어요. 나중에 다시 와서 모든 것에 대해 조용히 이야기를 하는 것이……

랜슬롯은 방문객 앞에서 인사를 하며 미소를 지어 보인다. 상대는 물러나지 않을 도리가 없다. 그 역시 자리에서 일어나 헛기침을 하더니 다시 만나기를 바란다고 말하면서 내키지 않는 걸음을 옮겨놓는다. 그 모습이 랜슬롯에게 또 다시 원숭이를 연상시킨다. 남자가 두 손을 부비며 우물쭈물하자, 랜슬롯이 다가가 그의 어깨를 잡고 그의 귀에 대고 나직하게 말한다.

날 혼자 있게 해주세요. 지금 내게는 안정과 평화가 필요하단 말입니다.

랜슬롯은 또다시 자신이 둘로 분리되는 것을 느낀다. 두 명의 랜슬롯이 이리나 아버지의 양 옆에서 그를 문까지 배웅한다. 이리나 아버지를 내보내고 문을 닫으려다 말고 두 랜슬롯 중 하나가 문을 활짝 열어젖히고 눈길을 저만큼 걸어가고 있는 그를 소리쳐 부른다. 남자가 뒤로 돌더니 무슨 일인지 묻는 표정으로 그를 바라본다.

이 근처에 묵고 계십니까, 원기를 회복한 랜슬롯이 묻는다.

상트르 호텔에 묵고 있소.

그러더니 잠시 사이를 두었다가 덧붙인다.

그곳으로 전화하면 내게 연락이 될 거요.

까마귀 한 마리가 그들 사이에 날아와 앉는다. 까마귀는 몸을 좌우로 흔들며 걷다가는 앉아도 괜찮은지 의심스럽다는 듯이 하얀 눈 위에 조심스럽게 다리를 내려놓았다가 까악, 하고 울더니 다시 날아간다.

랜슬롯은 피로가 몰려오는 것을 느낀다. 자신만의 섬에 머물고 싶다. 그의 아내, 그의 허니, 그의 반쪽에 대해 아무것도 알고 싶지 않다. 그녀의 비밀, 그녀의 거짓말을 캐고 싶지 않다. 그는 생각한다, 방에 들어가 이중으로 문을 잠그고 나가지 않을 거야. 그리고 이리나의 아버지에게 손짓을 한다. 닥터 엡스타인의 알약이 그를 무기력하고 편안하게 만들어준다. 나는 방 안에 들어가 이중으로 문을 잠그고 틀어박히고 싶어. 랜슬롯은 겨울 추위가 휘몰아치는 밖에서 집 안으로 들어가고, 이리나의 아버지는 비탈 위에 세워둔 차로 돌아간다(잿빛 일제 자동차의 트렁크에서 낚싯대가 삐죽 나와 있다. 남자는 말을 잃은 자기 아내가 그 차의 조수석에 앉아 있기라도 한 것처럼 그녀에게 그동안 있었던 일을 이야기한다. 그런 다음 호텔로 돌아가 케이블 텔레비전을 보면서 미니바의 술병을 비운다. 남자의 아내는 그녀 자신 안에 갇혀 있고, 그의 딸은 죽었다. 남자는 쪽배를 만드는 나무껍질 끝처럼 여위고 뻣뻣하고 가볍다). 랜슬롯은 출입문에 기댄 채 거실을, 소파와 낮은 탁자를 둘러본다. 낮은 탁자 위에는 이리나가 죽기 전날치의 텔레비전 프로그램이 놓여 있다. 그는 안다. 곧 전화벨이 울리리라는 것을. 경찰이 그에게 또 전화를 걸어와 어리석고 위험한 질문을 던지리라는 것을. 그는 자문하리라, 도대체 경찰은 뭘 의심하고 있는 걸까? 그로서는 사태가 어떻게 돌아가고 있는 건지 잘 알 수가 없다(닥터 엡스타인, 고맙습니다). 그는 생각을 모으려 애쓰지만 수많은 악몽들(어떤 상황인지 파악하기 어렵고, 파악되려는 순간 손가락 사이로 빠져나가 분석을 불가능하게 만드는, 사물들이 사라져가기 전에 아무리 따라 맞추려 해도 짙은 안개 속을 헤매는 두 발 아래 끈적끈적한 접착제가 붙어 있는 것 같은 그런 악몽들) 속에 갇히고 말리라. 랜슬롯은 생각한다, 이제 뭔가 해야 해, 저 빌어먹을 전화가 울리기 전에, 누군가 이곳에 와서 내게 이렇게 말하기 전에. 안녕하십니까, 전 이리나의 숨겨진 아들입니다.

그는 생각한다, 내가 먼저 경찰서에 전화를 하는 건 어떨까. 그 남자가 정말 이리나의 아버지인지 알아봐달라고 하는 거야. 하지만 그 생각이 마음에 들지 않는다. 전화기에도 텔레비전에도 손대지 않고, 가서 과자나 만들겠어. 랜슬롯은 어머니가 요리에 대해 했던 말을 생각한다, 그건 머릿속을 비워주지. 이 별 것 아닌 한마디가 그의 마음을 가볍게 해준다. 그는 주방 쪽으로 몸을 돌리고는 이 사건에 대해 아무(그런데 누구를 말하는 것일까? 그러니까 경찰이라는 뜻이다. 랜슬롯에게는 친구가 없다. 그건 그의 선택, 그의 결정, 그만의 특징이다)에게도 이야기하지 않기로 마음먹는다. 그는 이리나 아버지의 출현에 대해 아무에게도 이야기하지 않을 것이다.

II

랜슬롯은 이리나 생각으로 가득 찬 두 개의 머리와 네 개의 손으로 만들 만한 요리의 조리법을 찾아 사방을 뒤지기 시작한다. 그는 이리나가 요리 카드들을 넣어두는 봉투를 집어 든다. 사실 이리나는 누군가를 위해 요리를 하는 일이 거의 없었지만, 잡지의 조리법들을 꼼꼼하게 모으고, 사람들에게서 받은 조리법들을 정리하고, 누군가 불러주는 조리법들을 적어두었다. 랜슬롯은 자리에 앉아 봉투를 연다. 여기저기 이리나의 필적이 보인다. 그녀는 과자 포장지 뒷면, 봉투 뒷면 같은 아무 종이에나 조리법들을 적어두었다. 그중에는 아주 오래전에 적어둔 것들도 있다. '커다란 기포 + 부글부글'이 생길 때까지 물을 끓여야 한다는 메모도 있다. 랜슬롯은 뒤섞인 조리법들을 분류하고 읽어나가기 시작한다. 거기서 흥미로운 문장이나 날짜 같은 사적인 어떤 것을 찾아낼 수 있기를 바라면서. 그런 식으로 그는, 대구 요리와 닭가슴살 카레 조리법(그녀가 아직 채식주의자가 되기 전에 모아둔 조리법들) 사이에서 이리나의 필적(대문자를 오른쪽으로 눕혀 쓰고, T자의 가로획을 다른 글자들 위로 길게 늘여 쓰는)으로 쓰인 네이팜탄의 제조법을 발견한다.

스윕스 3분의 1+ 휘발유 3분의 2

그는 그 메모를 다시 읽는다. 그 아래에는 좀 더 작은 글자로 이렇게 씌어 있다. 스윕스 대신 오렌지 주스 농축액을 사용해도 됨.

그는 생각한다, 이건 좀 특별한 칵테일인 모양이군.

그는 다른 조리법들로 넘어간다.

구스베리 머랭을 얹은 파이 조리법이 나온다. 그는 생각한다, 이 후미진 곳에서는 구스베리를 구할 수가 없어. 냉동 월귤로도 비슷한 파이를 만들 수 있지 않을까? 그는 생각에 잠겼다가, 터무니없어 보이는 네이팜탄 제조법을 적어놓은 문제의 종이를 찾아내 다시 읽는다. 그가 중얼거린다, 이런 말도 안 되는 칵테일이 있나. 그는 정신을 차리고 생각한다, 휘발유가 3분의 2 들어간 칵테일을 마실 순 없어. 그는 눈길을 들어 찬장 위를 보며 생각한다, 이상하군. 얼마 전까지 저기에 괘종시계가 있었는데. 옛날식으로 조리한 치커리 요리 포스터와 공장에서 제조된 식품 속에 들어 있는 당염 비율표 사이에 말이야. 랜슬롯은 어안이 벙벙해져서 동작을 멈춘다. 재를 가득 품은 눈송이들을 맞고 있는 것 같다. 심술-혹은 악의-을 지닌 손 하나가 그 눈송이를, 폼페이를 연상시키는 풍경을 뒤집을 때마다 그의 주위가 재 투성이가 되는 것이다. 랜슬롯은 이리나가 지난겨울에 수박 속살 색으로 직접 칠해놓은 서랍장 위의 빈 공간을 응시한다. 아무리 생각해도 괘종시계를 떼어낸 기억이 없다. 그는 신음을 내지른다. 그 증세가 다시 시작되는 건가? 그는, 신경이 날카로워진 저격병이 그의 앞에 매복해 그를 감시하고 있기라도 한 것처럼 동작 하나하나를 아주 조심해야겠다고 생각한다, 완전무장을 한 미치광이가 줄곧 나를 감시하고 있다고 생각하는 게 좋아. 그러면 불필요한 동작들을 하지 않을 수 있으니까. 랜슬롯은 문제의 종이를 향해 눈길을 내리깐다. 그는 흥분과 죄책감과 불안을 동시에 느낀다. 열두 살때 손위 사촌누이의 일기장을 우연히 보았을 때 같다. 그는 그 다음을 읽는다, 아밀 아세테이트는 바나나주스로 교체 가능함. 다음 줄로 내려간다, 포타슘 염소산염은 소금대용품으로 대체 가능함. 수소 과산화물은 염색약으로 대체 가능함. 소디움 수산화물은 세탁비누로 대체 가능함. 연막탄 = 탁구공을 알루미늄 호일로 싼 다음 거기에 불을 붙일 것(불이 타고 있는 동안 그것을 어떻게 들고 있으면 되는지 보여주는 간략한 그림이 그려져 있다). 그는 다음 줄을 읽어 내려간다, 염소탄 = 수영장용 염소 + 우유 + 밀폐 용기(유리는 안된다는 것에 주의할 것). 화염병 = 맥주병 + 알코올 220밀리리터 + 기름 80밀리리터 + 젖은 헝겊(마개에 구멍을 내어 심지를 끼울 경우). 아세톤 과산화물 = 6퍼센트 산소수 + 아세톤 + 30퍼센트 염산(쉬움).

아직 한참 읽을 것이 남아 있다. 그 종이의 앞뒷면이 이런 공식들로 가득 차 있다. 각 제조법 한쪽에는 별표가 매겨져 있다. 랜슬롯은 그것이 난이도를 뜻하는지, 폭탄의 위력이나 이리나가 실험해 본 횟수를 뜻하는지 궁금하다.

그 생각에 그는 슬그머니 미소를 짓는다.

마치 그녀를 두고 외설적인 생각을 하는 것 같다…… 랜슬롯은 문제의 종이를 바라보며 생각한다, 하얀 종이 위에 푸른 만년필로 그려진 그 별들은 결혼식이 끝난 다음 아스팔트 위에 뿌려진 쌀알처럼 어쩌면 장식에 지나지 않을지도 몰라. 아니면 어떤 은밀한 전갈이라도 담고 있는 것일까.

랜슬롯은 두 손으로 주방 테이블을 짚는다. 머릿속이 흐릿해진다. 안간힘을 쓴다. 이윽고 그는 자신이 찾아낸 그 모든 제조법들은 이리나의 분노의 산물이라고 단정 짓는다.

그는 자신이 막 찾아낸 그 말이 마음에 든다. 이리나의 분노의 산물. 그것은 타당하고 재치 있고 자연스럽다. 그는 그 말을 아주 또렷하게 발음해 본다, 이건 이리나의 분노의 산물이야.

갑자기 낙담이 그의 두 어깨를 짓누른다.

그 순간 치사하게도 작은 목소리가 그에게 속삭인다, 이리나가 다리 아래로 몸을 던진 건 네게서 벗어나기 위해서인지도 몰라. 눈으로 만들어진 수의 속으로 빠져드는 것처럼 랜슬롯은 금새 후회와 우울에 휩싸인다.

이윽고 그는 그 종이를 문지르면서 네이팜이라고 강조해서 쓰인 글자를 응시한다.

그는 생각한다, 정신 차리자.

그는 생각한다, 혹시 이건 십대들을 위한 엉뚱한 제조법 아닐까?

그는 생각한다, 일단 이 문제를 젖혀두자. 이어 문제의 종이에 대해 다시 생각한다. 그의 안에서 의혹이 싹튼다.

그리하여 그는 아내였던 여자를 떠올린다. 그녀의 얼굴을 떠올린다. 그에게는 그녀의 얼굴을 떠올리는 특별한 방법이 있다. 왼쪽 눈에서부터 시작해 눈썹을, 귀를 떠올리면 나머지가 저절로 따라와 얼굴이 완성된다. 그는 얼마 지나지 않아 자신이 이리나의 얼굴을 이렇듯 명확하게 기억할 수 없을까봐 두렵다. 그녀가 평소에 안경을 썼더라면 좋을 텐데. 장신구를 곁들인 그녀의 얼굴을 기억할 수 있다면, 그녀의 얼굴이, 그녀의 얼굴에 대한 기억이 그런 장신구가 될 수 있다면 좋을 텐데. 자신이 이리나의 얼굴을 잊어버릴 수 있다는 생각에 랜슬롯은 공포에 질린다. 그로서는 사랑하는 이의 얼굴과 조금 전 찾아낸 그 종이를 양립시킬 수가 없다. 이윽고 그는 소리 내어 말한다, 이리나의 아버지에게 전화를 걸어야겠어.

그는 전화번호부를 뒤져 상트르 호텔로 연결해 줄 것을 요청한다. 전화기를 목과 어깨 사이에 끼운 채 그는 오디오를 켠다. '토스카'가 흘러나온다. 그는 오디오를 끈다. 이리나의 책 읽는 자세대로 천이 닳은 소파에 앉았다가 이내 일어난다. 이리나의 아버지와 연결되자 랜슬롯은 자신의 이름을 밝히고 다짜고짜 이렇게 말한다.

당신이 이리나의 진짜 아버지라는 증거를 보여주시죠(그런 말을 하면서 랜슬롯은 자신이 필립 말로(레이먼드 챈들러가 창조해낸 탐정-옮

79

긴이)처럼 강하고 똑똑해진 것 같은 느낌이 든다).

상대는 잠깐 망설인다. 감명을 받았다기보다는 그저 짜증스러워하는 것 같다. 아주 작게 틀어놓은 텔레비전 소리가 배경음으로 들린다. 나무 몽둥이처럼 꼿꼿하고 마른 그 남자가 침대에 길게 누워 있는 모습을 상상할 수 있다. 오렌지색 침대보와 노란색 모슬린 커튼, 병원에서처럼 높이 매달려 있는 텔레비전, 문 앞의 금속 대 위에 놓여 있는 입구가 벌어진 남자의 배낭 같은 것들이 아주 분명하게 보인다. 랜슬롯은 생각한다, 맙소사, 난 지금 여기 있는 동시에 거기 가 있잖아.

보여줄 수 있소, 이윽고 남자가 전화기 너머에서 느릿하게 대답한다. 내 신분증도 보여줄 수 있고, 그 애에 대한 이야기도 해줄 수 있고, 그 애의 어렸을 때 사진도 보여줄 수 있소.

그걸 지금 갖고 있다는 겁니까?

언제나 갖고 다닌다오.

랜슬롯은 자신이 이내 울음을 터뜨리리라는 것을 감지한다. 그는 한손으로 두 눈을, 이어 이마를 매만진 다음 말한다.

언제 만날 수 있습니까?

상대는 잠시 침묵한다. 텔레비전 볼륨을 올렸다가 다시 낮추는 것 같다. 그가 말한다.

내일 아침 그 다리 근처로 낚시를 하러 갈 거요.

랜슬롯은 생각한다, 이 친구 미친 거 아냐. 자기 딸이 빠져죽은 강으로 낚시를 하러 가다니. 상대가 덧붙인다.

나랑 같이 가겠소?

랜슬롯은 생각한다, 이 정신 나간 친구야, 난 당신과 함께 오모코 강가에서 벌벌 떨고 싶은 생각은 전혀 없는데.

좋습니다, 내일 아침에 뵙지요. 랜슬롯이 수락한다(하지만 정말이지 이런 말을 하는 사람이 그 자신이라는 걸 믿을 수가 없다). 8시에 오모코 다리에서요.

난 그보다 훨씬 일찍 가 있을 거요, 상대가 뭔가를 씹으면서 아주 차분하게 말한다. 아마도 미니바의 통조림 땅콩 같은 것이리라.

그럼 7시로 하지요, 랜슬롯이 말한다(상대가 고집을 부린다면 자신이 결국 그의 말에 따르리라는 것을 그는 알고 있다. 그런 식으로 죽은 이리나에 대해 갖고 있는 애정의 정도를 측정할 수도 있으리라).

7시에 봅시다, 이리나의 아버지가 베개 위에 고개를 올려놓은 탓에 약간 숨이 막힌 듯한 목소리로 대답하고는 더 이상의 인사 없이, 그를 불편하게 하지 않기 위해 아주 천천히 수화기를 내려놓는다.

12

  그가 그녀에게 욕망을 느낀다는 것을 눈치 채자마자 이리나가 몸을 허락했다는 사실, 그녀가 그 행위에 별다른 중요성을 부여하지 않는다는 사실, 그 행위는 그녀의 몸에서 벌어지는 일이긴 하지만 완전히 그녀에게 속한 것은 아니라는 사실, 그녀의 머릿속에 별도의 유리된 존재가 있는 것 같다는 사실, 그녀에게는 육체가 별도로 존재하는 장식적인 부속물에 지나지 않는다는 사실로 인해 랜슬롯은 오랫동안 고통을 겪었다.

  만약 이리나가 그 일에 별다른 가치를 부여하지 않는다면, 그녀는 그 행위를 마음 내키는 대로 아무하고나 할 수 있었던 것이다.

  한번은 그가 그런 생각을 입 밖에 내어 말한 적이 있었다. 그녀가 자기 자신의 육체를 그렇게 대수롭지 않게 생각한다면, 돈을 받고 섹스를 하는 일도 있을 수 있지 않느냐고. 그녀는 그가 그런 생각을 했다는 것에 좀 충격을 받은 것 같았다. 이윽고 그녀가 대답했다, 그래, 맞아. 난 그저 상대에게 예의를 표하기 위해 섹스하는 경우가 종종 있었어. 예를 들어 나에게 어떤 일을 해준 데 대해 감사의 뜻으로 말이야. 어떤 목적지까지 나를 태워다준 데 대해서도 그런 식으로 보답했어. 저녁 식사에 초대해 준 것에 대한 보상으로도 했고. 하지만 직접적으로 돈을 받고 그걸 한 적은 없어.

랜슬롯은 생각에 잠겨 있는 그녀―꿈꾸는 듯한 눈빛으로 소파에 앉아 몸을 셋으로 접은 다음 다리 위에 모포를 덮고 그런 자세의 따듯함과 안락을 충분히 향유하려는 듯이 아주 살짝 몸을 움직거리고 있는―를 바라보았다. 그는 생각했다, 이런 맙소사, 난 이 여자가 다른 남자와 자는 걸 그만두기를 바라고 있어. 그는 그녀가 남자들과 어울리는 장면, 그들이 그녀를 여러 가지 체위로 소유하는 장면을 상상하기 시작했다. 그의 얼굴이 일그러졌다. 그런 음탕한 상상이 그에게 구역감을 불러일으켰다. 그는 미간을 찌푸리며 생각했다, 이건 꼭 식초를 밥숟가락으로 떠먹는 것 같군. 이리나가 그에게 몸을 돌리며 말했다, 그건 지난 일이야, 자기. 이제 더 이상 다른 남자들이 내 몸에 그걸 하길 바라지 않아.

그런 말을 들으며 랜슬롯은 깊은 슬픔을 느꼈다. 그는 그녀 곁으로 다가갔다. 그런 그녀가 감동적이라고 생각했다. 바로 그랬다, 그녀는 감동적이었다. 랜슬롯은 울고 싶었다. 그는 생각했다, 도대체 내가 왜 이러는 거지? 이건 어머니와 관계가 있는 게 분명해(랜슬롯은 자신의 타고난 감상성을 극복하기 위해 이따금 스스로를 몰아붙였다). 그는 이리나가 그를 안심시켜주기를, 이제 더 이상 자신의 육체를 발기한 성기를 가진 뜨내기 남자들에게 내맡기지 않겠다(그녀는 마치 같은 층의 이웃에게 깡통따개를 빌려주거나 여름 한 철 동안 자기 아파트를 전대하는 일과 다름없다는 듯 이렇게 말하기도 했다, 남자들은 자기 몸을 일시적인 욕망에 곧잘 사용하잖아)는 증서에 서명해주기를 간절히 바랐다.

그는 그녀를 품에 안았다. 그녀는 위로를 받아야 할 사람이 그라는 것을 안다는 듯 오랫동안 말없이 그를 얼러주었다.

그런 다음 그녀는 한숨을 내쉬며 자리에서 일어나 말했다, 살이 좀 찐 것 같아. 랜슬롯은 아래에서 위로 그녀를 올려다보면서(그는 소파 옆 바닥의 러그 위에 앉아 있었다) 그녀가 듣고 싶어 할 거라고 생각되는 말을 해주었다, 천만에, 당신은 전혀 뚱뚱하지 않아.

그러자 그녀는 미간을 찌푸리고는 그에게로 몸을 돌리며 말했다, 당신이 여자가 살찐 것에 대해 뭘 안다고 그래?

그는 발끈했다. 십대 때에도 그런 종류의 이야기—사실과 전혀 다른—를 들은 적이 있었다. 왜냐하면 십대 때 그는 여자애들을 몹시 겁내고 있었으므로. 그 어떤 여자애도 그에게 와서 자신의 허벅지살에 대해 한탄하지 않았다. 여자애들은 그를 무시하고, 종이 다른 동물이라도 되는 것처럼 그를 경원시했다. 그가 상대에게 혐오감을 일으키거나(내가 땀을 지독하게 흘린단 말인가?) 전염병을 갖고 있기라도(내게 무사마귀라도 있단 말인가?) 한 것 같았다. 당시 랜슬롯은 자신에게 문제가 있어서 그런 모욕을 당하는 거라고 생각했다. 여자애들과 남자애들 간의 관계를 규정하는 근본 규칙에 대해 아직 몰랐던 만큼, 조심스런 태도와 약한 근시와 얼핏 보기에 초연한 태도로 인해 그에게서 특별한 아우라가 풍기고 있음을 알지 못했던 것이다. 이리나가 말했다, 미안해. 그 역시 그 말을 반복했다, 미안해. 그들은 서로 미소를 지어 보였고, 그녀가 그에게 말했다, 그래도 어쩔 수 없어. 난 지금 고래가 된 것 같은 기분이야. 그는 그녀에게 손을 내밀며 말했다, 이상해, 여자들은. 어떤 무리 속에서든 가장 날씬한 여자가 되길 바란다니까. 그녀가 다시 웃음을 지으며 결론을 내렸다. 걱정하지 마, 내 실망감 정도는 내가 알아서 처리할 수 있으니까.

13

랜슬롯은 약을 먹는다. 약들은 그를 안정시키고, 분홍색 거즈 필터를 거친 온건한 생각만을 그의 머릿속에 들여보낼 것이다. 그리고 강박관념들과 맞서 싸워줄 것이다. 닥터 엡스타인이 그렇게 말하지 않았던가, 이게 당신이 강박관념과 싸우는 걸 도와줄 겁니다. 그때 랜슬롯은 생각했다, 그러니까 내 보물이 이 세상에 더 이상 존재하지 않는다는 생각을 하면서 절망하는 것이 강박관념이라는 건가. 그는 차마 그렇게 물을 수는 없었다. 그는 생각했다, 닥터 엡스타인은 자신이 할 일에 대해 잘 알고 있겠지.

그는 약을 먹는다. 내일 아침 일곱시까지 버텨야 한다. 약장의 내용물을 살펴본다. 유통기한이 지난 신경안정제 발륨 통이 있다 (그는 이리나가 이런 약을 먹고 있다는 사실조차 모르고 있었다). 세 알이 남아 있다. 그는 수돗물을 조금 받아 그것을 삼킨다. 그는 차고로 내려온다. 이내 피로가 몰려와 술에 취한 듯 졸음이 온다(하지만 술을 마시는 사람은 그가 아니라 이리나가 아니었던가). 그는 웃기 시작한다. 웃느라 어깨가 흔들린다. 오오오 하고 소리를 지른다. 음절들이 길게 늘어나 마치 오오오오 오오오오 오오오오처럼 들린다. 그는 차고의 콘크리트 바닥 위에서 두 팔을 양옆으로 벌린 채 잠이 든다. 몇 시간 후(어둠이 내릴 무렵), 그는 온몸이 꽁꽁 언 채로 잠에서 깬다. 거미들이 그의 뇌 속을 집으로 삼아 그 곳에 모여 거미줄을 잣고 있는 것 같은 무시무시한 느낌이 든다. 그건 해롭다. 그는 어둠 속에 앉아 움직이지 않는다. 그의 주위에는 온갖 종류의 나무 상자들이 놓여 있다. 그는 그 안에 연장들을 정리하고 무엇이 들었는지 뚜껑 위에 적는다. 랜슬롯은 꼼꼼한 남자다. 이런 꼼꼼함이 그의 주위를 둘러싸고 있는 느낌이 든다. 이런 꼼꼼함에 공격당하는 것 같기까지 하다. 주위의 나무 상자들이 마치 납골당의 선반 위에 길게 놓인 뼛가루가 든 유골단지들 같다. 어둠은 그의 고통을 달래주지만(목이 뻣뻣하고, 머리부터 발끝까지 떨린다), 그의 탈선을 부추긴다. 그는 차고의 먼지투성이 콘크리트 바닥에 얼어붙은 엉덩이를 붙인 채 나머지 삶을 보내고 싶다. 절대 고독에 갇힌 느낌이다. 그의 슬픔은 그를 둘러싼 검고 냄새나는 공기(거기에서는 곰팡내와 기름 냄새와 찍찍 달라붙는 오래된 고무 냄새가 난다)만큼이나 구체적이다. 랜슬롯은 그의 폐에 거친 자극을 주지 않으려는 듯 천천히 숨을 쉬며 생각한다, 더 이상 존재하지 않는 것에 대해서는 한 바탕 울어버리고 치우는 게 가장 좋은 해결책이지. 그는 그러기로 한다. 그러니까 그렇게 얼떨떨한 채로 차고 안에서 움직이지 않고 흐느끼며 여러 시간을 보낸다. 이윽고 그는 마음을 가라앉히고 생각한다, 어쩌면 다시는 몸을 일으킬 수 없을지도 몰라. 하루 종일 그가 들은 것이라고는 라디오에서 나오는 소리와 의심하고 확인하는 경감의 전화 목소리뿐 누군가와 직접 대화한 적이 없다. 더 이상 말을 안 하면 안 될 것 같아 그는 소리 높여 말한다, 어쩌면 내 몸은 마비되어 버렸을지도 몰라. 그 자신의 목소리를 듣자 기분이 좋다. 그가 다시 말한다, 좋아, 여기서 나가겠어. 그리고 그는 몸을 일으킨다. 머리가 좀 어지럽지만 층계로 통하는 문까지 걷는다. 난간(그가 임시로 설치해 놓은 합판으로 막은 삼각형 틀)을 붙잡고 계단을 오르면서 그는 외친다, 도대체 그녀는 왜 나를 선택한 것일까? 맙소사, 그녀는 도대체 왜 나를 선택한 것일까?

층계 한가운데에서 랜슬롯은 걸음을 멈춘다. 한 발을 든 채 자문한다, 층계 한가운데야말로 어떤 의문에 대한 대답을 찾아내는 데 완벽한 장소가 아닐까? 그는 생각한다, 도대체 왜 그녀는 줄곧 세상의 끝으로 가서 멸종 위기의 동물들을 찍어야 했던 것일까? 그녀가 찾던 것은 도대체 무엇일까?

랜슬롯이 그렇게 물었을 때, 이리나는 말을 돌렸다. 난 달아나는 시간을 좇아가는 거야. 그런 다음 자신이 원하는 것을 그가 제대로 이해하지 못하리라고 확신하는 듯 미간을 찌푸렸다.

랜슬롯은 스스로에게 계속해서 묻는다. 이제 그는 계단 위에 앉아 있다. 바닥이 꺼지지 않는다는 것을 확인하려는 듯 한손으로 벽을 짚고 있다.

이리나의 젊음이 슬픔의 껍질 같은 것으로 변해버렸다. 그리스 신화의 괴물 고르고 자매들이 그 여정을 실망과 낙담과 피로가 뒤엉킨 쑥대밭으로 만들어버렸다.

랜슬롯은 이리나의 여행들이 줄곧 그를 깊은 절망에 빠뜨렸다는 것, 그의 안에서 지독한 피로감을 솟구치게 했다는 것을 깨닫는다. 그 여행들은 그를 파도 반 독초 반인 석호로 데려갔다. 먼지를 품은 안개가 자욱한 그 석호에서는 세상을 진정으로 음미한다는 게 원천적으로 불가능하지 않던가. 랜슬롯은 히죽 웃고는 자리에서 일어나 다시 계단을 오르기 시작한다. 기어서라도 층계를 다 오르겠다고 결심한다. 이윽고 층계참에 이른다. 도대체 이리나는 나 같은 멍청이에게서 뭘 기대한 것일까, 하고 줄곧 한탄하면서. 그들의 침실에 발을 들여놓는 순간, 그는 뒷걸음질하기 시작한다. 이리나와 함께 쓰던 침대를 보자 목이 졸리고 머리를 얻어맞은 듯한 느낌이 들었던 것이다.

그리고 또 한 가지 달라진 것이 있다.

이리나의 화장대가 보이지 않는다. 분명히 침실 왼쪽 구석에 놓여 있었다. 정신 차리자. 이성을 잃어선 안 돼. 이틀 전만 해도, 아니 일주일 전만 해도 분명 저기에 있었잖아, 혹시 이리나가 그것을 구세군에 넘긴 것일까? 아니, 그럴 리가 없었다. 화장대는 사라진 것이다. 이런 일은 랜슬롯의 삶에서 흔히 일어난다. 사물들이 은밀한 차원으로 곤두박질치는 것 말이다. 그에 맞서 그가 할 수 있는 일은 아무것도 없다.

랜슬롯은 벽을 붙잡고 다시 거실까지 걸어와 텔레비전을 켠다. 다행히 텔레비전은 제대로 작동하는 것 같다. 그는 소파에 앉아 복싱 게임을 보다가 경련하듯 점멸하는 텔레비전의 불빛 속에서 이내 잠이 든다. 기도문처럼 반복되는 해설자의 목소리에 취해서.

14

어둠이 걷히기 시작할 무렵, 랜슬롯은 오모코 다리 근처에 차를 세운다. 동쪽 하늘은 이미 불그스름하지만, 그가 보기엔 뭔가를 데울 온기를 갖고 있지 않은 것 같다. 랜슬롯은 차 안에 가만히 앉아 동이 트는 것을 바라본다. 불면증에 대해 이야기하는 라디오 프로그램을 끈 다음, 딱딱 소리를 내며 자동차가 식는 소리를 들으면서 생각한다, 북극의 일출이 이것과 비슷하겠군.

이윽고 그는 밖으로 나와 차 문을 닫는다. 차 문이 닫히면서 얼어붙은 세상의 표면과 완벽하게 어울리는, 공허한 금속성의 소리가 난다. 랜슬롯은 주위를 둘러보며 생각한다, 이 사람이 날 바람 맞히는 것은 아닐까. 그 생각이 그에게 편안함과 실망감을 동시에 불러일으킨다(이제 그는 따뜻한 집으로 돌아갈 수 있지만 거기에는 그를 맞아줄 이가 없는 것이다). 그 순간 그는 다리 반대편 전기 구조물 뒤에 주차된 일제 잿빛 자동차를 발견한다. 그는 두 손을 주머니 속에 넣고 숨을 쉴 때마다 입김을 뿜어대며 그리로 다가간다. 그는 주변을 살펴본다. 경찰 하나가 그를 감시하다가 이 새벽에 그가 오모코 다리에서 뭘 하고 있는 건지 궁금해 할 것 같다. 이리나의 아버지라는 사람이 나타났다는 말을 경찰에 했어야 했는지도 모른다는 생각을 하다가 다음 순간 스스로를 비웃는다. 당신은 무척 온건하고 규칙대로 사는 사람이야, 어느 날 이리나가 그의 얼굴을 어루만지며 말했다. 그는 그 말을 부정적으로 받아들였다. 망아지의 머리를 긁어주면서 그렇게 말하는 것 같은 느낌이 들었던 것이다.

몸에 난 땀이 차갑게 식으며 증발하는 것이 느껴진다.

그는 몸을 부르르 떤다.

다리는 유령들의 장소이다.

이곳의 대기는 투명하고 내 마음은 환히 들여다보인다.

랜슬롯은 대충 보수해놓은 난간을 붙잡는다.

모든 게 스러지는 그 순간 그녀는 나를 생각했을까?

강에서 아주 특별한 한기, 박하 냄새가 나는 축축한 부식토의 한기가 올라오는 것 같다.

그는 생각한다, 이리나와 함께 있을 때는 지금 같은 고독감을 느낀 적이 없었어. 그녀와 함께 있으면 미래에 일어날 일을 상상하는 것, 호흡하는 것이 불가능했지. 그녀는 날 현재 속에 가두었어. 내 주위에 깃털을 뿌려서 말이야.

랜슬롯은 고개를 내저으며 난간에서 손을 뗀다.

남자의 자동차 쪽으로 걸어가면서 그는 언제부터 이 모든 것이 궤도를 이탈했는지 자문한다. 그의 생각에 그들이 카메론을 떠나 이 추운 곳으로 온 것과 관련이 있는 것 같다. 랜슬롯은 이제 그것이 정신 나간 선택이었다는 것을 깨닫는다. 카메론과 그 평온한 날씨를 포기하고 혹독하게 추운 이곳으로 오다니…… 그들이 카메론에서 함께 산 기간은 겨우 9개월뿐이다. 이리나가 그녀의 낡은 아파트를 팔고 이곳 눈 속의 너와집으로 이사하자고 그를 설득했던 것이다. 그녀는 단호한 어조로 말했다, 난 이 도시를, 이곳의 공해를 더 이상 견딜 수가 없어. 숨이 막혀, 숨이 막힌다고. 그런 다음 목이 졸리는 흉내를 냈다. 그리고 랜슬롯은 생각했다, 그곳에 가면 적어도 그녀를 독차지할 수 있을 거야. 그것은 그곳을 떠나는 이유치고는 몹시 고약했고, 랜슬롯도 그 사실을 잘 알고 있었다. 하지만 그 덕택에 그는 평소의 광물적인 무기력에서 벗어나 카타노로 이주하는 데 필요한 여러 조치를 취할 수 있었던 것이다……

이윽고 랜슬롯은 다리 아래 기슭의 바위 뒤에서 낚싯대를 든 채 담배를 피우는 남자를 발견한다. 남자는 흐느적거리는 수초를 실어오는 물살과 찌를 넋놓고 바라보고 있는 것 같다. 어제와 같은 차림새다. 랜슬롯은 생각한다, 여기서 보니 젊은 사람 같군. 저 사람은 몇 살에 이리나를 낳았을까? 남자가 고개를 들더니 랜슬롯에게 손짓을 한다. 랜슬롯은 비탈길을 미끄러져 내려가 그에게 다가간다. 강은 둑에서부터 약 2미터 가량 얼었지만 가운데에는 여전히 물살이 흐르고 있다. 랜슬롯은 생각한다, 기온이 그렇게까지 낮은 건 아닌가 보군. 난 뼛속까지 얼 것 같지만 말이야. 안녕하시오, 그가 남자에게 소리친다. 상대는 고갯짓으로 대답을 대신한다(물고기가 놀라 도망갈까 봐 그러는 것일까?).

랜슬롯은 되도록 강을 바라보지 않으려 애쓴다.

그는 생각한다, 이리나가 저 안에서 죽었어.

아냐, 사실은 그렇지 않아.

이리나는 저 안에서 죽은 게 아니야.

랜슬롯은 사실을 알고 있다. 경찰이 그에게 알려주지 않았던가. 슈나이더 경감은 여러 가지를 종합해 보건대 이리나는 자동차(그 자동차가 누구 것인지 알려주시겠습니까? 아, 아직 확인하지 못하셨다고요? 내 아내가 그 안에서 죽어 있던 그 차의 소유주 이름을 알게 되면 내게 알려주십시오, 예 예 예, 알려주시면 정말 고맙겠습니다)가 강 한가운데로 떨어지기 전에 이미 죽어 있었다고 말했다.

이리나는 익사한 것이 아니었다.

그 사실이 그를 외상후스트레스장애에 빠뜨렸던 것이다.

지금으로서는 빠진 퍼즐 조각이 너무 많아서 랜슬롯은 이리나의 죽음을 익사 아닌 다른 것으로 보기가 어렵다. 그는 줄곧 강을 바라본다. 그 물이 연인의 폐 속으로(귀와 입과 모든 구멍 속으로) 들어갔다는 사실을 상기하듯이. 그건 좀 견디기 어렵다. 그는 눈앞에 떠올린다, 자동차가 다리 아래로 떨어지는 것을, 자동차 안에 물이 점점 차오르고 그의 공주의 머리카락이 떠오르는 것을. 그는 본다,

그녀의 머리카락을, 무겁게 감긴 눈꺼풀을, 강물을 머금어 무겁게 부풀어 오른 그녀의 외투를. 그는 본다, 이리나의 얼굴 주위에서 머리카락이 춤추는 것을. 그것들은 평소처럼 구불거리는 대신 식물처럼 길고 나긋하고 가볍다. 이 모든 것이 분노도 흐느낌도 없이, 요란하지도 빠르지도 않게 천천히 진행된다. 충격도, 양철도, 금속도, 요란한 소리도 없다. 랜슬롯은 낭만적이고 조용한 익사를 상상한다. 들리는 소리라고는 이리나의 몸 주위로 떠올라 그것을 둘러싸고 드러낼 뿐 이미 생명을 잃은 그녀에게 아무 도움도 되지 못하는 공기방울들로부터 나오는 미묘한 소리뿐이다. 랜슬롯은 이런 일련의 장면들을 느린 속도로 떠올린다. 이리나는 이제 무게가 없다. 공기의 요정이 된다. 그녀의 두 손이 안으로 들이닥치는 검은 물을 막아보려는 듯 머리 위로 올라간다. 자동차가 강바닥의 모래 위에 닿았다가 가볍고 황량한 소용돌이, 달에 착륙한 우주비행사들의 발걸음을 연상시키는 소용돌이에 밀려 위로 올라온다. 모든 것이 꺼진다. 자동차의 헤드라이트가 깜박거리다가 꺼진다. 주위의 강물도, 이리나의 몸도 완전한 어둠에 휩싸인다.

영상이 멎는다.

랜슬롯은 다시 걷기 시작한다.

그는 자연스럽게 걷고 싶지만, 이런 추위 속에선 그럴 수가 없다. 그가 제자리 뛰기를 하자, 상대는 몸을 돌리고 랜슬롯의 두 발을 힐긋 바라본다. 랜슬롯은 소리 때문에 물고기가 달아난다는 것을 깨닫고 뛰기를 멈추고 이를 딱딱 부딪치기 시작한다.

난 파코라고 하오, 남자가 말했다.

난 랜슬롯입니다(랜슬롯은 자신이 이리나 아버지의 이름을 모르고 있었다는 것을 깨닫는다).

파코는 알고 있다고 손짓한 다음 고개를 돌리고 다시 찌를 응시한다. 랜슬롯은 생각한다, 이건 불합리해. 어쨌든 자기 쪽에서 나를 만나러 왔으면서 저렇게 침묵을 지키다니. 그는 재킷 주머니에 든 약을 두 알 삼킨다. 그는 생각한다, 긴장하지 말자.

그는 투명한 얼음 밑에 갇힌, 평평하게 눌린 커다란 거품들을 바라본다. 거품들은 마치 체스판 위에서 가장 좋은 자리를 찾는 것처럼 이따금 아주 빠르게 움직이다가는 정지한다. 갈가마귀 울음소리, 차들이 다리 위를 지나가는 소리가 들린다. 그는 이리나 아버지의 이름을 생각한다. 그 이름은 그에게 아무것도 떠올려 주지 않는다. 그는 생각한다, 파코라, 스페인식 이름이군. 그는 생각을 모으려 해보지만, 뿌연 안개 같은 것이 머릿속에 끈질기게 달라붙어 있다. 이윽고 그는 진창에 빠진 것 같은 그런 불쾌한 느낌을 떨쳐 버리기 위해 이렇게 말한다.

사실 그날 밤, 이리나는 오모코 다리에 있어서는 안 되었습니다. 내가 직접 그녀를 공항까지 데려다 주고 돌아왔지요. 경찰 전화를 받기 15분 전 세일란 행 비행기가 연발한다는 그녀의 전화를 받았습니다.

한밤중에 말이오?

한밤중에요.

그 애가 한밤중에 비행기를 타게 되어 있었단 말이오?

그렇습니다(랜슬롯은 남자를 향해 몸을 돌리고 미간을 찌푸렸다).

이곳에서는 밤에 비행기가 뜨지 않소.

아.

랜슬롯은 눈앞에 있는 강둑을 응시하면서 고개를 젓는다. 맥이 탁 풀린다. 이리나가 그럴싸한 거짓말을 하려는 노력조차 하지 않았다는 사실, 현실과 담을 쌓은 그가 그 사실을 알아차리지 못하리라고 생각했다는 사실이 그를 더없이 슬프게 한다. 그는 파코를 바라본다. 상대는 그를 멍청이로 여기고 있는 것 같다.

그래서?

그래서라뇨? 랜슬롯이 묻는다.

당신 생각은 어떻소? 경찰이 어떻게 생각하고 있는 것 같소?

잘 모르겠습니다. 내 생각에 이리나는 이중생활을 하고 있었던 것 같습니다(랜슬롯은 어렵게 말한다. 그 말이 그의 목에 걸린다).

애인이 있었단 말이오?

그런 것 같습니다.

파코는 더 이상 묻지 않는다. 그는 찌를 응시한다.

뭘 낚는 겁니까? 랜슬롯이 묻는다.

숭어.

랜슬롯은 늦기 전에 정신을 차린다. 하마터면 얇게 썬 아몬드를 곁들인 숭어 요리를 좋아한다고 말할 뻔했다. 그는 깜짝 놀라며 생각한다, 내가 지금 제 정신이 아니군. 그의 옆에 있는 남자는 여전히 퇴역 군인 같은 태도를 취하고 있다. 그의 뻣뻣한 태도가 랜슬롯을 긴장시킨다.

내가 어떻게 죽었다고 이리나가 이야기합디까? 이리나의 아버지가 갑자기 묻는다.

사실 그렇게 명확하지가 않습니다…… 술인가…… 뭐 그런 것 때문이라고……

아, 그렇소?

그렇습니다.

그 애가 더 지독한 이야기를 꾸며대지 않았다는 게 놀랍군.

머리가 돌았다든가……(그 대목에서 랜슬롯은 생각한다, 이 사람 지금 이리나 애기를 하는 건가, 아니면 다른 사람 이야기를 하는 건가?) 벼락을 맞았다든가, 고환암에 걸렸다든가 러시아 마피아에게 매수된 폭력배 무리에게 걸려 콘크리트 속에 생매장 당했다든가 하는 이야기 말이오.

이리나가 그런 이야기를 꾸며댔을 것 같진 않은데요, 랜슬롯이 신중하게 대답한다.

아, 그렇소? 상대가 되묻는다. 그는 랜슬롯을 곁눈질한다. 랜슬롯이 생각한다, 이 사람은 자기가 나보다 이리나를 더 잘 알고 있다는 걸 과시하고 싶어해. 이 사람은 나를 어수룩한 멍청이로 여기고 있는 거야.

랜슬롯은 어딘가 앉고 싶다. 그의 두 다리에서 힘이 빠진다. 그는 문득 그 남자와 이리나가 자신에게 지배력을 행사하고 있다고 느낀다. 그는 생각한다, 내가 지금 조종당하고 있는 것일까? 그는 생각한다, 내 아내, 내 보석, 내 작은 심장.

그밖에 다른 건 없소? 이리나의 아버지가 묻는다.

무슨 말씀입니까?

경찰에서는 그저 그 애가 이중생활을 하고 있었다고만 생각하는 거요?

그렇습니다. 그런데 왜 그런 걸 묻죠? 당신은 뭔가 다른 게 있다고 생각하십니까?

아, 아니, 아니오, 그렇지 않소. 내겐 아무 생각도 없소. 그저 그 애가 이중생활을 하고 있었다는 사실에 경찰이 왜 신경을 쓰는 건지 궁금한 것뿐이오. 그건 결국 당신 문제요. 그러니 당신이 해결해야지.

랜슬롯은 물살을 타고 흘러가는 찌와 낚싯줄을 따라 움직이는 수초들을 바라보다가 이윽고 대답한다.

그건 그녀가 익사한 게 아니기 때문입니다. 자동차가 강에 떨어지기 전에 그녀는 이미 죽어 있었답니다.

아. 아(그 소리는 목기침이나 작은 웃음소리와 흡사했다).

경찰에서는 지금으로서는 사인을 심장마비로 보고 있더군요, 랜슬롯이 덧붙였다.

당신 생각은?

내가 아는 한 이리나의 심장에는 문제가 없었어요(그는 타들어가는 손가락들을 식혀야 하는 것처럼 손으로 허공을 쓸었다). 내가 이리나를 그렇게 잘 알고 있지는 못했지만 말입니다.

그렇소, 당신은 그 애를 잘 모르고 있었던 것 같소.

랜슬롯은 생각한다, 빌어먹을, 그런 말은 나나 할 수 있는 거야. 제기랄, 당신은 그런 말을 할 권리가 없다고.

다시 그는 생각한다, 난 지금 이 사람에게 여러 가지 정보를 주고 있어. 이 사람은 나보다 이리나에 대해 훨씬 많이 알고 있으면서도 마치 아무것도 모르는 사람처럼 저기 서서 숭어나 낚고 있는데 말이야.

그가 말한다, 어렸을 때 이리나가 어땠는지 이야기 해주십시오.

이리나의 아버지가 하늘을 바라본다. 그는 재떨이로 쓰려고 가져 온 금속제 통에 담배를 비벼 끈다. 통 안에는 이미 대여섯 개의 꽁초가 들어 있다. 랜슬롯은 생각한다, 그 통 안에 갇힌 개미가 되고 싶지 않다고. 그것은 지옥만큼 지독한 형벌이리라. 파코는 뚜껑을 닫은 다음 통을 다시 배낭에 넣는다. 그가 말을 시작한다.

이리나는 더할 수 없이 사랑스러운 아이였소. 게다가 무척 사려 깊었지. 엄마와 함께 언제나 미사에 참석했소. 성당에 가지 않을 때에는 예수나 사도들, 막달라 마리아, 가브리엘 천사 등을 그렸지. 그 애의 방은 그런 그림들로 가득 차 있었소, 그 애는 수녀가 되겠다고 입버릇처럼 말했소. 그리고 성당에서 노래를 불렀소. 그 애는 더 없이 맑은 목소리를 갖고 있었지. 그 애 엄마는 자주 미사에 빠졌소. 우울증으로 수면 치료를 받으러 가느라 미사를 빠진 거였소. 이리나는 그런 엄마에게 몹시 화를 냈소. 엄마가 집에 없는 동안 그 애는 내게 먹을 것을 만들어 주고 집안일을 맡아 했소. 그리고 자신의 분노를 용서받기 위해, 엄마의 구원을 위해 줄곧 기도를 했소. 엄마가 돌아오면 이리나는 엄마가 좋아하는 메도크산 포도주를 눈에 띄지 않게 감추었소. 강장제가 악마의 간식이라고 했던 사제들의 말을 기억하고 있었던 거요. 남자애들에게 온통 마음을 뺏기기 전까지 그 애는 그렇게 지냈소.

그게 언제였습니까?

그 애가 열네 살인가 열다섯 살 때였소.

모든 게 바뀌었나요?

그 애는 다시는 성당에 가지 않았소. 그러다가 열일곱 살 때 양계장에서 일하던 남자친구와 종적을 감추었다오. 그들은 자동차 트렁크에 냉동 닭 열두 마리가 담긴 아이스박스를 싣고 떠났소. 그 후 2년 동안 그 애를 보지 못했지. 그 애 엄마의 상태는……

당신은 이리나를 찾지 않았나요?

그 애 나이 열일곱이었소. 강제로 집으로 데려와 봤자 아무 소용도 없었을 거요. 8개월 동안 모든 이들에게 욕설을 퍼부어대다가 닭 잡는 일을 하던 남자친구와 줄행랑을 친 걸 보면 말이오.

사태를 보는 관점에 따라 다르겠지요.

파코는 랜슬롯을 향해 천천히 몸을 돌린다. 랜슬롯은 확신한다, 남자의 얇은 입술 사이로 날카롭고 거친 말이 나올 것이라고, 그가 증오에 차서 그의 목을 물어뜯으려 들 것이라고. 그는 생각한다, 이 남자가 코브라를 닮다니 믿어지지 않는걸.

이윽고 그가 묻는다.

2년 동안 그녀는 무엇을 했답니까?

안 해본 일이 없었던 모양이오. 촬영도 배웠는데, 그건 그 애가 하고 싶어 하던 일이었소, 또 남자친구와 함께 암시장에서 물건을 거래하기도 했소.

암거래를 했다고요?

당시 그 애의 남자 친구는 어떤 병원에서 일을 시작했는데, 그 병원의 중앙 의국을 털었다오(파코는 이런 일들이 정말 골치가 아프다는 듯 고개를 젓는다). 하지만 약을 훔치진 않았소. 그렇소, 붕대와 카테터, 심전계를 훔쳐내 암시장에 내다 팔았다오. 이리나와 함께……

이리나가?

그 애는 그런 물건들의 상당량을 아프리카나 아시아 등지에 보냈소. 두 사람은 정치색이 애매한 대체 기구들과 사업을 했소. 세계 도처에 매복해 다양한 폭동을 지원하는 그런 기구들 말이오.

그럴 리가?

사실이라오. 두 사람은 또 홈리스와 저소득층을 지원하는 단체들과도 접촉했소. 그러다가 점차 부피가 큰 물건들, 그러니까 장애자용 의자나 신생아용 투명 요람 등에 이어 금속제 옷장이나 침대에도 손을 댔다오. 두 사람은 마치 로빈훗 같았소. 부의 재분배랄까. 그러다가 결국 붙잡히고 말았다오.

설마?

그들은 하마터면 혹독한 대가를 치를 뻔했소. 하지만 두세 개의 기구에서 그들을 전략적으로 지원해 주었고, 뒤를 봐주는 정치 세력 덕택에 큰 피해 없이 넘어갈 수 있었소. 그는 한 순간 생각에 잠긴 다음 말을 잇는다. 그렇다고 해서 전혀 피해를 입지 않은 건 아니었소.

무슨 얘긴지 알 수가 없군요, 랜슬롯이 강 표면을 응시하면서 말한다.

그건 상대방에게가 아니라 그 자신에게 하는 말이다. 하지만 상대는 그쪽으로 몸을 돌리고 이렇게 말한다.

도대체 이해할 수가 없소. 그 애가 당신에게 이런 이야기를 전혀 하지 않았다는 거요? 그 애는 당신에게 아무 얘기도 하지 않았다는 거요? 그 애는 당신을 믿지 않았던 거요?

그녀는 나를 믿고 있었다고 생각합니다.

랜슬롯은 깊은 침묵 속으로 빠져든다. 그는 슬프고 버려진 것 같은 느낌이다. 이것이야말로 그가 줄곧 두려워해온 일이 아니던가. 이리나에게 버림받는 것 말이다. 랜슬롯은 한숨을 내쉰다.

난 집을 팔고 도시로 돌아갈 예정입니다. 이 외진 곳에서 혼자 살 순 없을 것 같습니다.

이리나의 아버지는 그런 그의 계획에는 관심이 없는 것 같다. 고개를 끄덕이지도, 끙 하는 소리도 내지 않는다. 이윽고 랜슬롯이 말한다, 난 그만 가겠습니다. 그런 다음 그는 걸음을 떼어 비탈을 오르기 시작한다. 상대는 아무 말도 하지 않는다. 인사도 하지 않는다. 자기 딸에 대해 그렇게 무지한 남자라면 대화 상대가 될 자격이 없다고 생각하는지도 모른다. 랜슬롯은 여전히 슬프지만 동시에 화가 난다. 그는 생각한다, 미치광이 집안 같으니라고, 빌어먹을 미치광이 집안 같으니라고. 비탈길을 기어올라 다시 갓길에 이른 그는 두 손을 무릎 위에 얹고 숨을 고른 다음 이를 악물고 서둘러 자동차까지 걸어간다. 좌석에 파묻혀 히터를 틀고 마음 편히 울기 위해서.

15

이리나는 개똥벌레가 된다. 불에 탄 개똥벌레. 몸이 타들어가는 희미한 소리, 불이 꺼진다.

그렇다면, 금속제의 작은 상자에 들어 있는 것은 이리나의 무엇이란 말인가?

16

랜슬롯은 때때로 자신이 공룡인 것 같은 느낌이 든다. 그 거대한 짐승과 같은 정도의 지능과 품위만을 지닌 것처럼 느껴진다. 게다가 그는 수백만 년 전에 이미 효력을 잃어버린 케케묵은 방식에 따라 살아야 한다고 믿고 있지 않은가.

예를 들어 랜슬롯에게는 언어가 중요하다.

그는 서약을 믿고, 약속을 지키며, 매년 처음으로 버찌를 먹을 때마다 맹세를 한다. 그는 엘리자베스와 결혼했기 때문에 영원히 그녀를 떠날 수 없노라고 생각했다. 그가 결혼 생활을 문제 삼는 데에는 이리나 같은 누군가(스스로의 확신을 어렵지 않게 포기하게 만드는)가 필요했다.

랜슬롯이 말에 좀 지나치게 중요성을 부여하는지도 모른다.

이리나 아버지와의 비참한 만남을 끝내고 집에 돌아오자마자 랜슬롯은 부동산 사무실에 전화를 걸어 집을 내놓는다. 부동산 사무실에 있는 여자의 이름은 마리 마리, 그 이름을 듣고 랜슬롯은 어안이 벙벙해진다. 그 순간 그는 자신에게 랜슬롯이라는 이름이 붙여진 이유를 기억해낸다. 그의 어머니가 그를 임신했을 때 중세를 다룬 대하소설을 읽었던 것이다. 그래서 그는 그런 민망한 이름('마리 마리'는 미국의 유명한 가스펠 듀오의 이름이다-옮긴이)을 가진 마리 마리에게 동병상련의 정을 느낀다.

마리 마리가 랜슬롯의 집에 도착할 즈음, 랜슬롯은 차를 준비한다. 그는 그녀가 예쁘다고 생각한다. 그 생각은 그를 낙담에 빠뜨린다. 그는 캡슐 두 알을 삼키며 생각한다, 나의 이리나, 내 보석, 내 귀염둥이. 분홍색 정장 차림의 마리 마리는 눈 투성이 부츠를 밖에 벗어두고 현관에서 분홍색 하이힐로 갈아 신는다. 그가 문을 열어주었을 때 그녀는 신을 갈아 신느라 종종걸음을 치는 홍학처럼 한 발로 서 있었다. 그녀는 그에게 민망해하는 미소를 지어 보였고, 랜슬롯은 생각한다, 이 여자 매력적인데(랜슬롯은 민망해하는 여자들, 감동하기 잘하는 여자들, 예쁘지만 좀 우스꽝스러운 데가 있는 여자들을 좋아한다. 그는 살짝 천박하고 요란한 여자들이 좋다. 그런 여자들이 남자를 유혹하기 위해 기울이는 노력이 정말이지 가상하게 여겨진다).

랜슬롯은, 진한 화장을 즐겨하던 언제나 혼자였던 어머니를 생각한다. 그는 이 마리 마리라는 여자가 어머니를 떠올리게 한다는 사실에 속으로 신음한다. 그는 생각한다, 나는 바보같이 감상에 빠진 거야. 하지만 그는 어머니의 얼굴과 부동산 사무실 여자의 얼굴을 겹치지 않을 수가 없다.

여자는 거실로 들어서면서 그래야 마땅하다고 여기는 듯 당혹스런 태도를 취한다. 그녀의 분홍빛 정장은 전혀 상황에 어울리지 않는다. 그녀는 이리나의 죽음에 대해 알고 있고, 그것을 유감스러워한다는 표시를 하고 싶지만 그런 삼가는 태도는 그녀의 분홍색 정장과 전혀 어울리지 않는다. 그녀는 오늘 아침 그 옷을 선택한 것을 후회하고 있음이 분명하다. 이런 자리에 어울리는 옷이 없었을 수도 있고, 어젯밤 외박을 한 후 집에 들러 옷을 갈아입을 시간이 없었을 수도 있다. 그래서 커다란 모란꽃 같은 차림새로 상중인 남자의 집에 온 것이다.

미스 마리 마리가 그렇게 분홍색 일습으로 차려입은 이유는 아마도 행복해지고 싶었기 때문일 것이라고 랜슬롯은 생각한다. 딱한 여자에게는 기분 변화가 폭탄이 될 수도 있는 것이다.

랜슬롯은 생각한다, 지금 내 눈에 보이는 저 모습이 저 여자의 실제 모습일까? 지금 내가 슬픔에 잠겨 있기 때문에 사태를 제대로 보지 못하는 것이 아닐까? 그는 생각한다, 지금 풍기는 이 역겨운 향수 냄새 이면에 혹시 호박의 시큼하고 부드럽고 쿰쿰한 냄새 같은 저 여자 자신의 냄새가 깔려 있는 것은 아닐까? 혹시 이 여자는

108

나뭇단으로 만든 빗자루와 고무장화를 문간에 벗어놓고 부동산 사무실 여자 행세를 하기 위해 요란한 분홍색 복장으로 갈아입은 마녀가 아닐까? 이제 마법을 부려 자신의 천박함과 서투름으로 나를 잠에 빠뜨리지 않을까?

랜슬롯은 여자가 자신에게 미소를 지어 보이고 있다는 것, 그 미소가 그의 얼굴에 지나치게 오래 머물러 있다는 것을 깨닫는다. 여자는 그를 매력적이라고 생각하는 모양이다. 랜슬롯은 어안이 벙벙하다. 도대체 무슨 일인지 알 수가 없다. 아주 오래전부터 그는 자신이 매력적인 남자일리가 없다고 생각해 왔다. 이리나는 그에게 말하곤 했다, 당신은 미남이야. 당신도 알고 있지? 그녀는 그가 겉멋으로, 혹은 그 자신의 힘과 매력을 제대로 파악하지 못한 탓에 그가 매력적인 남자라는 사실을 부정하는 거라고 생각하는 모양이었다. "과거를 묻진 않겠어"라고 말하는 듯 인상을 쓰며 그녀는 의혹에 찬 눈길로 그의 얼굴을 뜯어보았다.

미스 마리 마리가 말한다, 전 선생님 부인을 알고 있어요. 부인은 가끔 저희 사무실에 들르셨지요(그녀 맞은편에 찻잔을 앞에 놓고 앉아 있는 랜슬롯이 그녀를 건너다본다)…… 한 달 전쯤까지는요. 부인은 두 분이 살 집을 찾고 계셨지요. 그래서 사무실에 오셔서 지도를 보고 집을 보러 다니셨어요.

랜슬롯은 아내가 집을 보러 다녔다는 사실을 모르고 있었던 것처럼 보이고 싶지 않다. 그는 눈에 주름을 잡으며 미소를 지어 보인다. 그는 생각한다, 줄무늬만 있으면 〈이상한 나라의 앨리스〉에 나오는 고양이와 똑같겠어. 정말 너무해. 도통 이해할 수가 없어. 정말 피곤하다고. 이윽고 그는 정신을 차리고 대답한다.

아내가 마지막으로 가보았던 집을 가보고 싶군요.

오오오(덫에 걸린 뾰족뒤쥐가 내지를 법한 소리다), 물론 가보실 수 있지요, 루빈스타인 씨(그녀는 루빈스타인 집안이 유태인 집안이고 유태인들은 돈이 많다고 생각하는 그런 사람들 중 하나인 게 틀림없다). 사무실에 돌아가는 대로 그 집을 볼 수 있는지 확인해서 모시고 가겠습니다……(랜슬롯의 눈에 그 여자는 우아함과 점점 더 멀어진다…… 종종 그런 일이 있지 않은가…… 성냥팔이 소녀 같은 여자들의 겉모습에 매혹되었다가 결국 사악하고 매서운 그들의 본모습을 알게 되는 것이다.)

여자는 자리에서 일어나서는 사진을 몇 장 찍어도 되겠는지 물은 다음 방마다 다니면서 스탠드의 위치를 바꿔놓는다. 그런 다음 서류를 꺼내 그에게 '매도인' 난에 서명하게 하고, 훨씬 조심스러운 목소리로 그 집이 그의 소유인지를 묻는다. 그가 그렇다고 하자, 그녀는 새가 지저귀는 듯한 목소리로 '매매계약'과 세금에 대해 이야기한다. 랜슬롯은 그녀를 따라다닌다. 그녀가 혼자 자기 집 여기저기를 돌아다니게 하고 싶지 않다. 이제 그만 가주었으면 하고 그는 생각한다. 그는 그녀에게서 풍기는 달달한 향, 그러니까 큼큼한 호박 냄새를 누르는 문제의 향이 나무딸기 향이라는 것을 깨닫는다. 그녀의 보디 클렌저 냄새일 것이다. 그는 생각한다, 저 여자가 가고 난 다음 환기를 해야겠군. 나무딸기향이 나는 클렌저로 몸을 씻는 여자와는 도저히 같이 잘 수가 없어. 다음 순간 그는 정신을 차린다. 어쨌든 그가 그녀와 잔다는 건 말도 안 되는 소리가 아닌가.

그는 생각한다, 내가 도대체 왜 이러는 걸까.

마침내 여자가 가고 나자, 그는 담배 연기 제거용 초를 켠다. 어둠이 내린다. 다시 눈이 올 것 같다. 추위가 집을 휩싸는 것이 느껴진다. 그는 한손으로 벽을 만져본다. 벽에 구멍이 숭숭 뚫려 있고 축축한 것 같다. 그는 생각한다, 이제 어둠이 내리는 걸 기다리는 것 밖에 할 일이 없어. 평소라면 구역질나는 담배 연기가 자욱한 신문사 사무실에서 지역 신문에 실릴 기사를 쓰거나 교정지를 다시 읽을 것이다. 하지만 지금 그에게는 할 일이 없다. 그는 창가로 가서 팔짱을 끼고 점점 짙어지는 어둠을 밝히는, 앞으로 기울어진 자동차들의 불빛을 바라본다. 그는 생각한다, 오늘이 끝나려면 몇 시간 남았지? 밤이 매일 길어지는 것 같은 느낌이 들어. 그는 이리나를, 그녀의 어깨를, 가슴을, 엉덩이를 생각한다. 그 생각이 너무나도 고통스럽게 그를 꼬집고 결박한다. 매 걸음마다 억지로 굽혀야 한다는 것을 환기시키는 무릎 인대 같다. 랜슬롯은 생각한다, 그녀의 쾌감이 부디 꾸며낸 것이 아니기를. 느릿하고 치명적이지 않은 독이 그의 핏속으로 퍼져나가 신체의 기관들로 들어간다. 랜슬롯은 이리나와의 섹스가 참 좋았다. 마치 이리나를 만나기 전에는 섹스를 해본 적이 없는 것 같은 느낌이었다. 그는 생각했다, 이런 게 존재하다니 정말 놀랍군. 내가 이제까지 그걸 몰랐다는 게 말이야. 이리나를 만나기 전에 그는 섹스에 대해 막연하고 낡은 지식을 갖고 있었고, 섹스를 하지 않고 지내는 데 아무런 불편이 없었다. 그런 상태에 적응했고, 전혀 괴롭지 않았다. 자신의 성기를 규칙적으로 사용할 수 없다는 것에 전연 개의치 않았다. 그런 건 아무 문제가 되지 않았다. 왜냐하면 섹스에 대한 생각을 하지 않았던 것이다. 마치 섹스와 그에 관련된 모든 것을 잘 밀폐된 상자 속에 담은 다음 그 상자를 냉장고 속에 넣고 잊어버린 것과 비슷했다. 무엇보다도 그것은 전혀 불편하지 않았다. 하지만 이리나를 만난 후 그는 자신의 일부를 그런 식으로 잊어버리는 것이 불가능하다는 것을 깨달았다. 그것은 정상이 아냐, 하고 그녀는 그에게 말하곤 했다.

창 앞에 서서 다시 눈이 내리기를 기다리며 랜슬롯은 죽고 싶다고 생각한다. 그 정도로 그녀가 그립다. 그 생각이 그의 신경을 온통 점령한다. 마치 주먹이, 덤덤탄이 그의 흉골을 부숴버리는 것 같다. 힘들겠는걸, 하고 그는 신중하게 말한다(그의 목소리가 어떤 물렁한 것에 부딪쳐 튀어 오른 것처럼 기묘하게 울려 퍼진다). 그는 캡슐 두 알을 더 삼킨다. 깊은 침묵, 많은 눈이 내리기 전에 언제나 찾아오는 침묵이 그의 두 다리를 휘청거리게 한다. 절구 아래 깔린 것처럼 그의 몸을 짓누른다. 그는 그 침묵이 추위와, 우주의 어둠과 비슷하다고 생각한다. 이윽고 그가 히죽 웃는다.

그는 전화벨이 울리기를 기다린다.

전화벨이 울리기 시작한다. 랜슬롯은 그의 몸 밖에서 일어나는 일에 예지력을 갖기 시작한다. 어떤 사건들이 일어나리라는 것을 미리 예측할 수 있게 된 것 같다.

랜슬롯은 창가를 떠나 전화를 받는다.

루빈스타인 씨입니까? 부동산 사무실의 '분홍색 정장'이 새된 소리로 묻는다(랜슬롯은 수화기를 들기 직전 생각한다, 전화를 걸어온 사람이 부동산 사무실의 그 여자가 아니라면 그의 집이라도 걸겠다고).

그렇습니다.

선생님 부인(애도를 표하기 위해 잠깐 침묵)께서 방문하셨던 집 말인데요. 내일 이후 언제든 선생님을 모시고 갈 수 있습니다(어조가 다시 천박해진다).

좋은 소식이군요.

제가 확인해 봤는데, 약속을 잡을 필요가 없었습니다. 열쇠가 우리에게 있었거든요. 얼마 전부터 비어 있었나 봅니다.

아, 그래요.

오후 1시에 모시러 가도 될까요(그녀의 목소리가 잡귀들을 쫓기 위해 흔들어대는 종소리 같다)?

오후 1시, 좋습니다.

알겠습니다. 그럼 내일 뵙겠습니다, 루빈스타인 씨(이제 그녀의 목소리는 어떤 여자의 손목에서 20여 개의 금팔찌가 부딪치는 소리 같다).

내일 봅시다.

예, 그러지요, 내일 1시에요(그녀는 약속시간을 분명하게 반복한다. 프로답다).

랜슬롯은 주위를 내리누르는 믿기 어려운 침묵을 더 이상은 망가뜨리고 싶지 않은 듯 미간을 찌푸리며 조심스럽게 수화기를 내려놓는다. 숨을 참으며 귀를 기울인다. 그는 생각한다, 내 삶이 산산조각 나서 날아가 버리는 것 같아. 이리나가 죽은 날 아침을 떠올린다. 화요일이었다. 그는 그녀 옆에서 잠을 깼다. 그녀의 몸은 따뜻했고 아직 꿈 속을 헤매는 듯 짭짤하고 달콤한 냄새, 따뜻한 모래 냄새를 풍겼다. 그녀는 그에게 등을 돌리고 있었다. 그가 그녀의 엉덩이에 손을 얹자 그녀가 몸을 돌리고 그에게 입을 맞춘 다음 미소를 지으며 말했다, 잘 잤어? 그 날을 기점으로 그의 불행이 시작되리라는 것, 그날 이른 새벽부터 암울한 시기가 열리리라는 것, 삶의 흐름을 바꿔놓을 그 무엇이 시작되리라는 것을 짐작하게 해줄 단서 같은 것이 없었는지 그는 기억을 뒤져본다. 랜슬롯은 생각한다, 나는 그녀를 애무하면서 그날 하루를 시작했지. 그것은 뒤이어 일어난 일과 잘 들어맞지 않는다. 그 불길한 화요일은 강 속에 처박힌 낯선 자동차로 끝났던 것이다. 어떻게 그런 일을 상상할 수 있었겠는가.

랜슬롯은 다시 거실 창 앞에 서서 커튼을 젖힌다. 지금부터 여러 시간 동안 그곳에 서 있을 것이다. 아주 작은 잿빛 눈송이가 날리는 하늘을 아득히 바라보며 다음날 1시까지 그렇게 서 있을 것이다.

17

 랜슬롯이 지금까지 본 이리나의 어릴 때 사진은 단 한 장뿐이었
다. 그 사진은, 세금 청구서들 속에 섞여 있는 누렇게 변색된 봉투
속에 들어 있었다. 사진 속의 이리나는 크고 동그란 안경을 쓰고
머리를 포니테일로 묶고 금빛 목걸이를 한채 카메라를 향해 이를
살짝 드러내며 웃고 있었다. 전신사진이었다. 동그란 배를 드러내
는 조끼에 사타구니까지 올라오는 짧은 반바지를 입고 장딴지를
가리는 고무장화를 신은 그녀의 모습은 슬픈 얼굴로 성체를 모셨
거나 강간당한 소녀, 가벼운 장애를 감내하는 친척 아이처럼 보였
다. 그녀는 햇볕에 그을린 둥근 어깨를 드러내고 있었는데, 바로
그 어깨가 보는 사람의 시선을 사로잡았다. 햇볕에 그을린 그 둥근
어깨는 사진 속 그녀의 나머지 모습과는 어울리지 않았다. 어느 쪽

이 더 강한 느낌을 주는지 힘겨루기라도 하는 것 같았다. 사진 속에서 이리나는 카메라를 향해 읽던 책을 보여주고 있었다. 그것은 만화책이 분명했지만 플래시 불빛 때문에 펼쳐진 두 면이 하얗게 탈색되어 내용을 읽을 수는 없었다.

18

두 사람은 마리 마리의 자동차 ─조수석 시트에 웨하스 부스러기가 눌러 붙어 있고, 죽은 개 냄새가 나는 뒷좌석에는 낡은 유아용 의자가 놓여 있으며, 팔걸이에서는 공기방울 같은 게 굴러 떨어지는 파란색 포드 토러스─에 탄다. 배경음악으로 바브라 스트라이샌드가 울려 퍼진다. 마리 마리는 운전을 하면서 줄곧 떠들어댄다. 그녀는 진분홍색 립 펜슬로 테두리를 그린 다음 연분홍색 립스틱을 바른 모양이다. 언뜻 보면 콧수염을 기른 것 같다. 그녀는 눈을 깜박거리며 눈가에 주름을 잡는다. 그런 행동에 랜슬롯은 불안을 느낀다, 이 여자 지독한 근시잖아. 이러다 조만간 차를 어딘가에 처박는 거 아냐. 그는 좌석에 몸을 깊숙이 묻고 생각한다, 그 편이 차라리 나을지도 몰라.

그 집이 있어야 할 지점을 지나치자 그녀는 차를 세우고 주소를 확인한 다음 말한다, 이해할 수가 없네요. 여기가 분명한데. 랜슬롯이 그녀에게 웃어 보인다(얼마 만에 짓는 웃음인가). 마리 마리는 석류 시럽을 담은 잔에 물을 너무 많이 부어버린, 물이 흘러넘치는 걸 속수무책으로 바라보고 있는 네 살짜리 여자애 같다.

그녀가 중얼거린다, 맙소사, 맙소사, 하느님 맙소사. 그러더니 이렇게 소리친다, 그 집이 없어진 것 같아요. 그녀는 겁에 질린 것 같다. 그들은 50킬로미터를 달려왔는데, 문제의 집이 사라진 것이다. 미스 '분홍'을 경악하게 한 것은, 그 시간을 좀 더 이득이 될 일을 하지 않고 헛되이 보내버렸다는 사실, 혹은 자신의 능력 너머의 사태에 직면해 느끼는 얼떨떨함일 것이다. 그녀가 말한다, 세상에 세상에세상에 이런 일이. 랜슬롯은 그녀를 바라보며 생각한다, 이렇게 분홍색을 좋아하지 않았다면, 이 여자는 수녀가 되었을 거야. 그는 여자의 약지를 살펴본다. 반지를 끼고 있다. 그가 고개를 내젓는다. 이 여자가 수녀라니. 이윽고 그가 제안한다, 내려서 잠깐 살펴볼까요? 그녀는 길가에 차를 세우지만 차에서 내리기를 거부한다. 랜슬롯은 차에서 내려 눈 속을 걷기 시작한다. 전에는 고급 저택이었으나 이제는 커다란 분화구에 지나지 않는 땅에 방책이 둘러져져 있다. 주위는 조용한 주택가로 사람들이 개를 산책시킨다(랜슬롯은 중얼거린다, 하지만 이쪽으로는 오지 않는군). 보기에는 멋있지만 담배 싸는 종이처럼 밑창이 얇은 약한 구두를 신고 넥타이를 맨 다음, 샤워 후 가운을 걸치듯 외투로 몸을 감싼 사람들 몇

몇이 장갑 낀 손으로 서류가방을 가슴에 끌어안은 채—그렇지만 피를 얼어붙게 하는 기습적인 추위를 막기에는 역부족이다—, 불어닥치는 삭풍에 대고 세련된 말투로 욕지기를 퍼부으면서, 대퇴골 경부가 시원찮은 늙은 과부 친척처럼 종종거리는 걸음으로 서둘러 걷고 있다. 랜슬롯은 방책 안을 들여다본다. 문제의 집은 증발해버린 것 같다. 아니면 다이너마이트로 폭파된 도시의 낡은 빌딩처럼 무너져 내린 것 같다. 사람들은 그 과정을 필름에 담는다. 바로 옆에 있는 역시 낡아빠진 건물들이 기적적으로 건재한 것을 보고 경탄하기 위해서이다. 이윽고 다른 낡은 건물들도 폭파된다. 랜슬롯은 사람들이 구경하기 좋아하는 그런 이미지들을 생각한다. 특히 남자들이 좋아해, 하고 이리나는 말했다. 그녀는 그 문제에 대해 하나의 이론을 갖고 있었다. 그녀는 입버릇처럼 되풀이했다, 해변가에서 여자애들이 조개껍질로 모래성을 장식하면, 남자애들은 그것들을 발로 짓밟아 버리잖아(그럴 때면 랜슬롯은 언제나 자문했다, 하지만 모래성을 만든 게 누구겠어?)

저택은 완전히 사라져버렸다. 우주여행을 마친 운석 하나가 그곳에 떨어져 산산조각 났다는 사실을 말해주는 동굴 같은 게 생겨나 있을 뿐. 랜슬롯은 집 안에 있던 물건들이 어디로 갔는지 궁금하다. 그 물건들 역시 모조리 날아가 버린 것일까? 물건이란 줄곧 변형될 뿐 영원히 사라지지 않는다는 이야기는 어떻게 된 것일까?

랜슬롯은 차 있는 곳으로 돌아가 차 문을 연다. 마리 마리는 통화중이다. 동료에게 그 집이 날아가 버렸다고 말한다. 그녀의 어조에는 특종이라도 전하는 듯한, 쇼 비즈니스 계의 스타가 암에 걸렸다는 소식이라도 알리는 듯한 흥분이 서려 있다. 그녀가 말한다, 그 집이 폭발해 버렸어. 히죽 웃으며 반복한다, 집이 통째로 폭발해 버렸다고. 그녀가 전화를 끊고 나자, 랜슬롯이 묻는다, 그 집은 누구 소유입니까? 그가 차 문을 연 채 서 있자, 그녀는 몸을 떠는 시늉을 하며 날카롭게 소리친다, 문 좀 닫아주세요. 랜슬롯은 움직이지 않고 질문을 반복한다. 그 집의 소유자가 누구죠? 그녀는 잠시 망설인다. 가르쳐 줘도 괜찮은지 생각해보는 듯 미간을 찌푸린다. 이윽고 웨하스가 눌어붙은 시트 위로 몸을 숙이고 그 위에 놓인 뒤죽박죽인 서류를 뒤적이며 중얼거린다, 이러다 감기 걸리겠어요. 그녀 옆에 선 채 랜슬롯은 서류를 그렇게 뒤죽박죽으로 흩어 놓을 수 있다는 사실에 경악한다. 열어놓은 차 문으로 눈송이가 들어와 곰팡이 핀 좌석 손잡이 위에 쌓이기 시작한다. 랜슬롯은 마리 마리를 짜증나게 하면서 쾌감을 느낀다.

저 여자가 그의 쪽으로 몸을 굽히면 좋을 텐데. 그녀의 목 위로 차 문을 닫아버릴 수 있다면 좋을 텐데. 차 문을 닫아 메추라기 같은 저 여자의 목을 부러뜨릴 수 있다면 좋을 텐데. 랜슬롯은 벌써 떠올릴 수 있다, 부드러운 살덩이에서 뚝뚝 떨어지는 핏방울이 눈 속에 스미는 것을. 더 이상 피가 돌지 않으면 여자의 피부가 어떻게 될지, 생기가 사라지고 나면 여자의 눈이 어떻게 보일지 그는 이미 알고 있다. 여자의 혀가 입술 밖으로 나와 파래지는 것을 보고 싶다. 축 늘어진 여자의 시체를 길 위에 던져버리리라. 미스 분홍의 두 동강 난 시체, 그 시체의 구멍이란 구멍에서 피가 흘러나와 사라져버린 저택 앞에 쌓인 눈을 오염시키도록 내버려두리라. 그리고 그는 자신의 첫 살인의 규모를 가늠하면서 운전석에 올라 속도를 높이리라(물론 맹세는 하면서)……

저 집 주인은 로메로 씨에요, 이윽고 귀퉁이가 접힌 종이 뭉치를 찾아낸 마리 마리가 말한다.

뭐하는 사람인가요? 랜슬롯이 피로 얼룩진 상상을 계속하며 묻는다.

직업 말인가요?

직업 말입니다.

잘 모르겠어요. 여긴 직업까지는 나와 있지 않아요(그녀는 일말의 혐오를 담아 두 개의 손가락으로 종이를 집어 흔든다).

알아봐 주실 수 있겠죠?

왜 그래야 하죠?

알아봐 주실 수 있겠죠? (랜슬롯은 그녀에게 그가 지을 수 있는 가장 부드러운 미소를 지어 보인다. 나는 아내를 잃었고, 끔찍하게 외로운 사람이니 내게 친절을 베풀어주면 천당에 갈 겁니다, 라고 말하는 듯한 미소이다.)

그러지요(그녀는 내키지 않는 듯 다음과 같이 덧붙인다. 그 태도로 미루어 랜슬롯은 그녀가 앞으로 어떤 수고를 해야 할지 짐작할 수 있다). 하지만 원래 그런 정보는 드릴 수 없게 되어 있어요.

이번 경우는 충분히 예외적인 상황 같은데요(랜슬롯은 자신이 협박하는 듯한 태도를 취하고 있다는 것을 안다).

그녀는 서류를 눌어붙은 웨하스 위에 다시 내려놓는다.

그럼 그만 갈까요? 그녀가 불만스러운 어조로 말한다.

랜슬롯은 대답 없이 과자 부스러기와 눈이 조금 쌓인 조수석에 앉는다. 마리 마리가 차를 출발시킨다.

랜슬롯은 생각한다, 이 집이 사라져버렸다니 흥미로운걸. 재미있고도 이상한 일이야. 그는 이리나가 로메로라는 인물에 대해 말한 적이 있는지 기억을 더듬는다. 익숙한 통증이 가슴을 쥐어뜯는 것을 느낀다. 그는 그 의문을 묻어버리고 싶지만 그럴 수가 없다.

이리나는 그 남자를 알고 있었을까?

그러니까 이리나는 이 로메로라는 남자의 차를 타고 다리에서 떨어진 것일까? (랜슬롯은 작달막하고 배가 나온 몸매에 품위 있는 검은 양복과 하얀 셔츠를 입은 모습을 상상한다.)

차가 오모코 강에 떨어지는 순간 로메로는 혼자 차에서 빠져나와 도망친 것일까? 그들의 관계가 밝혀져 그가 사회적으로 매장될까 두려워 걸음아 날 살려라 하고 도망친 것일까?

주택가를 빠져나오는 동안 랜슬롯은 침묵 속에서 대여섯 가지의 근거 없는 시나리오를 만들어낸다. 마리 마리는 그에게 그 집(온실, 가금 사육장)에 대해 말하기 시작한다. 그녀는 서류를 참고하라고 그에게 손짓한다. 거기에는 집의 내부 사진들이 붙어 있다. 이리나는 그 집을 마음에 들어 했지만, 조금 큰 것 같다면서(방이 여덟 개였다) 망설이고 있었다고 그녀는 말한다. 하지만 어쨌든 이리나는 그 집에 '한눈에 반했다' 는 것이다. 그것은 이미 여러 차례 나온 마리 마리가 잘 쓰는 표현이다. 그녀는 또한 세 차례에 걸쳐 강조한다, 그 집은 정말이지 특별한 집이었어요. 랜슬롯은 가끔 사육장과 온실, 여덟 개의 방, 번쩍이는 현관 홀 사진을 바라본다. 그는 생각한다, 어떻게 이리나는 사람들을 이 정도로까지 완벽하게 속여 넘긴 것일까? 전 세계의 산들을 돌아다니며 곰들을 찍는 일에 대부분의 시간을 보낸 사람이 말이다(이 대목에서 랜슬롯은 생각한다, 만약 그녀가 정말 곰들을 찍으러 갔었다면 말이지. 이런 의심은 아직 퍼덕거리는 내장 속에 강한 산을 주사하는 것처럼 고통스럽다). 서류 가운데 '고객 관련' 이라고 커다란 매직 글씨로 쓰인 파일이 보인다. 랜슬롯은 그것을 열어보고 싶지만, 거기에는 여러 개의 클립이 채워져 있다. 그는 마리 마리 쪽으로 몸을 돌린다. 갑자기 마음이 급해진다. 그의 머릿속에 짤막한 문장 하나가 줄곧 떠오른다(그 문장이 반복된다, 옷차림이 영웅을 만든다). 그 짧은 문장이 그의 뇌리를 떠나지 않는다(옷차림이 영웅을 만든다. 마치 아침에 흥얼거리기 시작한 멜로디 하나가 머릿속에 달라붙어 여러 시간 동안 계속 따라다니는 것과도 흡사하다). 그는 이 짧은 문장을 잠재우고 싶다(옷차림이 영웅을 만든다. 이런 뜻밖의 '부인' 이 어디 있는가, 영웅이 마치 헝겊 인형인 것처럼 이야기하고 있지 않은가). 랜슬롯은 마리 마리에게 지금 당장 로메로의 직업을 알아봐달라고 요청한다. 마리 마리는 전화기를 집어 들고 사무실로 전화를 건다. 그녀가 묻는다, 이 로메로라는 사람의 직업이 뭐죠? 상대가 그녀에게 잠시 후 전화를 해주겠다고 대답하는 모양이다. 그녀가 전화를 끊는다. 마리 마리와 랜슬롯은 말없이 전화벨이 울리기를 기다린다. 마리 마리가 규칙적으로 한숨을 내쉬는 동안, 랜슬롯은 머릿속을 파고드는 그 어처구니없는 짧은 문장(오오오오옷옷차림이 영어어어우웅웅을 마아아아안든다)을 잠재우려 애쓴다. 그는 생각한다, 이건 닥터 엡스타인이 준 마법의 알약 때문인 게 분명해. 이건 새로운 종류의 두통이야. 피가 우스꽝스러운 문장을 머릿속으로 퍼 날라 제대로 된 생각을 할 수 없도록 만드는 거야. 라디오를 틀 수는 있겠지. 음악을 최대한 크게 틀어 귀를 마비시키고, 마리 마리가 하는 말에 정신을 집중하려 해볼 수는 있겠지. 하지만 귓가를 두드려대는 이 멍청한 작은 소리를 완전히 잠재울 수는 없어.

전화벨이 울리기 시작한다. '사랑의 찬가'가 신디사이저 연주로 울려 퍼진다. 마리 마리가 전화를 받는다. 그녀는 입술을 부딪쳐 소리를 내다가 경찰차가 지나가는 줄 알고 계기판 뒤로 몸을 접었다가 다시 일으킨 다음 전화를 끊는다. 그녀는 내키지 않는 듯이 (마치 이 정보를 대가로 돈을 받을 생각이라도 있었던 것처럼) 말한다, 로메로 씨는 프로메단 연구소의 소장이에요.

아, 그래요? 랜슬롯이 대답한다.

그는 자신이 그 대답에 실망한 것인지 생각해본다. 쓰레기통을 위장한 폭탄 테러 후에 사지가 멀쩡한지 확인하는 것 같다. 머릿속에 구멍을 내는 것 같은 그 짤막한 문장은 이제 사라졌다. 랜슬롯은 마음을 놓는다. 그는 차창에 이마를 기댄다. 철책, 작은 종, 〈미친 고양이 조심〉이라고 쓰인 보기 흉한 포스터, 그 지역에 몰아닥친 북극의 한파가 뜰로 들어오는 것을 막기 위해, 혹은 귀찮은 침입자들을 피하기 위해 설치한 인터폰들이 달린 고급 주택들이 수 킬로미터에 걸쳐 이어지는 것 같다. 차는 그 순백의 공간 한가운데를 느릿하게 지나간다. 랜슬롯은 상상한다, 그 안의 모든 것이 죽었다. 거리에는 아무도 없다. 주택의 주방 바닥에는 독살당한 사람들이 널부러져 있다. 자동차는 불가능할 정도로 느리게 지나간다. 랜슬롯은 창밖을 바라보며 미소를 짓는다. 그는 생각한다, 나의 공주, 나의 보물, 나의 어여쁜 이, 당신은 도대체 무엇을 하러 이 후미진 구석에 온 거지? 그러니까 지금 그는 화장장 너머에 있는 그의 연인에게 묻고 있는 것이다. 그는 마리 마리 옆에 앉아 쿡쿡 웃기 시작한다. 마리 마리는 의심스러워하는 듯한 눈길을 그에게 힐끗 던지지만 같이 바보가 되고 싶진 않은 모양이다. 그녀는 그와 함께 웃을 수 있었으면 싶다. 왜냐하면 그가 이상한 게 아니라는 것, 랜슬롯 루빈스타인이 그녀를 비웃고 있는 게 아니라는 것은 알 수 있기 때문이다.

이윽고 그가 그녀에게 말한다.

우리 집까지 연기로 변해버리기 전에 어서 팔아줬으면 좋겠군요.

그녀가 웃는다. 마음이 놓이는 모양이다. 그가 그저 그녀와 농담을 하고 싶어 하는 거라고 생각한다.

그녀가 말한다.

걱정 마세요. 그 문제는 이미 선생님 부인과……

그녀가 말한다.

죄송합니다.

그녀가 다시 말한다.

트렁크 안에서 추잉검 좀 꺼내 주시겠어요?

그는 껌통을 꺼내 성분 목록을 읽고는 그녀의 손바닥에 동그란 추잉검 하나를 떨어뜨린 다음 눈길을 돌리지 않은 채 말한다.

내 아내 이리나는 사람들이 먹는 것들 속에 방부제가 너무 많이 들어 있어서 죽고 나서도 시체가 썩지 않을 거라고 했답니다.

그런가요?(그녀가 재빨리 추잉검을 입에 넣는다.)

우리의 몸은 죽은 후에도 여러 달 동안 썩지 않을 거라네요. 구더기들은 기다리다가 지쳐서 뿔뿔이 흩어지고요.

부인을 매장하셨나요?

그건 생태계 먹이 사슬의 균형을 망가뜨리지요.

부인을 매장하셨나요?

왜 그런 걸 물으시죠? 아내의 몸이 부패했는지 아닌지 보러 가기라도 하자는 겁니까?

마리 마리는 기가 막히다는 듯한 태도를 취한다. 개똥지빠귀를 산 채로 씹은 표정이다.

걱정 마세요. 제 아내는 화장했답니다, 랜슬롯이 그녀를 안심시킨다.

유골함을 집으로 가져온 후 랜슬롯은 이런 의문에 시달린다, 이리나 자신도 화장을 원했을까, 아니면 랜슬롯 자신이 그렇게 생각한 것일까? 그녀와 그 문제에 대해 토론했던 것은 기억하지만, 그들이 어떤 결론에 이르렀는지는 기억나지 않는다. 이리나는 그에게 이런 이야기를 들려주었다. 어느 날 친한 친구의 유골을 들고 택시를 탄 적이 있다는 것이다. 당시 그녀는 슬픔을 달래느라 엉망으로 취해 있었다. 그때 그녀는 너무나도 가난했으므로 채 온기가 가시지 않은 그 친구의 유골을 유골함이 아니라 비닐 봉투에 담아 가지고 있었는데, 택시 안에서 그 봉투가 열기에 녹아내려 재가 뒷좌석에 온통 흩어지고 말았다는 것이다. 그녀는 너무나 안타깝고 끔찍해서 어떻게 해야 할지 알 수가 없었다. 그녀는 재를 봉투에 다시 담으려 했지만 봉투에는 이미 구멍이 뚫려 있었다. 겁에 질린 그녀는 운전수가 눈치 채지 못하도록 그 재를 바닥과 좌석에 흩어 버린 후 남은 돈으로 요금을 지불하고 택시에서 내렸다. 그러고는 인도에 서서 완전히 찢어져 버린 봉투를 손에 들고 눈물을 흘리면서 길모퉁이를 돌아가는 택시를, 바닥 깔개 위에 친한 친구의 뼛가루를 담은 채 사라져가는 택시를 바라보았다는 것이다.

마리 마리는 말이 없다. 뾰로통해 있는 것 같다. 그녀의 귓불에서 패럿 스윙(앵무새용 그네 모양) 귀걸이가 급격하게 흔들린다. 랜슬롯은 그것 때문에 뱃멀미가 나는 것처럼 어지럽다. 최면이라도 걸린 듯 흔들리는 귀걸이에서 눈을 뗄 수가 없다.

그는 그녀로부터, 인공 딸기 향으로부터 가능한 한 멀어지기 위해 차 문에 몸을 밀착시킨다.

랜슬롯은 생각한다, 이 음산한 지방을 떠나야겠어. 좀 더 남쪽으로 돌아가야겠어. 이 눈과 추위를 더 이상 견딜 수가 없어.

그는 생각한다, 난 지금 고약한 생각을 하고 있어.

그는 생각한다, 난 지금 폭력과 파괴를 꿈꾸고 있어.

마리 마리가 주유소에 차를 멈춘다. 그녀가 차 밖으로 나가자마자, 랜슬롯은 다리 사이에 있는 서류를 집어 들어 고객 파일을 연다. 자신이 그것을 읽고 있다는 것을 마리 마리가 눈치 챌까봐 고개를 숙이지 않고 눈길만 내리깐다. 그러자 두통을 동반한 지독한 고통이 느껴진다. 마리 마리가 차 뒤에서 무어라 말하는 소리가 들린다.

이리나의 고객 정보에는 가짜 생년월일이 적혀 있다. 그녀는 자신이 작가이고(그래서 조용하고 정원이 딸린 집을 원한다는 것이다), 남편은 대학에서 비교문학을 가르치는 교수로 전부인과의 사이에 십대 아들이 하나 있고, 최근 상당한 유산을 받았다고 말한 것 같다.

그림자가 다가오는 것을 느끼고 랜슬롯은 재빨리 서류를 덮고 그 위에 재킷을 올려놓는다. 마리 마리가 조수석 바깥에서 그에게 창문을 열라고 손짓한다. 그녀가 말한다, 전 간식을 좀 먹으려고요. 뭐 좀 사다드릴까요? 그는 고개를 젓는다. 마리 마리는 어깨를 으쓱해 보인 다음, 몸을 조금 굽히고 균형을 잡기 위해 두 팔을 약간 벌린 채 건물을 향해 걷기 시작한다.

랜슬롯은 다시 서류를 읽는다. 그의 눈이 휘둥그레진다. 마리 마리의 필적은 여전히 읽기 힘들지만, 중요한 몇 개의 단어에 밑줄이 쳐있어서 이리나가 그녀에게 어떤 이야기를 했는지 맥을 짚을 수 있다.

이리나는 호화 저택들만을 방문하고 싶어 한 모양이다. 마리 마리가 그녀에게 보여준 곳은 모두 세 집이었다. 제시된 사진들을 보고 이리나는 로메로 씨의 집을 빨리 보고 싶다는 의사를 밝혔다. 여백에는 마리 마리의 필적으로 이렇게 씌어 있다(아프리카 출장 중. 두 달 후에 돌아옴).

그 아래에는 그녀 특유의 어지러운 필체로 이렇게 적혀 있다. 지대한 관심을 보임. 두 번째 방문을 요구함.

그런 다음 대문자로 이렇게 씌어 있다. 사망. 조의를 표하기 위해 남편을 방문.

랜슬롯은 서류를 덮은 다음, 과자 부스러기가 달라붙은 깔개 위에 내려놓는다. 마리 마리가 주유소의 계류장을 가로질러 그를 향해 걸어오고 있다. 그녀는 아주 작고 연약해 보인다. 돈을 치르지 않고 내빼는 차에 치이지나 않을까 걱정스럽다.

그녀는 차 문을 열고 운전석에 앉아 거칠게 숨을 몰아쉰 다음 차를 출발시킨다. 차가 국도로 다시 들어선다. 그녀는 추위로 몸이 꽁꽁 언 모양이다. 랜슬롯은 그녀를 건너다보며 어디 가서 한잔 하면서 기분을 푸는 것이 어떠냐고 제안한다. 그녀는 그에게 힐긋 의심스러운 눈길을 던진다. 그가 그녀에게 미소를 지어 보인다. 그녀는 다시 어깨를 으쓱해 보이고는 대답한다, 원하신다면 그러죠.

19

그들은 말없이 몇 킬로미터를 달린다. 이윽고 랜슬롯은 나시오날 가를 따라 음산하게 깜박거리는 불 켜진 탑 모양의 간판 하나를 발견한다. 길가에는 가로등이 켜 있다. 랜슬롯은 마리 마리에게 텅 빈 주차장에 차를 세우라고 손짓한다. 마리 마리가 침울한 얼굴로 차를 세운다.

그들은 식당 안으로 들어간다. 상한 자극성 음식과 소독제가 뒤섞인 냄새가 진동하는, 어둠 속에 잠긴 넓은 실내가 그들을 맞는다. 결혼식이나 세미나 또는 종교 집회가 열릴 만한, 수백 명을 수용할 수 있을 만큼 넓은 식당이다. 마이크를 든 종교 지도자들이 모인 사람들에게 보다 나은 미래와 세금 감면과 스스로에 대한 믿음을 설파하는 그런 집회 말이다. 실내는 텅 비어 있다. 초록빛이 감도는 커다란 어항 속 잔털로 뒤덮인 해초 사이를 하얀 물고기들이 헤엄쳐 다닌다. 물고기들은 수가 무척 많고 백피증에 걸려 있는 것 같다. 그들은 시체실 같은 그 불빛 속을 천천히 헤엄친다. 곰팡이가 핀 어항의 이쪽에서 저쪽까지 서글프고 느릿하게 왔다 갔다 한다.

랜슬롯과 마리 마리는 위급한 상황이 생길 경우 재빨리 밖으로 나갈 수 있도록 문 가까이에 자리를 잡는다.

한 구석에서 종업원이 모습을 나타낸다. 그는 랜슬롯과 마리가 들어오는 것을 보고 놀라지 않는 것 같다. 눈보라가 몰아치는 날씨에 외로운 두 사람이 자기네 식당에 와서 몸을 녹이는 일이 매일같이 일어나기라도 하는 것 같다. 그는 귀족의 하인장을 연상시키는 장중한 태도로 두 사람에게 메뉴를 건넨다. 랜슬롯은 홍차를, 마리 마리는 레드 마티니를 주문한다. 종업원은 말없이 마치 에어쿠션 위를 걷는 것처럼 천천히 걸음을 옮긴다. 그는 단 한 마디도 하지 않았다. 랜슬롯은 마리 마리 쪽으로 눈길을 돌린다. 그녀의 고집 세 보이는 눈빛이 그를 안심시킨다. 그녀에게는 어린 소녀의 순수한 태도가, 천상의 우직함이 곁들여진 차분한 고지식함이 느껴진다.

그가 말한다, 내 아내가 그토록 마음에 들어 했다는 집을 보고 싶었답니다.

마리 마리는 이해한다는 듯이 고개를 끄덕인다. 주문한 술이 나오기를 기다리며 그녀는 이제 사라져버린 그 집을 이리나가 얼마나 마음에 들어 했는지 다시 이야기하기 시작한다. 부인은 지하실이 있는 집을 원하셨어요, 그녀가 말한다. 아드님이 '자신의' 음악을 할 수 있도록 말이에요. 그러면서 문득 그의 전처소생의 아이를 기억해낸 마리 마리는 좀 더 일찍 그 소식을 묻지 않은 것에 대해 가벼운 죄책감을 느끼는 것 같다. 그 아이의 존재를 떠올리면서 가볍게 충격을 받은 듯 겁에 질린 모습으로 레드 마티니 잔을 들고 있다. 눈물이 그렁한 눈으로 그녀는 자신이 아는 어떤 십대 소년에 대한 이야기를 들려주려 애쓴다. 그 아이가 아버지를 잃고 나서 하마터면 잘못될 뻔했는데 결국 군대에 자원해 중동으로 떠났다는 것이다. 청년은 거기에서 말라리아에 걸려 고향으로 돌아왔는데, 어떤 이스라엘 처녀와 함께였다. 그 여자애는 알로나인지 알루아인지 하는 우스꽝스러운 이름을 갖고 있었는데, 그건 됐고, 어쨌든 혹독하기 짝이 없는 이곳 기후와 음식에 적응하느라 큰 어려움을 겪었다. 그녀는 텔아비브 출신이었던 것이다. 그들은 결국 다시 이스라엘로 돌아가 키부츠에 정착했다. 아직도 그런 곳이 있다는 게 정신 나간 일 아니냐, 하지만 그것도 됐고. 마리 마리는 말의 실마리를 놓친다. 어떻게 다시 실마리를 잡아 랜슬롯의 삶으로 연결시켜야 할지 난감해 하다가 이윽고 말한다, 물론 이건 아드님의 경우와는 좀 다른 이야기지요. 아드님에게는 적어도 음악이 있잖아요. 랜슬롯은 상상속의 아들에 대해 말하는 것이 전혀 어렵지 않다. 아이가 이곳을 떠나 얼마 동안 제 엄마와 함께 지내고 있다고, 그 애의 엄마는 텔레비전 판매업자와 새 삶을 시작해 카메론에 살고 있다고 그는 말한다. 마리 마리가 고개를 끄덕인다. 그의 말뜻을 알아들은 것이다. 랜슬롯은 짐짓 수심에 찬 태도를 취한다. 미간에 주름을 잡고 두 어깨를 눈에 띄게 늘어뜨린다. 그가 말한다, 그래요, 맞습니다. 아내는 그 애가 마음놓고 연습할 수 있는 스튜디오를 갖게 해주고 싶어 했지요. 마리 마리는 고개를 강하게 끄덕이더니 마티니를 홀짝이면서 말한다, 부인은 제게 건축가에게 보여주겠다며 그 집 지하실 설계도를 달라고 하셨어요. 그곳을 어떻게 개조하는 것이 좋을지를 궁리하시면서 지하실에서 정말 오랜 시간을 보내셨지요. 마리 마리는 그 주제에 대해 할 말이 떨어진 것 같다. 랜슬롯은 그녀에게 미소를 지어 보이고, 의자에서 몸을 뒤로 눕히고 그녀가 두 번째 잔의 마티니를 비우기를 기다리면서 자문한다, 근시인 사람이 술까지 마시면 제대로 운전을 할 수 있을까.

저를 상트르 호텔 앞에 내려주실 수 있습니까, 그가 묻는다. 마리 마리가 이런 실제적인 질문을 받으니 한결 마음이 놓인다는 듯이 고개를 끄덕인다. 그들은 자리에서 일어나 밖으로 나온다. 매서운 추위가 미간을 찌푸리게 하고 콧속을 따끔거리게 하지만, 마리 마리는 그다지 힘들지 않은 것 같다. 그들은 다시 차에 오른다. 랜슬롯은 최대한 빨리 이리나의 아버지를 만나야겠다고 생각한다. 그가 언제나 갖고 다닌다는 이리나의 어릴 때 사진을 봐야 할 것 같다. 그의 어여쁜 이에 대한 이야기를 더 듣고 싶다. 그를 만나본 다음 경찰서로 가서 상황을 설명하리라. 그는 생각한다, 그 자신이 투명하면 할수록, 그들은 자신들이 알아낸 사실들을 그에게 기탄없이 말해줄 것이라고.

❦

마리 마리는 랜슬롯을 상트르 호텔 앞에 내려주면서, 기묘한 방식으로 두 눈에 주름을 잡으며 미소를 지어 보인다(마치 보여주는 미소와는 상반되는 강한 눈빛을 감추려는 듯이). 랜슬롯은 폐 속까지 파고드는 추위를 느끼며 스스로에게 거듭 말한다, 여길 떠나야 해. 해가 기울고 있어. 이제 밤과 얼음의 시기로 접어들 거야. 그는 호텔 정문을 향해 달려가서는, 건조하고 먼지 많은(진드기들이 진을 치고 있는 것이다) 따뜻한 실내로 들어선다. 합성섬유로 된 러그가 어찌나 낡았는지 접수대를 향해 걸어가는 동안 발밑에서 정전기가 나지 않는 것이 신기할 정도다. 러그는 11월의 빛깔이고, 벽들은 그 러그 색깔에 잘 어울린다. 그는 12호에 묵고 있는 장인을 만나러 왔다고 말한다. 카운터 뒤에 앉아 있는 해우와 도마뱀을 합쳐놓은 것처럼 생긴 여자가 숙박부를 펼치더니 고개를 저으며 말한다, 그 손님은 어제 저녁에 떠나셨는데요.

랜슬롯은 한숨을 내쉬며 말한다, 물론 그렇겠죠.

그는 카운터 위로 몸을 기울여 이리나의 아버지가 숙박부에 어떤 이름을 적었는지 살펴본다. 숙박부에는 이리나의 필적처럼 동글동글하고 정성을 들인 글씨로 이렇게 씌어 있다, 파코 피카소.

20

　근무를 막 끝낸 접수대 여자의 동료가 랜슬롯을 그의 집까지 태워다 주겠다고 했다. 버스도 끊겼고, 도움을 청할 이웃도 없으며, 두 시가 되기 전까지는 택시도 부를 수 없었다. 그 여자들은 그에게 연민을 갖고 있었다. 카타노에 사는 모든 이들처럼 그들도 그가 이리나와 결혼했고, 딱하게도 홀아비가 되었다는 사실을 알고 있을 터였다. 어쩌면 그들은 랜슬롯 자신보다 이리나를 더 잘 알고 있을지도 몰랐다. 어쩌면 이리나는 그 호텔에서 우스꽝스러운 이름을 가진 괴상한 남자들과 오후 한때를 보냈는지도 몰랐다. 여하튼 그는 자기 쪽에서 부탁하지 않고도 차를 얻어 탈 수 있었다. 여자들은 그를 이해심 넘치는 조심스러운 태도로 대했다. 얼마나 다행인가. 여자가 그를 집 앞에 내려주자, 랜슬롯은 그녀가 다시 차를 출발시키기를 기다렸다가 손을 흔든다.

차의 불빛이 멀어져가는 것이 보인다.

그는 생각한다, 약을 두 알 더 먹어야겠군.

그리고 이 자리에서 얼어붙기 전에, 미치광이가 되기 전에 얼른 집 안으로 들어가야겠어. 이리나를 되찾을 수만 있다면, 바다를 향해 흘러가는 개울로 둘러싸인, 파티오가 딸린 집에서 올리브유와 고추를 넣어 구운 생선을 먹으며 그녀와 살 수만 있다면 그는 어떤 대가라도 치를 수 있을 것 같았다. 이 모든 것에 대해 그녀에게 그 어떤 질문도 던지지 않고 120살까지 살리라.

랜슬롯은 현관문을 연다. 그는 불을 켜지 않은 채 소파에 앉아 어둑한 거실에서 빨갛게 깜박거리는 응답기의 메시지를 듣는다. 슈나이더 경감이 전화해 달라는 내용이다. 랜슬롯은 시간을 확인하고 전화를 걸어본다. 경감은 자리에 있다. 그녀는 수화기를 들고 설명을 시작한다. 이리나는 익사한 것이 아니라 암모니아 수소화합물(그게 도대체 뭐란 말인가?)에 중독되어 죽었다는 것이다. 분석 결과가 지금 막 그녀의 책상에 도착했다(그런데 어째서 경찰에서는 결과도 나오기 전에 이리나의 시체를 화장하라고 한 것일까? 그건 어느 정도 직무 유기가 아닌가? 난 당신을 법정에 세울 수도 있어요, 슈나이더 경감). 무수암모니아의 작용은 아주 느리다. 그것을 여러 달에 걸쳐 매일 미량으로 섭취 당했다 해도(혹은 본인 스스로 섭취했다 해도) 전혀 이상한 점을 발견할 수 없다. 몸이 감당할 수 있을 때까지는 눈에 띄는 증상이 전혀 없다. 그러다가 독의 양이 한계에 달하는 순간 심장이 멎는 것이다. 그것은 심장이 내부에서 파열하는 것과도 비슷하다. 파팍 하는 것과 동시에 죽는 거죠, 슈나이더 경감은 평소의 차분한 어조로 말한다. 랜슬롯이 중얼거린다, 아, 네, 물론 그렇겠죠. 경감은 그를 과대평가하고 있는 것 같다. 그녀가 덧붙인다, 말하자면 파라노발처럼 강한 약과 비슷합니다. 그가 중얼거린다, 이 여자가 무슨 말을 하는지 알 수가 없군. 경감은 자신의 설명에 스스로 피곤해지기라도 한 것처럼 한숨을 내쉰다. 그녀는 상대가 자신의 지식과 인내가 어느 정도인지를 알아주느냐 하는 것에 관심이 있을 뿐이다. 그래서 그녀는 좀 더 정확히 설명한다, 아르헨티나에서 독재가 기승을 부리던 때 정치범들에게 사용했던 독약이라더군요. 탐지가 불가능하지요. 그런 다음 무의식 상태에 빠진 제거 대상자들을 결정적인 심장 발작이 일어나기 직전 물에 던지는 겁니다. 그러면 익사가 되는 거죠. 경감은 기침을 했다. 지능적이고 감쪽같은 방법이죠, 그녀가 결론을 내린다.

그녀가 갑자기 묻는다. 혹시 커트 바이엘이란 사람 아십니까?

랜슬롯은 그 순간 온몸의 힘이 다 빠져나가는 것 같다. 그는 경감이 이제 무슨 말을 하려는 것인지 짐작할 수 있다. 그는 자리에 앉은 채로 잠에 빠져들고 싶다. 그는 커트 바이엘에 대한 질문에 대답하는 대신, 이리나가 왜 죽은 것인지, 랜슬롯 자신이 그녀를 죽인 혐의를 받고 있는 것인지 묻는다. 슈나이더 경감은 주저한다. 뭔가를 씹는 듯 하다가 이윽고 어렵게 대답한다. 그런데 당신은 제 질문에 대답하지 않으셨네요, 루빈스타인 씨. 랜슬롯은 한숨을 내쉬고 되묻는다, 커트 바이엘이 누구죠? 슈나이더 경감은 평소의 어조를 되찾는다. 얼렁뚱땅 넘어가려는 상대를 봐주지 않으려는 여교사처럼 경감의 말투가 조금 거칠어진다. 그녀가 말한다. 부인이 타고 있던 차의 주인입니다. 그러더니 숨도 쉬지 않고-부풀어 오른 다른 기관들 사이에 폐가 끼어서 눌려 있는 것처럼 경감이 숨을 쉴 때마다 씩씩거리는 소리가 난다-이렇게 덧붙인다, 내일 아침 일찍 제 사무실로 와주시겠습니까? 선생님과 몇 가지 사항에 대해 이야기하고 싶습니다. 랜슬롯은 어둑한 거실의 작은 탁자-그 위에는 전화기와 이리나가 전갈을 남길 때 사용하던 하트 모양의 분홍색 메모지가 놓여 있다-옆에 서서 고개를 내젓는다. 어떤 종류의 사항들인가요? 그가 묻는다. 부인 일과 관련된 것입니다, 경감이 대답한다. 음, 음, 좋습니다, 내일 아침에 들르지요. 그는 조심스럽게 전화를 끊는다. 내일 경감은 그가 대답하기 어려운 질문들을 해올 것이다. 마침내 그와 경찰은 비슷한 관점에 서게 된 것 같다. 그가 이리나의 죽음을 아무에게도 알리지 않았다는 것(사실 전화할 사람도 없다), 이리나의 일과 관련된 사람들의 연락처를 찾을 수가 없다는 것, 그 불길한 날 밤 그녀가 비행기를 타고 가 만나게 되어 있던 사람들의 연락처 역시 그녀의 휴대 전화(오모코 다리 아래의 차가운 물속에서 휴대 전화로서의 일생을 끝낸) 속에 들어 있다는 것을 랜슬롯이 깨닫는 데에는 아찔한 몇 초간이 필요하다. 그는 자신이 이리나에 대해 아는 것이 거의 없다는 사실에 어안이 벙벙해진다. 그는 생각한다, 닥터 엡스타인이 준 푸른 색 알약 때문에 이렇

138

게 혼란스러운 거야. 부적절한 자살 충동(닥터 엡스타인이 '건전치 못한 생각들'이라고 점잖게 표현한)을 막아주어야 마땅한 그 약이 실제로는 그를 가벼운 절망 상태로 몰아넣고 있다. 녹슨 총알이 장전된 권총과 커튼봉에 묶어놓은 낡은 등산용 밧줄의 장단점을 비교하게 만들고 있는 것이다. 랜슬롯은 그 약들이 모든 걸 복잡하게 만들고 있다고 생각한다. 그런 일을 피하게 해주어야 할 그 푸른 알약들이 그의 기분을 차분하게 가라앉혀 오히려 죽고 싶은 마음을, 존재하는 것을 멈추고 싶은 달콤한 욕망을 불러일으키는 것이다. 랜슬롯은 잠시 생각에 잠겼다가 이윽고 깨닫는다, 그 알약들이 어둠 속의 뜨거운 목욕처럼 위험한 동시에 피로를 풀어준다는 것을.

21

랜슬롯이 어렸을 때 어머니는 그의 아버지에게 아내(못된 여자)와 그보다 두 살 위인 누나(신시아)가 있다고 말해주었다. 어머니의 말에 따르면 그는 언젠가 아버지에게 아들이라는 사실을 주장하고 나서게 될 터였다. 300제곱미터짜리 아파트 일부와 그 아파트에서 수백 킬로미터 떨어진 종마 사육장에 있는 아랍산 종마 두 마리 중 하나, 그리고 모터보트(여자가 즐길 만한 스포츠가 아니니까)가 그의 차지가 되리라는 것이었다. 혼외정사로 태어난 왕자나 공주들에게 꼭 필요한 절차인 DNA 검사만 하면 온 세상에 진실이 밝혀지리라는 것이었다.

그런 말을 하면서 어머니가 두 팔을 활짝 벌리고 두 눈을 굴리면, 랜슬롯은 생각했다. 이제 곧 특유의 요란한 차임벨 소리와 함께 다음과 같은 에러 메시지가 나타날 것이라고. 프로그램 작동 이상입니다. 이런 문제가 계속되면 구입처에 문의하십시오.

어머니는 소파에 깊숙이 몸을 묻은 채 마치 길고 깊은 잠에서 깨어난 것처럼 주위를 둘러보았다. 그녀는 문득 소파와 러그의 상태를 깨달은 것 같았다.

이런 이야기를 듣고 자랐기 때문인지 랜슬롯은 영상 소설이나 눈물 짜는 스페인 영화를 남모르게 좋아했다. 이리나를 처음 만났을 때, 그는 그녀가 틀림없이 자신의 누나일 것이라고 생각했다. 그녀가 어찌나 가깝게 느껴졌던지 청소년기에 빠졌던 기벽, 하나가 되고자 하는 다음과 같은 욕망에 스스로를 내맡겼다. 우리는 필생의 친구들이야. 약속한 듯이 동시에 같은 말을 하는 게 그 하나의 증거야. 당신은 내 선택된 누이, 나는 당신의 선택된 남동생, 우리 모험을 떠나는 거야.

그는 이리나에 대한 자신의 사랑을 내심 이런 말로 정리하기에 이르렀다. 만약 내가 여자라면, 그녀 같은 여자가 되고 싶어. 요컨대 그것은 좀 불분명한 인식 방법이었다.

얼마 지나지 않아 그는 그런 시나리오에 타당성이 없다는 것, 드물게나마 이리나가 그녀의 부모들에 대해 하는 언급에 따르면 그녀가 성장한 그 끈끈한 고치는 랜슬롯 아버지의 집안, 권태로 곪아터진 무절제나 가든파티와는 아무런 관계도 없다는 것을 알게 되었다.

랜슬롯은 자신이 가엾게도 불행한 유년을 보낸 여자들에게 유난히 매력을 느낀다는 사실을 알고 있었다. 그것은 그의 어머니와 관계가 있었다. 그런 식의 결정론은 그를 지독한 당혹감 속에 빠뜨렸다. 그는 생각했다, 나는 예쁘고 상처 입은 여자들에게 끌리는 것 같아. 그리고 나면 숨 막히는 혐오감과 자부심이 동시에 찾아왔다. 물에 빠진 사람을 제방 위로 끌어올려놓고 그의 지갑을 훔칠 때의 느낌 같은 것이.

그는 이리나의 어린 시절에 대해 아는 것이 거의 없었다. 그녀는 그녀의 어머니에 대한 이야기만 했다. 그녀와 어머니는 언제나 아버지보다 훨씬 이른 시간에 주방에서 둘만의 저녁 식사를 했다. 그녀의 아버지는 공사판에서 늦게야 집에 돌아왔다. 어머니는 머리카락을 쪽 지어 묶고 스카프로 감싼 다음 목 아래에서 매듭을 지었다. 지붕이 접히는 승용차를 타고 있는 오드리 헵번처럼. 그 물방울무늬 스카프와 집에서 만든 구멍 장식 가디건을 걸친 덕분에 어머니에게는 미모의 세탁부 같은 분위기가 있었다. 어머니는 이리나에게 편물 원피스를 맨살에 직접 입게 해서, 그 때문에 살갗이 접힌 부위에 습진이 생기곤 했다(어른이 되고 나서 뜨개질된 원피스를 보기만 해도 이리나의 손가락에는 작고 하얀 물집들이 생겼다. 너무 가려워서 이리나는 손톱으로 그 부분의 피부를 잡아 뜯었다). 어머니는 이리나가 카페 같은 곳을 들여다보지 못하게 했다. 주점의 창문 앞을 지날 때면 어머니는 이리나가 그런 타락한 곳에 눈길을 던지거나 걸음을 늦추지 않게 하기 위해 그녀의 두 눈을 가리며 뒷머리를 토닥거렸다는 것이다.

이 문제에 대해 생각하면 할수록 랜슬롯은 자신이 이리나에 대해 알고 있는 정보들이 무척 빈약하다는 사실을 깨닫고 충격을 받는다. 연애 초기에 그가 그런 것에 대해 물으면, 이리나는 미간을 찌푸리며 말을 돌렸다. 마치 그가 이미 일어난 일에 대해 질투하는 잘못을 저지르기라도 한 것처럼. 이윽고 그는 사랑하는 이를 상처 입히거나 놀라게 하지 않기 위해 묻고 싶은 충동을 억제하게 되었다. 그 결과 그가 이리나에 대해 아는 것이라고는 그녀의 피부결, 도수 높은 술에 대한 취향, 멸종 위기의 동물들을 사랑한다는 것이 전부였다.

⚜

랜슬롯은 스포츠 백 하나를 꺼내 따뜻한 옷가지들과 알로에 베라 재생 크림(이리나는 약장의 선반 전체를 그것들로 채워놓았다)을 넣는다. 가방이 너무 무거워서 들 수 없게 되자, 랜슬롯은 몸을 일으키고 벌어진 틈으로 내용물이 삐져나온 가방을 물끄러미 바라본다. 그는 미간을 찌푸리고 미친 사람처럼 지퍼의 잠금 장치를 잡아당긴다. 그것이 완전히 둘로 갈라져버릴 때까지. 랜슬롯은 이 사이로 욕지기를 내뱉는다, 빌어먹을빌어먹을빌어먹을. 그는 테이프를 찾으러 간다. '파손 주의'라는 붉은 글씨가 인쇄된 하얀 원통형 테이프를 찾아낸 그는 테이프가 다할 때까지 스포츠 백을 둘둘 감아 미라처럼 만든다.

그는 가방을 발로 차 층계로 밀어낸다. 가방은 계단을 굴러 내려가 중간에 멈춘다. 랜슬롯은 그곳으로 내려가 난간에 매달려 다시 발길질을 해댄다. 가방이 1층까지 굴러 떨어지자, 그는 차고까지 끌고 가 힘들게 자동차 트렁크에 싣는다. 마치 그 가방 안에 실제로 들어 있는 것보다 훨씬 거추장스러운, 그러니까 살아 있는 무엇인가가 들어 있기라도 한 것처럼. 랜슬롯은 다시 위로 올라가 신분증과 돈, 아무짝에도 쓸모는 없지만 그렇다고 두고 갈 수도 없는 휴대 전화, 푸른색 알약, 이리나의 사진(이도 있고 머리카락도 있고 정맥 속을 도는 피도 있고, 미소도 있는 사진)을 챙긴다. 그는 이리나의 뼛가루가 담긴 유골함은 일부러 챙기지 않는다. 거기에는 소각된 그녀의 죽은 몸이 담기기 이전에 그곳을 지나간 이들의 뼛가루들도 섞여 있을 것이다. 그는 차로 돌아온다. 베르디의 '노르마'가 흘러나온다. 그는 라디오의 볼륨을 최대로 높인다. 그런 다음 다시 집 안으로 들어가 모든 전등을 끄고 문에 자물쇠를 채운다. 마치 아주 긴 여행을 떠나는 사람처럼.

3

22

이리나가 아이들을 사랑하는 방식은 아주 특별했다.

우선 그녀는 결코 자기 아이를 원하지 않았다.

그들의 관계가 처음 시작되었을 때, 랜슬롯은 그녀와 그 문제에 대해 의견을 나누었다. 그녀는 현재의 세계정세와 물 부족에 대해 상당히 비관적으로 이야기하면서 자신이 아이를 가질 수 없는 이유를 길게 나열했다. 천산갑의 멸종, 파시즘의 발호, 지하수층의 오염 같은 이유들이었다. 랜슬롯은 특별히 아이를 갖고 싶어 하는 편은 아니었지만, 그럴 필요도 있다고 생각했고, 이리나와의 사이에서 그런 일이 일어나기를 간절히 바랐다. 그녀의 이야기를 주의 깊게 듣고 그녀의 관점을 이해할 수 있을 것 같았지만 조금은 실망했다. 그는 그런 실망감을 꽁꽁 뭉쳐 던져버리고 싶었다. 그것을 멀리 던져버리고 더 이상 떠올리지 않을 수 있다고 확신했다. 당시 그에게 가장 중요한 것은 매일 아침 그 아름다운 여자 곁에서 깨어 나는 특권을 누리는 것이었다. 그 일은 그를 줄곧 행복하게 만들어 주었다. 그는 잠에서 깨자마자 미소를 지을 수 있었다. 그는 생각 했다, 아, 그래, 이건 꿈이 아니야, 난 이리나 곁에 있는 거야. 그는 그녀를 만지고 편안하게 숨을 내쉬었다. 그 기쁨은 마치 그의 옆구 리 아래에 별을, 따스한 열기를 발산하며 빛나는 별을 품은 느낌과 흡사했다.

카타노에 정착한 후, 랜슬롯과 이리나에게는 이웃이 생겼다. 두 사람의 집에서 약 300미터 떨어진 작은 집에서 여섯 살짜리 딸과 함께 사냥개를 사육하며 사는 남자였다.

아이의 이름은 트랄랄라였다. 그들과 처음 만났을 때 아이는 그 이름으로 자신을 소개했다. 그런 이름을 갖는다는 것이 이리나에 게는 유쾌한 동시에 슬프게 여겨진 모양이었다. 이리나는 종종 양 쪽 극단을 오갔다. 그녀에게는 하나의 사태가 지루한 동시에 짜릿 한 것이 될 수 있었다. 트랄랄라라는 이름이 어째서 유쾌한 동시에 서글픈지 랜슬롯이 묻자, 그녀는 이렇게 대답했다. 그건 아주 예쁜 이름이야(그러면서 그녀는 트랄랄라가 종을 연상시킨다는 것을 알려주 기 위해 꼭두각시처럼 고개를 양쪽으로 흔들어 보였다). 하지만 그와 동시에 셀비의 작품 속 어딘가에서 죽는 걸로 나오는 트랜스젠더 창녀의 이름이기도 하거든.

트랄랄라는 자주 그들을 보러 왔다. 그 애는 아버지가 기르는 사냥개 중의 하나를 데리고 노래를 흥얼거리며 비탈을 내려와 그들의 집에 이르러서는 그들을 부르며 문을 두드렸다. 똑똑똑 하는 노크소리가 크게 울려 퍼졌다. 이리나가 문을 열어주면, 그 애는 집 안으로 들어왔고, 함께 온 사냥개는 베란다에 길게 누워 두 발 위에 머리를 올려놓고 서글픈 듯 이마를 약간 찌푸리며 속눈썹을 천천히 깜박거렸다. 아이의 보디가드 역할을 하는 그 개는 고객의 사생활에 개입하지 않았다. 그 개에게 부족한 것은 이어폰과 방탄조끼를 감추기 위한 세 피스짜리 정장뿐이었다.

트랄랄라는 개 쪽을 돌아보고 말했다, 금방 올게, 귀염둥이야. 그 애는 자기 아버지가 기르는 모든 개들을 귀염둥이라고 불렀다. 개들을 좋아하느냐는 질문에 그 애는 이렇게 대답했다, 예, 특히 그 색깔이 좋아요(왜냐하면 짧은 삶 동안 그 애가 본 것은 아버지의 사냥개들뿐이었던 것이다).

다른 할 일 때문에 그 애를 돌볼 수 없을 때면 이리나나 랜슬롯은 그 애에게 텍스 에이버리의 만화영화 같은 것을 보겠느냐고 물었다. 그 애는 마치 그것이 딸기시럽의 이름이라도 되는 것처럼 대답했다, 텍세이버리, 좋지요 좋아요. 그런 다음 소파로 달려가 앉으며 한숨을 내쉬고 말했다, 피곤해 죽겠어요. 그러고는 리모콘을 쥐고 늑대를 미치게 만드는 멋진 빨강머리 여자가 허리를 흔들며 걷는 장면을 느린 화면으로 보기 시작했다. 트랄랄라는 그 여자를 예쁜 언니라고 불렀다. 그 애는 말했다, 난 예쁜 언니가 나올 때가 좋아요. 그러고는 빨강머리 여자가 어떤 동작을 시작할 때마다 재생, 멈춤, 재생, 멈춤 버튼을 반복해 눌러 여자의 동작을 멈추게 하면서 즐거워했다.

어느 날 그 애가 랜슬롯에게 말했다, 저 언니는 우리 엄마 같아요. 랜슬롯은 고개를 끄덕이면서 생각했다, 물론 그렇고 말고(트랄랄라의 집에 갔을 때 그는 벽장 위에 놓인 그 애 어머니 사진을 본 적이 있었다. 여자의 눈에는 0.5센티미터 굵기로 아이라인이 그려져 있었고, 입술은 동그랬으며, 머리카락은 실제로 오렌지색이었다).

트랄랄라에게는 어머니가 없었다. 2년 전 암으로 세상을 떠났던 것이다. 트랄랄라는 말했다, 난 더 이상 선한 하느님을 믿지 않아요. 하느님이 선하다면 내게 왜 그런 일을 했겠어요. 누군가 그 애의 어머니가 창공의 별이 되었다고 말하면 그 애는 어깨를 으쓱하고 고개를 저으며 말했다, 그런 건 잘 모르겠어요. 그것은 회의론의 표명이라기보다는 하느님과 해결해야 할 일이 있다는 뜻이었다(내가 그를 자꾸 화나게 하면, 그가 모습을 나타낼지도 모르잖아요).

한 번은 랜슬롯이 이리나에게 말했다.

난 당신이 트랄랄라와 함께 있는 걸 보는 게 좋아.

이리나는 그에게로 몸을 돌리지 않은 채 말했다.

왜 그런 말을 하는지 당신 속셈을 알아.

그런 다음 그녀는 그를 마주 보며 엉덩이에 두 손을 올려놓고 말했다.

여기 우리가 돌볼 아이가 이미 있는데, 아이를 더 가질 필요는 없잖아.

나도 알아, 그가 한발 양보했다.

그러니까 당신은 자신의 발생학적 자산이 너무나도 아까워서 꼭 자식을 가져야겠다는 거야?

랜슬롯은 미간을 찌푸렸지만, 그 문제에 대해 더 이상 왈가왈부하지 않기로 결심하고 이렇게 말했다, 미안해. 그러자 그녀도 대답했다, 미안해.

이리나는 트랄랄라와 밑도 끝도 없는 긴 대화를 나누곤 했다. 그녀는 그 애에게 자신이 찍은 다큐멘터리 필름(중앙아메리카 벨리즈의 산호초 속에 사는 고래상어의 수가 수온 상승으로 인해 갑자기 늘어난 것에 대한)을 보여주었다. 두 사람은 소파에 앉았다. 트랄랄라는 이리나의 어깨에 고개를 기댔고, 이리나는 아이의 팔 하나를 잡아 자기의 목에 두르게 했다. 그 애는 손가락을 빨면서 가만히 숨만 쉴 뿐, 소파 위에 놓인 쿠션처럼 꼼짝도 하지 않았다.

트랄랄라는 텔레비전 앞에서 오랜 시간을 보냈고, 그 결과 아주 특별하게 텔레비전을 보는 방식을 갖게 되었다. 그 애는 텔레비전에 나오는 사람들을 종이 위에다 이차원으로 그린 다음 검은 테두리를 그려 넣었다. 때때로 종이 오른쪽에 작은 동그라미들-음량과 대비 조절 버튼-을 그리기도 했다.

트랄랄라는 자기의 두 손을 친구삼아 이야기를 나누었고, 학교에는 거의 가지 않았다. 그 애의 어머니가 병마와 싸우면서 딸에게 글자를 가르친 모양이었다. 트랄랄라의 아버지는 자기 딸이 학교라는 곳에 가서 무엇을 배워올 수 있을지 의심쩍어 했다. 그는 기회 있을 때마다 말하곤 했다, 어쨌든 내가 보기에 학교는 아무 쓸모도 없소. 그건 게으름뱅이들을 만들어내는 공장 같은 곳이잖소. 그런 식의 말을 들을 때마다 랜슬롯은 속으로 생각했다, 이 사람과 학교가 서로 어울리질 않는 거야. 진심으로 그렇게 생각한다기보다는 말이야.

랜슬롯이 규칙적으로 장을 봐서 돌아올 때마다 트랄랄라와 이리나는 거실에서 머리를 산발한 채 춤을 추고 있었다. 라디오의 볼륨을 최대로 높여놓고 둘은 서로 손을 잡고 고개를 내젓고 엉덩이를 흔들어댔다. 랜슬롯은 문턱에 서서 그들을 바라보았다. 그가 들어오는 소리를 듣지 못한 듯, 두 사람은 서로에게서 눈을 떼지 않은 채 줄곧 몸을 흔들어댔다. 트랄랄라의 동작은 마치 물속에서 움직이는 듯, 이 세상에서 가장 우아한 사람이 된 상상을 하고 있는 듯 아주 특이했다. 두 팔로 커다란 아라베스크를 그리며 이리저리 비틀거리다가 거실 안의 작은 가구들을 나동그라지게 만들었다. 랜슬롯은 뒷걸음질을 했다. 그는 언제나 록큰롤이 좀 불편했고, 전자기타 소리가 왜 좋은지 이해할 수가 없었다. 그런 음악을 들으면 그는 집의 기초가 뒤흔들리고, 발아래 바닥이 흔들리는 것 같은 느낌이 들었다. 그는 거실에서 나와 식품이 가득 찬 비닐봉지들을 들고 베란다에 앉아 소동이 가라앉기를 기다렸다. 날씨가 춥다는 것도 깨닫지 못한 채 그곳에 앉아 그는 먼 곳을 응시했다. 가볍게 마비된 기분이었다. 그는 생각했다, 이건 기분 좋은 경험인걸, 아주 유쾌해. 이윽고 소란이 잦아들었다. 그가 다시 집 안으로 들어가면, 트랄랄라와 이리나는 소파에 늘어져 있었다. 그들은 수호성인 축제의 행사 티켓을 막 받아든 사람들처럼 흥분한 모습으로, 그가 먼 섬에라도 갔다가 돌아온 것처럼, 그동안 그 없이 살았던 것처럼 깜짝 놀란 표정으로 그를 바라보고 미소를 지으며 웃음을 터뜨렸다. 랜슬롯은 그런 그들을 보는 것이 좋았다.

이리나가 촬영을 나가 집에 없을 때에도 트랄랄라는 여전히 그의 집을 찾아왔다. 때로는 자기 아버지와 함께 오기도 했다. 그 애의 아버지는 맥주와 땅콩을 가지고 왔다. 마치 랜슬롯의 집 찬장 속에 그런 것들이 있을 리가 없다는 듯이. 그는 자기가 기르는 개들과 트랄랄라의 어머니에 대해 랜슬롯에게 이야기했고, 트랄랄라는 폐결핵에 걸린 아이처럼 창백한 얼굴로 바로 옆 바닥에 앉아 손장난을 했다. 그 애는 손가락으로 여러 가지 기하학적 무늬들을 그렸고, 기묘한 목구멍소리를 곁들인 노래, 그 애의 성대를 떨리게 하는 곡조를 흥얼거렸다. 떨림음이 명료하게 흘러나왔다. 그 애가 그 가슴 아픈 곡조를 지치지도 않고 불러대는 동안 그 애의 뻣뻣한 성대가 떨리는 것을 눈앞에 떠올릴 수 있었다. 그러다가 그 애는 자리에서 일어나 구석방에 가서 스크래블을 가져와서는 주방 냉장고 옆 타일 바닥에 앉아 바닥에 글자를 늘어놓으며 여러 가지 단어를 만들었다. 그리고는 그 글자들을 그대로 내버려둔 채 자기 아버지와 함께 집으로 돌아갔다. 그들을 보내자마자 랜슬롯은 그 애가 그에게 남긴 은밀한 전갈을 얼른 읽고 싶어 서둘러 주방으로 갔다. 트랄랄라가 만들어놓은 구절들은 이런 것들이었다. 난 내 두근거림이 고파요. 침묵 나의 피부. 내가 당신에게 완전히 벌거벗은 가

벼움을 줄게요. 또다시 유연한 침묵. 그는 손에 찻잔을 들고 윙윙
거리는 냉장고 앞에 서서 자신이 그 아이의 무엇인가를 이해할 것
같다고 생각했다. 아주 느리게 숨을 쉬기 시작하면서 그는 어떤 신
비를 꿰뚫어본 것 같은 느낌이 들었다.

❧

그런데 얼마 후 트랄랄라가 모습을 감추었다.

그 애가 며칠 동안 오지 않자, 랜슬롯은 아이 아버지에게 전화를
걸었다.

여보세요. 저는 랜슬롯입니다. 지금 통화할 수 있을까요?

랜슬롯?

상대가 어찌나 놀라는 기색이었던지 랜슬롯은 자신의 성까지 밝
혔다.

음…… 잘 지내시나요?

그렇지 못하오.

무슨 일이라도 있습니까?

난 아주 외롭다오. 트랄랄라가 없어졌소.

랜슬롯은 피가 거꾸로 솟는 것 같았다. 이어 날카로운 고통이 그
의 신체 기관들의 움직임을 정지시켰다. 치마가 걷어올려진 채 도
랑에서 발견된 어린 여자애들의 모습이 눈앞에 떠올랐다. 그는 침
을 삼켰다.

언제?

사흘 됐소.

끔찍할 정도로 오랜 시간이군요.

그렇고말고.

수색은 했나요?

수색?

그렇습니다. 그 애를 찾기 위한 수색 말입니다.

그 애를 찾는다고? 난 그 애가 있는 곳을 알고 있는데.

랜슬롯이 숨을 가쁘게 몰아쉬기 시작했다. 이미 진 싸움이라는 것－뛰는 자와 나는 자 사이의 싸움이라는 것－을 알지 못한 채 자고새를 쫓아 달려가며 스패니얼이 헐떡이는 것 같은 소리가 났다.

무슨 말인지 알아들을 수가 없군요, 이윽고 그가 말했다.

그 애는 제 고모네 집으로 갔다오.

왜 그 애가 고모네로 간 거죠?

그들이 그 촌구석에서 새 학기 때 그 애를 학교에 보낼 거라는군.

거기가 어딘데요?

여기서 500 정도 된다오.

500이라뇨?

500킬로미터 말이오.

트랄랄라의 아버지는 무거운 어조로 그의 여동생 부부가 트랄랄라를 데리러 와서는, 그 애에게 자기네와 같이 가는 것이 어떠냐고 물었고, 아이가 그 제안을 받아들였다고 설명했다.

그들에겐 여덟 살짜리 아들이 있다오, 그가 다시 말했다.

그는 그런 이야기를 마치 자기 아내의 연인의 이름을 밝히기라도 하는 것처럼, 통장 비밀번호나 자기 성기의 길이라도 밝히는 것처럼 어렵게 털어놓았다. 그의 누이와 매제가 트랄랄라를 더 이상 마분지 상자 속에서 재울 수는 없다고, 그들의 집에 가면 그 애는 제대로 된 방과 침대를 갖게 될 것이고 아버지가 기르는 야수들이 아니라 인형을 갖고 놀게 될 것이라고, 그 애의 행복을 생각해야 하지 않겠냐고 강조했다는 것이다. 트랄랄라의 아버지는 그들을 비웃었다. 트랄랄라가 자기 방 한가운데에 또다시 마분지 상자를, 쿠션과 이불과 커다란 상자를 갖다 놓고 그걸 자기 집으로 삼을 거라고, 그 두 바보들은 그 일에 속수무책일 거라고, 트랄랄라를 조잡한 장신구로 가득 찬 분홍 침대 속에서 재우려고 애쓰겠지만 그 애는 늘 하던 대로 마분지 위에다 펠트펜으로 창문을 그려 넣을 거라고, 그 애를 억지로 그 오두막에서 끌어내면 잠을 자지 않고 버틸 거라고, 그 애는 그런 식으로 고집을 부릴 거라고, 그 어떤 말도 들으려 하지 않고, 눈을 크게 뜬 채 깜박이지 않고 책상다리를 하고 앉아 있을 것이라고, 그런 놀라운 대처방법을 생각해낼 것이라고, 어쩌면 금속으로 된 침대 다리를 찻숟가락으로 밤새도록 두드려대서 그들을 돌게 만들 것이라고, 결국 그들은 그 애를 그에게 돌려보내지 않을 수 없을 거라고, 복지후생과 담당자를 그의 집에 보내겠다는 협박을 그만두게 될 것이라고.

혹시 술 드셨습니까? 랜슬롯이 물었다.

그건 이 일과 상관없는 문제요.

나도 그건 압니다. 어쨌든 혹시 술 드셨습니까?

트랄랄라의 아버지는 더 말하지 않고 전화를 끊어버렸다.

랜슬롯에게 그 소식을 듣자 이리나는 직접 가서 트랄랄라의 집에서 무슨 일이 일어났는지는 알아보겠다고 말했다.

나도 같이 갈게. 랜슬롯이 말했다.

말도 안 돼.

어째서? (랜슬롯은 두 팔을 늘어뜨리고 눈썹을 치켜 올렸다. 나를 원하지 않나? 나를 싫어하나? 나를 내치는 건가?)

그 사람이 나와 훨씬 잘 통한다는 건 당신도 알잖아.

아니, 잘 모르겠는걸.

이것 봐, 자기, 그 사람은 자기 속을 터놓고 싶어 할 거야. 그런 상태에 있는 자신을 당신이 보는 걸 싫어할 거라고.

랜슬롯은 등을 돌리고 끙 소리를 냈다.

좋아.

이리나는 집을 나섰다. 아침 열 시였다. 그녀가 돌아온 것은 그로부터 아홉 시간 후였다.

랜슬롯이 물었다, 이렇게 오랫동안 뭘 한 거야? 그는 가짜 구실을 만들어 전화를 걸고 싶은 욕구와, 그 집의 창문 아래에 숨어 집 안을 들여다보고 싶은 충동과 싸우며 한나절을 보내지 않았던가.

우린 이야기를 했어.

그뿐이야?

아니, 깜빡 잊었네. 우리는 야수처럼 사랑을 나눴어.

정말 잔인하군.

이런, 우리 자기가 유머 감각을 잃어버렸네.

전혀 재미있지 않거든.

미안해.

나도 미안해.

이리나는 소파에 쓰러지듯 주저앉더니 랜슬롯에게 미소를 지어 보이며 지친 몸짓으로 카운터를 향해 한손을 뻗었다. 술 한 잔 가져다 달라는 뜻이었다. 랜슬롯이 토닉을 가지러 주방으로 가자, 그녀는 소파에 앉은 채 자신이 들은 정보들을 말해주었다. 그녀는 그가 잘 알아듣게 하기 위해 큰 소리로 말했다. 트랄랄라의 고모가 그 애를 데려간 것이 사실인데, 그녀가 아미시 교도라는 것이었다.

아미시 교도라고? 랜슬롯이 거실로 돌아오며 물었다.

그래, 텔레비전이라는 게 뭔지도 모르고, 이륜마차를 몰고 다니고(그 대목에서 랜슬롯은, 검은 블라우스를 입은 여자가 트랄랄라를 안아 올려 마차에 태우는 것을, 머리쓰개를 말끔하게 쓴 채 상체를 꼿꼿이 세우고 카타노를 가로지르는 모습을 상상했다), 근친결혼으로 아이들은 모두 황달에 걸려 있고, 그 어떤 종류의 술도 마시지 않고, 록큰롤을 영혼을 타락시키기 위해 지옥에서 온 거라고 여기고, 집 안에 플라스틱으로 된 것들은 전혀 들이지 않는 사람들 말이야.

그런데 그들이 무슨 수로 그 애를 데려간 거지?

트랄랄라의 아버지는 이미 공권력과 코가 얽힌 사람이야.

(코가 얽혔다고? 랜슬롯은 그런 표현이 어디서 나온 것인지 생각해보았다. 그는 그 표현을 잠시 음미하고 분석했다. 그는 눈앞에 코가 풀리는 뜨개질감을, 바닥에 떨어져 푹신하고 가벼운 산을 이루는 털실을 떠올렸다. 그는 실끝을 찾기를 포기하고 이리나와의 대화를 이었다.)

난 잘 모르겠어.

뭘 모르겠다는 거야?

그 사람이 공권력과 코가 얽혔다는 게 무슨 뜻인지 말이야.

난 그 사람이 카메론으로 떠날 거라는 말을 하고 있었어……

미안해.

당신은 내 말을 귀담아 듣질 않는 것 같아.

그렇지 않아. 하지만 이 모든 게 내가 보기엔 좀 정신 나간 짓 같아. 이해할 수가 없다고...

당신은 내 말을 귀담아듣질 않아.

그렇지 않다니까.

좋아. (그녀는 잠시 침묵했다. 랜슬롯으로 하여금 그녀가 얼마나 너그러운지를 깨닫게 하고 다음 이야기를 짐작할 수 있도록 하기 위해서인 듯했다.) 아까 말한 것처럼 그 사람은 완전히 절망에 빠져 있어. 여기서 혼자 머문다는 건 생각도 할 수 없는 모양이야. 난 떠나겠다는 그를 만류하려 했어. 지나치게 성급한 결정 같거든. 하지만 소용이 없었어. 그 사람은 카메론에 가서 살 거야. 지금 기르던 개들을 팔고 에스컬레이터 수리 일을 할 모양이야.

도대체 무슨 이야기를 하는 거야?

사실 그건 그의 첫 직업이었어……

첫 직업이라니?

그 사람이 사냥개들을 기르기 전에 했던 일이라고.

도대체 무슨 얘긴지, 랜슬롯이 고개를 내저으며 말했다.

나도 잘은 몰라.

그런데 그 개들을 누구한테 판대?

몰라. 한 마리 정도는 우리가 기를 수도 있겠지.

천만에.

천만에라니?

그런 일은 불가능하다고. 당신은 줄곧 여행을 떠나잖아. 그리고
난 정말이지 개를 기를 순 없어.

이 얘긴 그만 하자.

미안해.

미안해.

⚜

트랄랄라의 아버지는 랜슬롯과 이리나의 집에서 300미터 떨어
져 있는 그 오두막을 떠났다. 그는 그 집이 곧 무너지기라도 할 것
처럼 바리케이드를 치고, 창문에 못을 박고, 아이들이 안으로 들어
가지 못하도록 전면에 해골표시를 했다. 그런 다음 낡은 도요다 자
동차 안에 세간을 싣고 그들에게 와서는 이리나와는 포옹을, 랜슬

롯과는 악수를 했다(그에게서는 맥주 냄새가 풍겼다. 아주 오래전부터 위 속에서 출렁거리고 있는 듯한, 내장 속에 스민 오래된 맥주 냄새였다. 그때가 아침 일곱 시 반이었다). 그는 이리나에게 트랄랄라의 주소를 건넨 다음(이리나는 죽는 날까지 그 애에게 편지를 썼지만 한 번도 답장을 받지 못했다), 마대 속에서 고철들이 흔들리는 것 같은 요란한 소리를 내는 자동차에 올라 손을 흔들고 가버렸다, 에스컬레이터 수리업자로 변신하기 위해. 이리나는 울었다. 그녀는 트랄랄라를 잃은 데 이어 트랄랄라의 아버지까지 잃었다.

그녀는 그날 저녁까지 눈물을 그치지 않았다.

트랄랄라의 아버지 이름이 커트 바이엘이었다.

그가 바로, 오모코 강의 차가운 물속에서 삶을 마칠 때 이리나가 타고 있던 자동차의 주인이었다(하지만 그것은 낡은 도요다 자동차는 아니었다).

내리는 눈을 뚫고 카메론을 향해 전속력으로 달리면서 랜슬롯은 줄곧 그 생각을 한다. 그는 이리나와 함께 살던 그 너와집으로부터 가능한 한 빨리 멀어지고 싶다. 그 집이 이제 그에게는 불길하게 여겨진다(방화를 좋아하는 한 아이를 부추겨 그 집을 재로 만들 수만 있다면 무슨 짓이라도 할 수 있을 것 같다). 이윽고 그는 그 집이 인디언들이나 네안데르탈인들의 묘지(그런데 네안데르탈인들이 시체를 매장했던가?) 위에 지어진 것일지도 모른다는 상상을 하기에 이른다.

23

    랜슬롯은 처음 나오는 주유소에 차를 세운다. 차 문을 열자 몸이 얼어붙는 것 같다(호수에 얼음 층이 하나씩 생길 때 나는 것 같은 건조하고 먹먹한 소리가 난다. 겨울이 아찔한 고비에 도달하는 그런 순간이다). 뒷좌석 쪽으로 몸을 돌리고 그는 영원히 갖지 못할 상상 속의 아이들에게 사태를 설명한다. 그리고 돈을 꺼내기 위해 자동차 캐비닛을 뒤지다가 이리나의 유물들을 발견한다. 그는 중얼거린다, 이건 이리나의 유물들이야. 그러고는 예수의 성의를 떠올린다.

    이리나의 유물들은 이런 것들이다.

    '루즈 두 루즈' 립스틱 두 개(하나는 거의 다 쓴 것이고 하나는 한 두 번밖에 바르지 않은 것 같은 새것이다).

    몇몇 항공사의 티스푼 세 개(남들처럼 이리나도 티스푼을 슬쩍 홈

처오곤 했다. 그녀가 가장 좋아하는 티스푼은 스위스 에어라인 것으로, 그 회사의 통조림 과일 샐러드용 스푼을 슬쩍 가져와야 한다는 단 한 가지 이유만으로 인도에 갈 때 일부러 취리히를 거치기도 했다).

요오드 정제 열 알(방사능 누출 사고나 폭탄이 터졌을 경우 방사성 요오드를 확실하게 제압하기 위한 것이다).

향수 분무기(장미향 향수가 담겨 있다. 이리나는 등꽃과 프리지아와 은방울꽃 향은 꽃에서 채취한 것이 아니라 합성된 것이라며 몹시 싫어했다. 적어도 그녀의 주장에 따르면 그러했다).

손전등.

초록색 플라스틱 팔찌. 안에 자석이 들어 있어 반쪽짜리 두 개를 손목에서 붙여 끼우도록 되어 있다.

4분의 1로 접힌 잡지 한 페이지. 한 면에는 유기농 초콜릿이 든 콘플레이크 광고가 실려 있고(절취용 할인권과 함께), 또 다른 면에는 젊은이들의 귀에만 들린다는 '모스키톤' 소리에 대한 기사가 나와 있다. 랜슬롯은 그 기사를 대각선으로 대충 훑어본다. 이제까지 그런 소리가 있다는 사실을 몰랐던 그는 생각한다, 이제 난 나이가 너무 많아서 못 듣겠군. 하지만 실제로 확인해보고 싶은 마음이 든다. 자신이 혹시 예외가 아닐지 확인하고 싶다. 그런 법칙에서 예외가 된다면 얼마나 기분 좋을까. 그런 다음 할인권을 바라보면서 생각한다, 이리나는 어느 쪽에 관심이 있었던 것일까.

차에 기름을 가득 넣은 다음 그는 다시 길을 떠난다. 머릿속에서 걱정을 몰아내려 애쓰면서, 그리고 일정한 간격을 두고 서 있는 가로등과 길에만 신경을 집중하려 애쓰면서. 그의 차를 추월하려는 육중한 트럭들이 대형 여객선에서 나는 것 같은 소리를 내며 세찬 바람을 일으킨다. 랜슬롯이 핸들에 매달린 채 숨을 멈추는 순간 트럭들은 그의 차를 지나 앞서 달려간다.

휴대전화 벨이 울린다. 랜슬롯은 화면에 뜬 번호를 힐긋 바라본다. 부동산 사무실의 전화번호이다. 그는 상대가 메시지를 남기기를 기다렸다가, 스피커폰을 켜고 운전을 하며 그 내용을 듣는다.

전화를 걸어온 사람은 마리 마리다. 그녀는 작은 목소리로 그에게 다른 집들을 방문하고 싶진 않은지, 대화 상대가 필요하진 않은지, 잠시 통화할 수 없는지 묻고는 잔기침을 하며 즐거운 하루가 되기를 바란다고 말한다. 그는 그녀의 메시지를 되감아 다시 한 번 듣는다. 그녀가 전화를 걸어왔다는 사실에 감동한다. 슈나이더 경감 외에 누군가가 그의 휴대전화로 전화를 걸어온 것이 얼마만인가. 그는 그 메시지를 보관함에 넣는다. 여유 있을 때 다시 들어보리라. 그런 다음 다시 운전에 집중하려 애쓴다.

하지만, 그가 카메론에서 알고 있는 유일한 사람-커트 바이엘을 제외하고. 그를 찾아내기는 아마 쉽지 않을 것이다-이 줄곧 머릿속에 떠오른다. 카메론에서 그를 기억해줄 사람이 있다면 그의 전 아내 엘리자베스뿐이다. 그런 생각이 떠오르자 그는 자동차와 그 안에 든 모든 것(그 자신, 슬픈 기억, 이리나의 괴상한 성향을 증명하는 빌어먹을 요오드 정제들, 불투명한 색의 입자들로 산산조각 날 립스틱들, 수천 리터의 휘발유 값을 치르고 이리나가 훔쳐낸 티스푼들)을 가드레일에 처박아버리고 싶어진다. 그의 옆으로 길게 뻗어 있는 금속제 가드레일을 향해 뛰어들 준비가 되어 있다. 자동차의 핸들을 꺾는 자신을 상상한다. 그는 눈앞에 떠올린다, 자동차가 나동그라진다, 연기가 올라온다, 뒤뚱거리는 절름발이 거북이처럼 드디어 뒤집힌다, 차체는 멈추었지만 바퀴는 여전히 돌아간다, 깜박이가 깜박거린다, 휘발유가 흘러나온다, 이윽고 몇 군데에서 동시에 폭발이 일어난다, 랜슬롯 자신의 몸과 자동차 안의 모든 것들이 불타오른다(그렇다, 그때쯤이면 나는 요오드 정제와 함께 불길에 휩싸이고 말리라).

그의 머릿속을 떠나지 않는 또 다른 생각은, 자신이 폭탄과 유령이 출몰하는 곳(자기 집)과, 편견에 사로잡힌 지독한 심문(슈나이더 경감) 양쪽으로부터 도망치고 있다는 사실이다.

이렇게 도망침으로써 그는 경감의 의심을 사게 될 것이다.

하지만 결국 무슨 큰 차이가 있겠는가.

그는 생각한다, 궁지에 몰리지 않는 한, 움직이지 않겠어.

상황을 끝장낼 수 있다(가드레일을 들이받거나 닥터 엡스타인이 준 푸른 알약들을 한꺼번에 털어 넣음으로써)고 생각하자 그 상황이 한결 덜 고통스럽게 여겨진다. 그런 생각을 하자 어린 시절의 절망감이, 사랑하는 남자들에게서 줄곧 버림받는 여자의 아들로 살아가야 했던 절망감이 떠오른다. 그는 확신했다. 어머니를, 장 폐색으로 고통스러워하면서도 트레일러에서 무절제한 생활을 이어가는 어머니를 돌봐야 할 의무에서 영원히 헤어날 수 없으리라고, 그것이 랜슬롯, 그의 잘못이자 의무이자 십자가라고, 그 골고다를 피할 수 있는 유일한 해결책은 지금 당장(아니면 내일) 욕실 세면대에서 커터로 정맥을 잘라 끝장을 내는 것이라고.

랜슬롯은 상당히 음울한 분위기의 소년이었다.

하지만 그의 어머니는 사랑니 발치 후 패혈증으로 죽음으로써 그를 그 모든 번거로움에서 해방시켜 주었다.

어머니가 죽었을 때 랜슬롯은 열여섯 살이었다.

그때 그는 서글프고 외로운 동시에 후련함을 느꼈다.

그는 성년이 될 때까지 하숙집에서 살았다. 그런 다음 진지하고 따분하며 장학금을 받는 대학생이 되었다. 그리고 대학교 도서관 층계에서 엘리자베스를 만났던 것이다.

랜슬롯은 다시 운전에 집중하려 애쓴다. 세상 돌아가는 소식을 듣기 위해 라디오를 켠다. 자기 차를 추월하는 자동차를 바라본다. 어떤 자동차에 의해 추월당하는 순간 상대 운전자의 말없는 눈길을 포착할 때의 그 느낌은, 달리는 동시에 정지해 있는 듯한 환상을 불러일으킨다. 두 사람은 서로를 바라보며 말없이 삼도천을 건너는 것이다. 바로 그런 순간에 랜슬롯은 알아본다. 오른쪽에서 자신을 추월하는 잿빛 자동차 운전석에 앉은 사람을. 휙 하고 지나가는 동시에 정지해 있는 것 같은 한 순간 두 사람의 눈길이 마주친다. 그는 바로 파코 피카소, 죽었다던 이리나의 아버지이다. 랜슬롯은 눈을 깜박거린다. 핸들을 잡은 손이 한 순간 흔들린다. 두 팔이 솟구치는 아드레날린에 감전된 것 같다. 그는 고개를 앞으로 기울여

자기 차를 추월한 문제의 자동차를 살펴본다. 잿빛이 아닌 푸른색 자동차다. 랜슬롯은 그 공포감을 천천히 음미하고 싶지만, 그러기엔 상황이 여의치 않다. 상대가 파코라는 건 거의 분명한 것 같다. 랜슬롯은 눈을 부릅뜨고 서서히 평정을 되찾는다. 심장이 빠르고 요란하게 뛰다가 천천히 제 속도로 돌아오는 것이 느껴진다. 그는, 그의 자동차에 의해 차례로 잡아먹히기라도 하는 것처럼 눈앞에 줄곧 나타났다 사라지는 도로의 하얀 띠에 신경을 집중한다.

24

이리나의 부재不在는 그녀의 실재만큼이나 인상적이다. 그녀의
부재가 그녀의 실재와 똑같은 형태, 똑같은 공간감을 갖는 것 같
다. 이리나의 부재가 옆에 앉아 있는 듯이 느껴지는 것이다. 그리
고 그것은 기꺼이 수락할 만한 제안이 아닐 수 없다.

25

카메론까지 달려오는 동안 랜슬롯은 단 한 차례 휴식을 취했다. 길가에 차를 세워놓고 그 안에서 잤다. 누군가 그에게 몽둥이를 휘둘러 그를 차에서 쫓아내거나 가진 돈을 내놓으라고 할지도 모른다고 걱정하면서. 그는, 주차장 위로 높이 드리워진 휘장을 펄럭거리게 하는 육중한 덤프트럭들 한가운데에서 입안이 종잇장처럼 마르고 뒷목이 뻣뻣해진 채 잠에서 깬다. 범고래들 한가운데에서 기진맥진한 작은 물고기가 된 것 같다. 그는 다시 차를 출발시킨다.

그는 세 시간마다 주유소에 들른다. 나지막하게 울리는 심야 음악을 들으면서 매대 사이를 돌아다닌다. 그는 생각한다, 이곳의 모든 것이 질서, 사치, 평온 그리고 쾌락(보들레르의 시 '여행에의 초대'에 나오는 구절–옮긴이)인걸. 여기 영원히 머물고 싶어. 그는 카르파초 맛 칩과 밤 맛 추잉껌을 산다. 그의 마음속 이리나를 약 올리게 하려고 성분표시 읽는 것을 건너뛴다. 그런 다음 장난감 매대 앞에 서서 구멍에 동전을 집어넣고 〈드래곤볼〉에 나오는 거북신선 인형을 들어올린다. 캡슐을 여니 거북신선이 들어 있다. 그는 거북신선이란 게 뭔지 알지 못한다. 지나가던 아이가 집어갈 수 있도록 그것을 바깥 창가에 올려놓는다.

그는 차로 돌아온다.

뒷좌석을 돌아본다.

뒷좌석에는 아무도 없다. 옆좌석에도 마찬가지다.

랜슬롯은 카르파초 맛 칩을 먹은 다음 추잉껌 네 개를 입 안에 털어 넣는다.

그는 다시 출발한다.

그는 자신의 엄마와 이리나를 비교하는 끈질긴 작업으로 되돌아간다. 그 일에 몰두한다. 어느 쪽이 우세한지 점수를 계산할 수도 있을 것 같다. 마치 진창에서 레슬링 시합을 하는 것 같다.

그는 생각한다. 두 사람 모두 재난―항공기 납치, 도시와 통신 시설을 쑥대밭으로 만드는 폭풍우, 여러 주일 동안 이어지는 정전(설탕, 설탕, 지금 집엔 설탕이 1킬로그램밖에 없어), 유가 인상―에 대한 대비에 유난히 철저했다. 물가가 조금이라도 오르면 랜슬롯의 어머니는 여러 포의 국수와 수십 통의 옥수수 통조림과 참치 통조림을 사들였다. 한편 이리나는 미국과 북한의 협상 상황을 뉴스로 접하며 고통스러워했고, 미아마타 병과 체르노빌 원전 사고에서 살아남은 이들의 증언을 수집했으며, 이따금 산성비에 대한 불안에 사로잡혀서는 비가 내리기 시작하면 서둘러 방수포로 된 옷을 입고 두건을 뒤집어 쓴 다음 목이 졸릴 정도로 끝을 조였다. 랜슬롯은 이리나가 살충제를 얼마나 불신했던가를 떠올린다. 그녀가 그런 불신을 갖게 된 것은 조방농업과 발생학적 연구의 폐해를 설명하는 영성의학 잡지들을 구독하면서였다. 그런 잡지들의 영향을 받은 그녀는 입버릇처럼 말했다, 그들은 미쳤어, 완전히 정신이 나갔다고. 랜슬롯은 그런 이리나를 보면서 웃었다. 그는 이리나의 그런 성향을 '커다란 음모'에 대한 강박관념이라고 진단했다. 이리나는 자신의 근심에 형태를 부여하기 위해 '그들'이라는 말로 절대 권력을 가진 위험한 집단을 지칭했는데, 랜슬롯의 어머니에게도 비슷한 성향이 있었다. 다만 어머니가 오랫동안 혐오한 대상은 비참한 상황에 있는 외국인들을 착취하는 퇴폐적인 부자들이었다. 하지만 말년에 어머니의 비탄은 신랄함으로 바뀌었다. 오랜 세월 동안 착취당하는 위치에 있었던 딱한 외국인들이 어머니 자신의 일자리—어머니는 평생 식당 종업원으로 일했다—를 위협하기에 이르렀던 것이다

랜슬롯은 논리적으로 생각해본다. 그는 지도자를 찾는 이리나의 성향을 과소평가했다. 그 성향을 여자의 일반적인 심리일 뿐이라고 여겼다. 그는 그것이 월경주기만큼이나 불가피하고 위험하지 않을 거라고 상상했다.

땅을 칠 노릇이 아닌가.

❦

랜슬롯은 이튿날 오후 카메론에 도착한다.

그는 시내에서 하숙집을 하나 찾아낸다. 스칸디나비아 풍 그네가 서 있는 작은 광장에 면한, 왼쪽에 소방서 뜰이 있는 집이다. 그는 자기 방 창가에 서서 그곳으로 돌아왔다는 사실에 깜짝 놀란다. 날씨가 좋다. 그는 이틀 밤낮 동안 겨우 몇 시간을 쉬었을 뿐 내내 운전을 했음에도 그다지 피곤을 느끼지 않는다. 음식을 거의 입에 대지 않았을 때, 배고픔이 사라지고 커다란 공허감만 남아 몸이 텅 빈 동굴처럼 여겨질 때, 이제부터는 먹는 행위를 영원히 거부할 수 있을 것 같을 때처럼 차분해져 있다.

그는 난간에 팔꿈치를 올려놓고 밖을 내다보다가 놀고 있는 아이들 둘을 발견한다. 아이들은 광장 한가운데에 고여 있는 작은 물웅덩이 근처에서 두꺼비 한 마리를 발견한 모양이다. 그들은 팔짝거리는 두꺼비의 품새와 개굴거리는 소리를 흉내내면서 아카시아나무 아래서 두꺼비를 쫓아간다. 그들의 어머니인 듯한 여자가 그곳에서 멀지 않은 벤치에 앉아 있다. 그 여자가 전화에 대고 웃음을 터뜨리는 소리가 랜슬롯에게까지 들려온다. 그는 마지막으로 두꺼비를 보았을 때를 생각한다. 지난여름 어느 날 어둠이 내릴 무렵 뜰에서였다. 그는 이리나와 베란다에 나와 있었다. 그녀는 진을, 그는 아이스티를 마시면서, 반짝이는 별들을 바라보고 있었다. 그는 생각했다, 지금 우리가 보고 있는 별들이 사실은 수천 년 전에 이미 죽은 것들이라는 말 같은 건 하지 않았으면 좋겠는데. 그는 이리나가 자신을 크게 실망시키는 그런 종류의 말을 하지 않기를 바랐다. 이리나가 입을 열었다, 어머, 저기 전나무 옆에서 뭔가 움직였어. 랜슬롯은 몸을 숙여 손전등을 집어들어 풀숲 위를 비추었다. 그런 다음 몸을 일으켜 그곳으로 다가갔다. 그가 이리나에게 말했다, 두꺼비야. 그러자 이리나는 소리를 지르기 시작했다, 다가가지 마, 다가가지 마, 다가가지 말라니까, 두꺼비에게 독이 있다는 기사를 읽은 적이 있어, 오스트레일리아에서 그게 커다란 골칫거리래, 두꺼비 땜에 죽은 사람이 만 명이 넘는대. 결국 두꺼비는 다른 곳으로 가버렸다. 랜슬롯은 손전등을 달랑거리며 이리나가 있는 곳으로 돌아왔다. 그들은 조금 전 이리나가 한 말을 음미하며 서글픈 시선으로 서로를 바라보며 말없이 서 있었다. 두 사람 모두 그 고약한 상황을 어떻게 벗어나야 할지 알지 못한 채. 랜슬롯은 그저 웃어넘기거나 농담을 함으로써 화제를 돌릴 수도 있었지만, 그때는 그럴 기운이 없었다. 그가 말했다, 그냥 평범한 청개구리였어. 작은 청개구리였을 뿐이라고. 그러자 이리나는 아무 대답도 없이 몸을 일으켜서는 방충망을 열고 집 안으로 들어가 버렸다. 켜졌다가 꺼지는 불빛으로 랜슬롯은 그녀가 욕실을 거쳐 침실로 들어갔음을 알 수 있었다. 랜슬롯은 다시 베란다에 앉아 의자의 앞다리들을 들어 올려 자신의 두 다리를 앞뒤로 흔들면서 손전등으로 정원 여기저기를, 수풀 너머 짙은 어둠 속을 살펴보았다.

그 여름밤을 떠올리는 것이 랜슬롯에게는 상당히 고통스럽다.

목의 근육 하나하나가 고통스럽게 느껴진다. 그는 자기 방 난간에 몸을 굽히고 소방차를 닦는 소방수들을 진지한 눈길로 관찰하기 시작한다. 그들은 소방차를 동화책에 나오는 것처럼 번쩍거리게 하고 싶은 모양이다.

한 남자가 길을 가로질러 광장의 철책을 지나간다. 나뭇단처럼 여위고 키가 큰 남자다. 랜슬롯은 늙은 군인 같은 그 어색한 품새가 누구의 것인지 즉각 알아본다. 흠칫 놀라 커튼 뒤로 물러난다. 그는 생각한다, 저자가 도대체 여기서 뭘 하고 있는 거지? 날 미행한 걸까?

남자는 아카시아 나무 쪽으로 다가가 벤치에 앉더니 주머니에서 신문을 꺼내 펼친다. 이제 랜슬롯은 그의 등을 여유 있게 살펴본다.

정말 그자일까, 아니면 다른 사람일까?

랜슬롯은 몸이 뻣뻣해진다. 그는 생각한다, 정신이 이상해지는 군. 이 도시에서 빈둥거리는 깡마른 사내들이 모두 이리나의 가짜 아버지일 수는 없는 일 아냐. 그는 창문을 닫고 침대 가장자리에 앉아 안내에 전화를 건다. 커트 바이엘의 전화번호를 묻자, 전화를 받은 생쥐 목소리의 여자가 대답한다, 죄송합니다. 시내에 그런 이름을 가진 사람은 나와 있지 않은데요. 카메론이라는 발음을 더듬거리는 것으로 보아 그녀는 다른 지방 출신임이 분명하다. 그는 그 전화를 끊고 데스크에 전화해 직업별 전화번호부를 가져다달라고 말한다. 전화번호부를 받자 침대에 내려놓는다. 그런 다음 비디오 카메라처럼 방 위쪽 구석에 고정되어 있는 텔레비전을 켜고 볼륨을 죽인 다음 카메론 내 에스컬레이터 수리업자들의 목록을 찾기 시작한다. 얼마 지나지 않아 '트랄랄라 수리점-모든 브랜드의 에스컬레이터, 승강기, 화물용 승강기 취급'이라고 인쇄된 항목이 나온다. 랜슬롯은 그곳의 전화번호와 주소를 적는다. 그런 다음 걸어서 그곳에 갈 요량으로 밖으로 나온다.

막대기처럼 뻣뻣하던 남자가 앉아 있던 광장의 의자는 비어 있다. 랜슬롯은 고개를 끄덕인다. 이 상황이 몹시 마음에 든다. 아까의 그 남자가 정말 파코인지 확인하기 위해 목련나무 뒤에 숨어 있을 필요가 없는 것이다. 랜슬롯은 미소를 짓는다. 그는 자신이 회복기의 환자 같다고 생각한다. 슬개골을 처음으로 움직이는 것 같다.

날은 맑고, 어둠이 내린다. 랜슬롯은 잠시 걸음을 멈추고 대기를 들이마신다. 그는 소리를 지르고 싶다, 늘 우중충하고 얼어붙을 듯 추운 그곳으로 도대체 왜 떠났던 거지? 랜슬롯은 긴 잠에서 빠져나온 것처럼, 유리로 된 관棺에서 빠져나온 것처럼 주위를 둘러본다, 이게 웬 난데없는 느낌이지? 그는 절도 있는 걸음으로 걷는다. 참 오랜만에 걷는 것 같다. 정말이지 우리는 도대체 왜 그 벽지로 떠났던 것일까? 이윽고 그는 전에 살던 아파트 건물-엘리자베스 곁을 떠나기 전 그녀와 함께 살던-앞에 이른다. 그는 고개를 든다. 걱정 마시라, 그는 기절 같은 건 하지 않는다. 그림자 하나(그녀의 그림자일까?)가 거실 창 앞을 지나가는 것 같다. 하지만 그는 그것이 자신의 바람이 만들어낸 환상이라는 걸 잘 안다. 포석의 금을 밟지 않도록 조심하면서 그는 계속 걷는다. 닥터 엡스타인이 준 푸른 알약을 물도 없이 삼킨 다음 침으로 내려 보내려 애쓴다. 정제가 그의 목에 걸려 있다. 아무것도 아닌 일에 랜슬롯은 공포에 질린다. 기관지에 우표처럼 달라붙은 정제의 젤라틴 성분 때문에 질식사한 자신의 모습이 벌써 눈앞에 떠오른다. 젤라틴을 떼어내려면 목구멍의 내벽을 들어내야 할 것이다. 전에 살던 아파트 건물 바로 앞 인도 한가운데에서 그가 미치광이처럼 얼굴을 찌푸리고 몸을 뒤틀고 나서야 목에 걸린 알약들이 내려간다. 이제 그 알약들은 그의 창자 깊숙한 곳으로 내려갔지만, 랜슬롯은 몇 시간 동안 그것이 목구멍 어딘가에 걸려 있는 것 같은 불쾌한 느낌을 떨칠 수가 없다.

그는 광장을 따라 걸으며 그동안 자신이 가장 그리워했던 것이 바로 카메론의 나무들이었다는 것을 깨닫는다. 이곳에는 수직으로 높이 솟은 사이프러스들이 있고, 팽나무와 무화과나무, 아카시아, 그리고 독이 든 빨간 꽃을 피우는 이름 없는 가시덤불이 있다.

랜슬롯은 걸음을 계속하며 카메론에 돌아온 기쁨을 만끽한다.

그는 조심스러운 걸음걸이로 시내 거의 전체를 가로지른다.

이윽고 트랄랄라 수리점이 보인다.

형광색 플라스틱으로 된 글자들과 눈에 띄는 로고가 유리창에 붙어 있다. 문은 잠겨 있는 것 같다. 랜슬롯은 유리문 앞에 서서 상점 안을 들여다본다. 학교에서 사용되던 나무 책상 위에 낡은 컴퓨터 한 대가 놓여 있고, 벽에는 시내 지도가 걸려 있다. 원래 베이지색이었던 전화기는 펠트펜으로 붉게 칠해져 있고, 천장에는 빨간 중국풍 등이 매달려 있으며, 실내 한구석에는 150개 정도 되는 크라

뺑 담배 빈 갑이 마천루처럼 쌓여 있다. 책상 뒤에는 붉은 아크릴 기모천이 씌워진, 다리가 육중해 보이는 소파가 놓여 있고, 컴퓨터에는 인상이 고약한 금빛 용들—음력 새해부터 붙여놓은 것들로 어둠 속에서 은밀하게 빛을 발하는—이 테이프로 붙여져 있다. 랜슬롯은 손목시계를 힐긋 본 다음, 문의용 휴대전화 번호 아래에 적혀 있는 업무 시간표를 본다. 그곳은 한 시간 전에 문을 닫은 것 같다.

곤란하게 됐는 걸.

그는 깊은 생각에 빠진 듯 잠시 그곳에 서서 움직이지 않는다. 이윽고 저녁 공기를, 기분 좋은 먼지 냄새와 경유 냄새를 들이마신다.

랜슬롯은 맞은편에 있는 술집에 앉아 상점의 출입구를 감시하기로 마음먹는다. 제임스 본드가 된 것 같은 착각이 든다. 그런대로 즐겁다. 마치 여덟 살 때로 돌아간 것 같다. 어머니—그와 맞는 나이대의 친구가 없었던 것이다—와 함께 비밀경찰 놀이를 할 때면, 둘 다 비옷을 입고 주방의 접이용 탁자에 앉아 음모라도 꾸미는 것 같은 태도로 햄을 먹었다. 이유는 알 수 없지만, 그 놀이를 떠올릴 때마다 비옷과 햄이 생각난다.

그는 창가에 빈자리를 하나 발견하고 거기 앉는다. 맥주 한 잔이 그의 앞으로 날라져온다. 그는 자신이 그것을 마시지 않으리라는 것을 알지만, 차마 차를 주문할 수가 없다. 20여 분 동안 그 붉은 색 가게를 어찌나 뚫어져라 쳐다보았던지, 시선을 돌리고 나서도 망막에 그것이 드리운 초록색 그림자가 남아 있는 것 같다. 자동차 한 대가 와서 그 앞에 선다. 커트 바이엘이 차에서 내려 열쇠로 문

177

을 열고 가게 안으로 들어간다. 그를 보고 어찌나 놀랐던지 랜슬롯은 어떻게 해야 좋을지 결정할 수가 없다. 자리에서 일어나 길을 건너가 그 남자에게 말을 걸 것인가, 아니면 슈나이더 경감에게 전화를 걸어 자신이 알아낸 사실을 알려줄 것인가.

그는 손도 대지 않은 맥주잔을 앞에 놓고 두 팔을 늘어뜨린 채 턱을 가볍게 숙이고 가만히 앉아 있다.

커트 바이엘이 다시 밖으로 나오더니 문을 잠근다. 다음 순간, 그러니까 랜슬롯이 그 어떤 행동도 취하기 전에 그는 길을 건너 술집 안으로 들어온다.

26

커트 바이엘은 랜슬롯을 보지 못한 모양이었다.

커트 바이엘이 카운터에 앉자 여종업원이 말했다, 어서 오세요, 클라우스. 그녀는 묻지도 않고 작은 병 와인을 하나 꺼내 카운터 위로 굴린다. 병이 그 남자 앞에 와서 멎는다. 커트 바이엘은 전보다 살이 빠진 것 같다. 알코올 중독자들처럼 여윈 모습이다. 금발로 덮인 두상이 목 위에서 왔다 갔다 한다. 얼굴은 테라코타 좌대위에 자리 잡은 인디언 인형 같고, 길고 더러운 머리카락 위로 선글라스를 머리띠처럼 끌어올린 채, 가느다란 줄무늬의 카키색 벨루어 옷을 입고 이탈리아풍 구멍 장식이 있는 낡은 구두를 신고 있다. 그는 다리를 살짝 전다. 백상어에게 한쪽 발끝을 먹힌, 물가를 돌아다니며 음료수를 들이키고 그 주변의 예쁜 여자애들을 대놓고 유혹하는 것 밖에는 할 일이 없는 듯한 늙은 서퍼 같은 모습이다.

랜슬롯은 혼란스럽다. 트랄랄라 소식이 궁금하다. 그러니까 이리나는 이 남자와 줄곧 연락을 하고 있었단 말인가? 이 사내의 이름이 커트인가 클라우스인가? 성이 필레몬인가 로코인가?

랜슬롯은 몹시 외롭고 서글픈 느낌이 든다. 상대의 눈에 띄지 않은 채 술집을 나가고 싶다. 머릿속이 하얗게 비어버린다. 그는 생각한다, 창문에 바짝 붙어 걸어 나가면, 내가 나가는 것을 눈치 못채지 않을까. 마흔다섯 살에 이렇게 명백한 퇴행 증세를 보이다니 정말 미칠 노릇이군.

그는 생각한다, 여기선 할 수 있는 일이 없어.

내가 뭘하려고 했었지?

카트 바이엘이 주머니에서 빨간색 상자를 꺼낸다. 그는 거기서 담배를 한 대를 꺼내 불을 붙인 다음 랜슬롯을 향해 몸을 돌린다. 랜슬롯은 의자에 마비된 듯 앉아 있다. 커트 바이엘이 잠시 그를 바라본다. 이윽고 술잔과 재떨이를 들고 소금기둥처럼 움직이지 않는 랜슬롯 앞에 와서 앉는다.

커트 바이엘은 미소를 지어 보인다. 그의 얼굴이 주름투성이로 바뀐다. 랜슬롯은 브라질 노르데스테 지방의 땅의 균열을, 수많은 전자 부품들로 이루어진 카드를 떠올린다. 랜슬롯은 생각한다, 이런 형의 남자가 여자들 마음에 들다니? (이 문제에 대한 그의 생각은 상당히 고답적이다. 아직도 게리 그랜트 같은 형의 남자들만이 승산이 있다고 생각하는 것이다. 주름투성이 알코올 중독자가 아니라 자연스러운 품위를 지닌 남자가 우세해야 마땅하지 않은가.)

이게 웬 우연이오, 커트 바이엘이 소리친다. 그의 목소리에는 그것이 우연일 리가 없다는 확신이 담겨 있다. 그가 담배를 내밀자 랜슬롯은 그것을 받아든다(랜슬롯은 2년 전 담배를 끊었다. 이리나와 함께 베란다에 있을 때 그녀가 공기를 들이마시며 이렇게 물었던 것이다. 이 가솔린 냄새가 어디서 나는 거지? 비행기라도 떨어진 건가?

아냐, 내 라이터에서 나는 냄새야, 랜슬롯이 지포 라이터를 흔들면서 대답했다. 그는 이리나를 물끄러미 응시했다. 그녀는 자신이 농담으로 그러는 것이 아니라는 것을 랜슬롯에게 눈치 채이지 않기 위해 조그맣게 웃음을 터뜨렸다. 랜슬롯은 깊은 우물 속에 빠지는 것 같았다. 그가 생각했다, 담배를 끊게 될 것 같군.)

내 가게가 바로 요 앞이라오. 커트 바이엘이 붉은 가게를 가리키며 말한다.

랜슬롯은 잠자코 웃기만 한다. 벙어리가 된 것 같다.

저 일이 사냥개 기르는 것보다 낫다오, 분위기도 훨씬 부드럽고 말이오.

랜슬롯은 줄곧 말없이 고개만 끄덕인다.

그런데 당신은 이 구석에서 뭘 하고 있는 거요? 바이엘이 묻는다.

랜슬롯이 대답을 하지 않자, 그가 랜슬롯을 대신해 이렇게 대답한다.

아, 그렇지, 맞아. 당신도 카메론에 살았지. 그 이누이트들의 땅에 처박히기 전에 말이오……

랜슬롯은 자신이 그 재담을 재미있어한다는 것을 알려주기 위해 눈가에 주름을 잡는다.

바이엘이 그 자신의 목을 가리키며 묻는다, 무슨 문제라도 있소? 종양이나 갑상선, 목소리가 안 나온다든지……

랜슬롯은 잔기침을 하고 마치 완전히 새로운 성대를 이식받기라도 한 것처럼 조심스럽게 소리를 낸다. 용의주도하게 말하는 그 자신의 목소리가 들려온다.

이렇게 만나서 반갑습니다.

바이엘이 맥주를 홀짝거리며 대답한다, 나 역시 그렇소, 그렇고말고. 정말 오랜만이군……

랜슬롯이 팔짱을 끼면서 소식을 알린다.

이리나가 죽었답니다.

그 말에 상대가 소스라친다. 주름잡힌 두 눈을 크게 뜨며 엄지와 검지 사이에 담배를 쥔 채 손 동작을 멈추면서 말한다. 설마? 그의 '설마'는 여운이 몇 킬로미터까지 늘어날 것 같다. 그건 '설마아아아아아아아아아……' 처럼 들린다. 맨 마지막 음절이 당혹과 고통 속에서 잦아든다.

그가 덧붙인다, 유감이오.

랜슬롯은 생각한다, 그래, 그렇군. 당신은 이리나가 어떻게 죽었는지조차 묻지 않는군.

고약한 일이군, 바이엘이 말한다.

그는 고개를 젓는다. 그것은 마치 낙담의 감정을 연기할 줄은 알지만, 그것을 서른번이나 되풀이하는 바람에 그 슬픔에 진정성이 결여된 배우의 동작 같다.

시체는 매장했소?

랜슬롯은 소스라쳐 놀란다. 이리나의 시체를 어떻게 했는지 알고 싶어 하는 사람들이 이렇게 많다니 이상한 일이다.

화장했지요.

알겠소, 바이엘이 대답한다. 그 말을 듣고 안심하는 것 같다. 바이엘이 말을 잇는다, 그걸 물은 건 내가 전에 장의사 일을 했기 때문이라오.

랜슬롯은 창밖을 바라본다. 거리에는 아무도 없다. 그는 자신이 강한 햇빛을 받은 설탕처럼 지글거리며 녹고 있는 것 같다. 그는 바이엘 쪽으로 고개를 돌리고 장의사 일을 한 게 언제인지 느릿하게 묻는다. 바이엘은 대답한다, 에스컬레이터 수리나 사냥개 사육보다 훨씬 이전이라고, 그리고 삼복더위가 한창일 때 그 일을 그만두었고, 마침내 방송국에서 일자리를 잡았다고.

바이엘은 맥주잔을 들여다보더니 당시 자신은 좀 특별한 시체들을 취급했다고 덧붙인다.

실제로 난 특수 시체 전문이었소, 그가 말한다.

바이엘은 이야기를 시작했다. 그는 섬에서 돌아오는 비행기에서 시신들을 인계받았다. 병을 들고 물에 뛰어들어 농어를 잡자마자 다시 비행기에 오른 사람들이었다. 비행기에서 내렸을 때 그 농어는 여전히 파닥거리며 살아 있었다. 하지만 사람들의 혈관 속에는 기압차로 인한 기포가 생겼고, 그 미세하고 치명적인 기포들이 곧장 심장으로 들어갔다는 것이다.

그래서 심장이 뻥 터져버린 거요, 바이엘이 킥킥거린다.

랜슬롯은 화물칸 속에서 썩어갈 농어를 생각한다. 그걸 먹어도 좋다고 판단할 사람은 아무도 없을 터. 그러니 그 가엾은 물고기는 헛되게 죽은 셈이다.

바이엘이 말을 잇는다, 이런 남자도 있었소. 그는 사막 한복판에 있는 군사 기지에서 제트 비행기의 엔진을 훔쳐내 자기 자동차에 장착한 다음 시동을 걸었소. 바퀴들이 순식간에 터져버렸소. 그 엔진은 200미터 만에 중력가속도 2g을 넘어버렸던 거요.(바이엘은 모터 소리를 내고, 두 팔로 그 장면을 흉내 낸다). 그의 몸은 25미터 높이의 언덕에 떨어졌소. 말 그대로 그 언덕에 꽂힌 거요. 수습할 수 있는 건 해골 조각과 이 몇 개뿐이었소. 거기서 나온 금속 조각들을 보고 처음에 사람들은 비행기의 동체가 폭발했다고 생각했소. 하지만 나중에 확인해 보니 자동차였던 거요.

랜슬롯은 이 이야기를 어디선가 들은 적이 있다는 사실을 깨닫는다. 사람들이 사돈의 팔촌이 겪은 일이라며 떠들어대는 그런 이야기인지도 모른다. 랜슬롯은 뉴욕 시내 하수구에서 악어들이 발견되었다든지, 문어 다리를 고무줄 삼아 번지 점프를 했다든지 하는 이야기를 떠올린다.

바이엘이 이야기를 계속한다, 마치 마나테 다리에서 문어 다리를 고무줄 삼아 번지 점프를 하던 사람들의 이야기랑 비슷하다오.

랜슬롯은 침을 삼키며 생각한다, 이자가 나를 갖고 노는군, 제기랄, 날 갖고 장난을 치고 있다고.

또 급류 속에서 폭탄을 맞고 죽은 시체들도 취급했다오. 그리 보기 좋은 시체라곤 할 수 없었지.

랜슬롯은 소스라친다. 그에게 이 모든 이야기를 들려준 사람은 바로 이리나였던 것이다. 갑자기 기억이 되살아난다. 그는 생각한다, 장례 날이 따로 없군(이리나가 즐겨 쓰던 욕설이다), 이 모든 사건들을 내게 이야기해준 사람은 다름 아닌 이리나였어…… 그밖에도 다른 많은 이야기들이 있었지…… 자살한 사람 이야기도 있었고……

바이엘이 랜슬롯의 생각을 읽기라도 한 것처럼 말을 잇는다. 한 번은 또 이런 일도 있었소, 어떤 사람이 건물 옥상에서 뛰어내렸다오…… 자신이 왜 자살을 택했는지 설명하는 유서를 남기고, 시내에서 가장 높은 건물을 골라 꼭대기로 올라가 훌쩍 뛰어내린 거요. 그 건물 2층 높이에는 창문 밖으로 그물을 드리워 놓았소. 건물 1층에 있는 식당 테라스에서 식사하는 사람들의 머리 위에 뭔가 떨어지는 것을 막기 위한 거였지. 그러니까 그물망이 그 사람의 목숨을 구해줄 수도 있었소. 그런데 4층에 사는 남자가 아내와 말다툼을 하다가 질투심에 휩싸여(질투심에 휩싸였다고? 이리나는 이런 이야기는 하지 않은 것 같은데, 하고 랜슬롯은 생각한다) 엽총으로 창문 앞에 서 있던 자기 아내를 쏘았소. 총알은 여자를 빗나가, 하필 그 순간 그 층을 지나가던 남자에게 맞았소. 남자는 즉사했소. 보호그물 위에 떨어졌을 때 그는 이미 죽어 있었소. 그의 가족들은 총을

쏜 4층 남자를 과실치사로 고소했고, 소송에서 이겼소. 어이없는 이야기 아니오?

어이없는 이야기군요, 랜슬롯이 음울하게 대답한다.

바이엘은 문득 자신의 이야기가 상황에 어울리지 않는다는 것을 깨달은 모양이다. 그는 말을 멈추고 남은 맥주를 마신 후 이렇게 덧붙인다.

당신 부인이 죽었다는 소식이 나를 이런 상태에 빠뜨린 것 같소. 난 지금 좀 흥분 상태요. 으스스한 기분도 들고 말이오.

몇 분 동안 두 사람 모두 아무 말도 하지 않는다. 그들은 각자의 잔을 응시하다가 이윽고 거리를 내다본다. 둘 다 어찌해야 좋을지 모르겠다는 듯이.

랜슬롯이 묻는다. 그런데 트랄랄라는요? 트랄랄라는 어떻게 됐나요?

바이엘은 눈썹을 들어 올리더니 마지못해 입을 연다.

그 애는 아직 제 고모네 집에 있소. 그곳이 마음에 드는 모양이오. 그 애가 내게 보낸 편지를 보면, 펜대를 사용하는 법을 배웠다더군. 알겠소, 펜대라니? 그 정신 나간 작자들은 자기네들끼리 거위깃털로 글을 쓰는 모양이오. 그리고 그 애는 지금 그게 재미있는 모양이고. 하지만 그 애가 열두 살만 되면 그런 걸 더 이상 참을 수 없을 거요. 그러면 틀림없이 이 늙은 아비에게 돌아오겠지.

바이엘은 의자에 몸을 기댄다. 그는 기계적인 어조로 트랄랄라에 대해 말한다. 같은 문장들을 열 차례는 반복한 것 같다. 이윽고

186

그가 말한다, 자, 우리 그만 갑시다. 그는 이제 깊은 슬픔에 빠져 있는 것 같다. 그가 말한다, 당신을 데려다 주겠소. 바이엘이 여종업원에게 손짓을 한다. 랜슬롯은 자리에서 일어나 바이엘을 따라 밖으로 나온다. 그들은 길을 건너 바이엘의 차가 있는 곳까지 걷는다. 느리게, 어깨 위에 커다란 납덩어리를 함께 지고 가는 것처럼 그렇게 느리게.

27

그날 랜슬롯은 커트 바이엘 앞에서 송두리째 허물어졌다.

그것은 마치 내부에 하얀 점액이 출렁거리는 거대한 점착성 몸속으로 빠져 들어가는 것 같았다. 랜슬롯은 생각한다, 난 지금 거대한 괴물의 몸속에 빠져 있어. 이 담즙과 비계 덩어리에서 빠져나갈 수가 없어.

그날 저녁 어느 순간 커트 바이엘은 자신이 젊었을 때 '크릭' 의 일원이었다고 말했다. 랜슬롯이 괴물의 몸속에 무릎까지 빠진 것은 바로 그 순간이었다.

크릭.

크릭은 초강경 생체해부 반대 단체라고 이리나의 가짜 아버지가 말하지 않았던가.

당신은 상당히 많은 직업을 가졌던 것 같군요, 랜슬롯이 신중하게 물었다. 마취제가 뿌려진 솜을 입에 물고 있는 것 같았다. 에스컬레이터, 사냥개, 시체들과 씨름하기 전에는 무슨 일을 했소?

남부 지방 도살장에서 닭 잡는 일을 했지. 그 다음에는 신경정신과 간호사였고, 바이엘이 잔 속에서 달그락거리는 얼음조각들을 바라보며 대답했다. 얼음조각들이 잔에 부딪치는 소리들이 듣기 좋은 모양이었다.

랜슬롯은 괴물의 몸속에 배꼽까지 빠졌다.

그는 긴 한숨을 내뱉었다. 소리 없는 한숨, 흉곽을 비우는 그 무엇, 길을 내며 비워졌다가 끈적한 상태로 바뀌는 그 무엇이었다.

그러니까 커트 바이엘과 이리나는 아주 오래전부터 아는 사이였던 것이다.

성냥개비로 만든 요새가 무너지는 것 같았다. 소리 없는, 그러나 결정적인 몰락이었다.

바이엘과 랜슬롯은 바이엘의 단골인 듯한 허름한 술집(음산하고 홍등가처럼 붉은 조명이 켜져 있고 카바레처럼 축축한)에서 마시고 또 마셨다. 원래 술을 입에 대지 않는 랜슬롯은 조만간 자기 입에서 흐느낌이 터져 나오리라는 것을 느낌으로 알 수 있었다. 그러자 온몸에 힘이 빠졌다. 그는 생각했다, 될 대로 되라지. 그의 세계가 허물어져 내리고 있었다. 랜슬롯의 어깨는 슬픔 때문에 이미 들썩이고 있었다. 바이엘의 움직임이 흐느적거리는 것처럼 보이기 시작했다. 그의 윤곽이 흔들렸고, 그의 목소리가 변덕스러운 파도에 실려 밀려왔다 밀려갔다.

같이 살던 사람에 대해 어떻게 이렇게 모를 수가 있지?

랜슬롯은 바이엘에게 그렇게 물었다.

같이 살던 사람에 대해 어떻게 이렇게까지 모를 수가 있냐고?

랜슬롯은, 금방이라도 신경이 산산조각날 것 같은 불안정한 어조로 그 질문을 되풀이하기 시작했다.

그러자 바이엘은 랜슬롯의 목덜미에 한손을 얹더니(랜슬롯은 그 동작을 호의이자 위협으로 받아들였다) 속삭이듯 말했다, 걱정 마, 폴, 아무 걱정할 필요 없어.

28

커트 바이엘이 랜슬롯을 그의 차에 태운다. 그는 소방서 옆에 있는 랜슬롯의 하숙집이 아니라 자신의 집으로 향한다. 랜슬롯의 고개가 고장 난 용수철 위에 올려 있는 것처럼 앞뒤로 흔들린다. 그의 입에서는 맥락이 닿지 않는 소리가 흘러나온다. 입 안에 거미게의 내장 같은 끈적끈적한 점액이 가득 차 있는 것 같다. 그는 입을 벌리고 손가락으로 목구멍을 가리키면서 반복한다, 거미게, 거미게. 바이엘은 한손으로 핸들을 돌리며 고개를 끄덕이면서 달래는 듯한 어조로 자장가처럼 반복한다, 괜찮을 거야, 괜찮을 거야, 이제 다 왔어, 괜찮을 거야. 만약의 사태에 대비해 비닐봉지를 찾느라 몸을 옆으로 기울여 다른 손으로 차 바닥을 더듬는다. 그러면서 앞유리 가장자리에 퍼즐 조각처럼 다닥다닥 붙어 있는 스티커들(미소 짓는 해 그림이나 '핵에너지 반대!' 라고 에스페란토어로 쓰인 표어 같은) 사이로 눈앞의 도로를 살피며, 예의 그 괜찮을 거야, 이제 다 왔어, 를 되풀이한다. 그 역시 때때로 눈앞의 사물들이 이중 삼중으로 보이지만 사물이 그렇게 여러 겹으로 보이는 것에 습관이 된 듯 가운데를 바라보며 운전을 계속한다.

차가 바이엘의 집 앞에 도착한다. 여기저기를 이어붙인 그 오두막의 유일한 매력은 앞쪽으로 그늘을 드리운 백살이 넘은 매끄럽고 창백한 플라타너스뿐이다.

동트기 직전의 카메론 교외.

바이엘은 랜슬롯을 자동차에서 끌어내 안아서 그의 침대로 데려온다. 그가 말한다, 난 잠깐 가볼 데가 있어, 금방 돌아올게. 쉬어. 랜슬롯은 다시 현기증이 난다. 마치 칠흑 같은 어둠 속에서 계단을 오르는 것 같다. 다음에도 계단이 이어질 거라 생각하고 발을 내딛었는데, 사실은 허공인 것이다. 랜슬롯은 앞으로 고꾸라진다. 뭔가 말을 했다고 생각하지만 그의 입에서 나오는 말은 한 마디도 알아들을 수가 없다. 그는 잠 속으로 빠져들고, 바이엘은 집을 나선다.

이윽고 랜슬롯은 정신을 차린다. 그는 바이엘의 침대 한가운데에 두 팔을 활짝 벌린 채 누워 있다. 그는 하얀 천장을 뚫어져라 응시한다. 습기로 인해 이끼 같은 것이 자라고 있다. 그는 다섯 차례 연달아 재채기를 하고, 욕지기를 내뱉은 다음 몸을 굴려 옆으로 누우며 중얼거린다, 어, 여기가 어디지? 미간을 찌푸리며 기억을 더듬는다. 침대 옆 걸상에 물 한 잔과 아스피린 두 알이 놓여 있다. 그는 생각한다, 내가 바이엘의 집으로 온 건가? 그는 기억해내려 애쓰지만 모든 게 바닥에 쏟아진 수은 입자들처럼 따로따로 흩어진다. 아무리 애써도 아무것도 생각나지 않는다.

그는 아스피린 두 알과 물 한 잔을 마신다.

그런 다음 자리에서 일어나려 해보지만 현기증이 사라지지 않는다. 손가락과 발가락과 성기 끝이 따끔거린다. 이건 처음 경험하는 느낌이다. 그는 그 통증에 정신을 집중한다(각 부분들이 괴사되어 몸에서 떨어져나가려는 것일까? 정말 그런 일이 벌어지는 것일까?). 그는 두 발을 바닥에 내려놓고 침대 위로 미끄러져 몸을 벽에 붙인 다음 자리에서 일어난다.

난 마흔다섯 살이고, 평생 처음으로 만취해 있다. 그는 그 사실이 한탄스럽다. 그의 절제는 자연스러운 것이 아니었다. 그저 체면을 잃을까봐 겁을 먹었던 것뿐이다.

당신은 겁을 내고 있었던 것뿐이야, 이리나가 알았다면 그렇게 말했으리라.

랜슬롯은 목을 움츠리고 눈을 잔뜩 찌푸리며 밖을 내다본다. 정오쯤 된 것 같다. 그 멋진 플라타너스가 돌이 되어버린 듯 미동도 없다. 바람 한 점 불지 않는다. 카타노의 추운 날씨와 이곳 카메론의 온화한 대기를 비교하면서 랜슬롯은 그날의 첫 번째 기쁨을 느낀다.

주방 식탁 위에는 바이엘의 메모가 남겨져 있다, 일하러 나감. 당신은 있어도 좋음.

랜슬롯은 차를 만들기 시작한다. 찬장 구석에서 티백과 포트를 찾아내 물을 끓인 다음, 플라타너스가 보이는 창문 앞에 놓인 연노랑 포마이카 식탁에 앉는다. 그는 한숨을 내쉰다. 밖에서 공사하는 소리가 들려온다. 바로 옆에서 건물 신축 공사를 하고 있다. 랜슬롯은 마음이 편안해지고 정신이 맑아지는 것을 느낀다. 차는 예상만큼 오래된 것이 아니었다. 그는 그 사실에 그날의 두 번째 기쁨을 느낀다.

랜슬롯은 바이엘의 집 안에서 그날을 보낸다. 잡음이 심한 라디오를 들으면서, 정신을 차리고 뒤죽박죽된 일들에 대해 논리적으로 따져보려 애쓰면서.

  이런 혼란스런 상황이 그에게 왜 이리나와의 결혼을 차분히 되짚어보게 하는지 알 수 없다. 그로서는 둘 사이에 뚜렷한 연관점을 찾을 수 없다. 아마도 관련 같은 건 없을 것이다.

  어느 날 이리나는 불쑥 이리나 루빈스타인으로 불리고 싶다고 말했다. 랜슬롯으로서는 자신의 반쪽이라고 확신하는 여인과의 결혼에 반대할 이유가 없었다. 불행했던 첫 결혼으로 상처를 입었다 해도.

  이리나는 전에 말한 적이 있었다, 당신이 엘리자베스와 결혼한 건 정말 잘못한 거야.

그래서 이리나와 랜슬롯은 카타노에서 결혼식을 올렸다. 바이엘과 당시 아직 그곳을 떠나지 않았던 트랄랄라, 랜슬롯이 일하는 신문사 동료가 그 의식에 참석했다.

이리나는 다큐멘터리 촬영을 마치고 아랄 해에서 막 돌아온 참이었다. 그곳에서 목격한 장면에 그녀는 처음에는 몹시 분개했다가, 이어 침묵과 당혹에 빠졌다. 그들이 결혼식을 올렸을 때 그녀는 여전히 그런 경직된 기분에서 빠져나오지 못한 상태였다.

그녀는 말은 거의 하지 않았지만 많이 웃었다. 어느 정도 방심한 상태였고 전혀 감격해하지 않는 듯 했다.

랜슬롯은 생각했다, 난 정말 괴상한 여자와 결혼하는군.

랜슬롯은 이리나의 단장('루즈 드 루즈'의 완벽한 립스틱, 챙 높은 하얀 모자와 외투, 그로 하여금 디바와 결혼하는 것이 아닐까 하는 착각을 불러일으킬 정도로 우아하지만 노티 나고 어이없는 장신구들)을 바라볼 때면 언제나 신랄한 자부심을 느꼈다. 그는 그녀를 응시하며 생각했다, 이 여자의 신랑이 바로 나 자신이라니. 그는 그 사실이 믿어지지 않았다. 그의 어머니가 지금 있는 곳에서 이런 그를 본다면 얼마나 좋을까, 어머니가 그의 선택(정말로 이게 '그'의 선택일까?)을 축하해준다면 얼마나 좋을까. 어머니는 이리나와 지구의 절박한 상태에 대해 즐겁게 이야기를 나눌 것임이 분명했다. 하지만 그렇게 매혹적인 여자와 결혼하려는 그에게 이렇게 경고할 터였다, 저 여잔 너를 불안하게 만들 거야. 그러고는 틀림없이 이렇게 덧붙였을 것이었다. 너처럼 질투심이 많은 남자는 저런 여자와 결혼해선 안 돼. 이건 커다란 실수야. 넌 분명 불행해질 거라고. 그런 식으로 어머니는 아들의 성격적 결함을 암시한 다음 그가 동원할 수 있는 여러 가지 방식을 제시함으로써 언제나처럼 우울에 빠진 그를 위로해주었으리라.

자신이 위험을 무릅쓰고 이리나와의 결혼을 선택했다는 랜슬롯의 생각은 착각이었다.

랜슬롯이 선택한 것은 아무것도 없었다.

그들은 바이엘과 트랄랄라, 랜슬롯의 신문사 동료와 함께 식당에서 저녁식사를 한 다음 집으로 돌아왔다. 물론 장수식사요법 식당이었다. 그 식당에 가기 위해 밀레나까지 가야 했다. 거기에서 그들은 곡식과 식물성 재료만으로 만든 음식을 먹었다. 그러니까 눈도 없고 이도 없는 것들이군, 랜슬롯이 농담처럼 말하자, 이리나는 그의 팔을 어루만지며 그보다 훨씬 더 엄격한 기준이 적용된다고, 그 식당에서는 과자를 만들 때 우유 대신 아몬드를 넣고, 어떤 요리에도 계란을 넣지 않는다고 말했다. 그날 그들이 집으로 돌아왔을 때, 그는 문지방에서 이리나를 안아들어 소파 위에 내려놓았다. 이리나는 모자를, 외투를, 스타킹을, 구두를, 드레스를 벗어던지고 그에게 말했다, 섹스 해줘(그러니까 결혼식을 끝내고 그들의 집으로 돌아와 그녀가 처음으로 한 말이 바로 그것이었다). 그녀는 소파에서 일어나 테이블 위에 엎드리더니 벽에 걸린 커다란 거울에 비친 자신의 옆모습을 바라보면서 랜슬롯에게 엉덩이를 내밀었다. 유두 주위가 갈색인 그녀의 젖가슴이 테이블을 스치는 것이 거울을 통해 보였다. 그 장면은 그를 아찔하게 흥분시켰다. 그는 옷도 벗지 않은 채 이리나를 뒤에서 껴안았다. 거울에 그들의 모습이 비쳐 보였다. 그는 이리나의 엉덩이를 잡은 그의 두 손과 그녀의 몸속에 들어간 자신의 성기, 그리고 거울에 비친 얼굴까지를 볼 수 있었다. 이리나는 흐느꼈지만, 그것은 종종 있는 일이었다. 이윽고 그녀는 웃음을 터뜨렸다. 그들은 서로 사랑한다고 말했다. 그녀가 말했다, 내가 가서 샴페인을 꺼내올게. 그들은 건배를 했다. 그녀는 옷을 벗은 채 소파에 앉았다. 랜슬롯이 한 잔 마셨고, 이리나가 그 나머지를 홀짝였다. 그는 그녀가 서글픈 동시에 편안한 느낌에 젖어 있음을 느꼈다. 문득 그녀가 그 모순된 감정 속에서 몸부림치고 있다는 것을 의식했다. 그는 생각했다, 나 역시 허탈감과 만족감을 동시에 느끼고 있잖아.

이윽고 그는 자문했다, 내 품에 안겨 있으면서 그녀가 자기 검지로 엄지의 굳은살을 긁었던 것 같은데? 누군가와 사랑을 나누면서 그런 행동을 한다는 게 가능할까? 나와 함께 하는 게 지루함에도 불구하고 그녀는 나를 생각해서 그걸 하자고 한 것일까?

랜슬롯은 바이엘의 집에 혼자 있다. 그는 머리를 쥐어짠다. 집안을 서성거린다. 이리나와 했던 섹스 생각 밖에는 아무것도 할 수 없다(그와의 섹스가 끝난 후 그녀는 물었다, 좋았어? 섹스 말이야. 그럴 때면 그녀가 어휘를 잘 다룰 줄 모른다는 느낌이 들었다. 어린 러시아 창녀가 당황해서 던지는 질문 같았던 것이다).

결혼 첫날의 섹스 장면을 떠올리자, 모호한 고통이 솟구친다. 랜슬롯은 두고 온 카타노 집 거실의 모습을 떠올리려 애쓴다. 그 커다란 거울은 아직도 벽에 잘 붙어 있을까? 증발해버리지 않았을까? 그는 힘없이 신음을 내지른다. 어떻게 하면 이 불안정한 세상(혹은 감각) 때문에 상처 입는 일을 그만 둘 수 있을까?

30

얼마 지나지 않아 바이엘은 랜슬롯에게 중요한 두 가지 사실을 밝힌다. 하나는 TNT 제조법이고, 또 하나는 바이엘 자신과 이리나가 랜슬롯에게 밝히지 않은 채 여러 해 동안 절친한 친구로 지내왔다는 사실이다.

어떤 종류의 절친한 친구를 말하는 거야? 랜슬롯이 묻는다.

바이엘은 어깨를 으쓱해 보인다.

함께 자진 않았어. 당신이 알고 싶은 게 그거라면 말이야.

랜슬롯이 알고 싶은 게 바로 그것이다.

이리나는 당신을 깊이 사랑했어. 이 세상 그 무엇을 위해서도 당신을 떠나지 않았을 거야. 그녀는 내게 줄곧 당신 이야기를 했어, 이렇게 말했지, 그는 내가 선택한 남자야. 알겠어? 그녀가 이렇게 말했다고, 내가 딸기를 원하면 그는 딸기를 따다 줄 거고, 내가 의지할 사람을 필요로 하면 나를 품에 안고 내 말을 들어주고 위로의 말을 해줄 거야. 그는 내가 선택한 남자야.

랜슬롯의 어머니가 들었다면 이렇게 말했으리라, 자다가 봉창 두드리는 소리 집어치우라고 해.

랜슬롯은 자문한다, 이 남자가 내게 들려줄 그 모든 이야기를 들을 힘이 내게 있을까?

❧

이어 여러 가지 사실들이 폭로된다.

랜슬롯은 안간힘을 쓰며 꿋꿋하게 버틴다. 처음 몇 차례 그는 두 눈을 감고 사랑하는 이의 모습을 떠올리려 애쓴다. 그녀의 얼굴을 잊지 않기 위해서라면 무엇이든 하리라. 그는 그녀의 왼쪽 눈(또렷한 눈썹 아래 자리 잡은 까만 아이리스), 관자놀이의 밤색 반점들(이리나는 그것이 햇볕 때문에 생겼을 수도 있고, 과거에 지나치게 여윈 몸매를 갖고 싶어 무리하게 했던 다이어트의 후유증일 수도 있다고 말했다), 섬세한 입술, 그녀의 얼굴에 육식동물 같은, 미묘하게 공격적인 느낌을 주는 살짝 튀어나온 아래턱, 목덜미까지 내려오는(급한 경사를 이루면서) 긴 갈색 머리카락, 작은 턱, 거슬리는 데가 거의 없는 완벽한 골격(그녀는 때때로 말했다, 잊지 마. 아름다움은 골격으로 결정되는 거야)을 떠올릴 수 있었다. 그의 아름다운 이, 그의 사랑, 그의

201

소중한 이에 대한 기억이 바이엘의 입에서 나올 이야기 때문에 변질될까봐 랜슬롯은 두렵다. 그녀에 대해 알고 있는 것을 바꿀 준비는 되어 있지만 그녀를 잃어버릴 준비는 되어 있지 않은 것이다.

그는 생각한다, 내가 알게 된 무엇이 그토록 끔찍한 것일까?

내 사랑하는 아내가 과거의 연인과 잦은 만남을 가져 왔다는 사실, 그들이 과거뿐 아니라 최근까지도 시시덕거렸다는 사실이 그토록 끔찍한 것일까?

자자, 진정하자.

그 사실을 알고도 내가 삶을 계속할 수 있을까?

그녀가 이 모든 일에서 나를 소외시키고 거짓말을 하고 모든 것을 숨겼다는 사실, 바이엘을 만나기 위해, 그와 전화 통화를 하기 위해 간통하는 여자처럼 복잡한 알리바이와 구실을 꾸며댔다는 사실을 알고도 내가 삶을 계속할 수 있을까? 그들 사이에 육체관계가 없었다고 해서 그런 위선을 받아들이기가 더 쉬울까?

당신네 둘이 함께 한 건 어떤 종류의 일이었지? 조롱당한 만큼 알 권리가 있다는 듯 랜슬롯이 묻는다.

비난당할 만한 일은 전혀 한 게 없습니다, 각하. 바이엘이 말투에 어울리는 굽실거리는 어조로 대답한다. 그러니까 내 말은 적어도 당신이 생각하는 그런 의미에서는 부끄러운 게 없다는 거야. 정치적 이상과 관계된 일이었거든.

랜슬롯은 그 자신이 더욱 초라해지는 것을 느끼며 입을 다문다. 함께 사는 여자의 정치적 소신에 대해 이 정도로 무지하거나 잘 모를 수가 있단 말인가? 나의 아름다운 이를 제대로 파악할 수 없게 만든 내 안에 잠재된 집요한 경멸이나 맹목에 대해 오히려 나 자신이 죄의식을 느껴야 하지 않을까? 그녀의 정치적 참여에 대해 그렇게 관대했던 나를 보면서 오히려 그녀가 절망했던 것이 아닐까? 그녀가 지구의 새로운 재앙에 대해 목소리를 높일 때마다 내가 경멸과 조소를 보낸다고 생각했기에 그녀는 자신이 실제로 어떤 일을 하고 있는지를 나에게 밝힐 수 없었던 것은 아닐까?

바이엘의 면상을 한 대 갈겨줘야 할까(그러니까 내 정신적 건강을 위해서 말이다), 그의 이빨을 마지막 하나까지(금니까지) 부숴버려야 할까, 머리 부분만 남겨 놓고 그를 산 채로 땅에 파묻어 놓고, 나의 말馬을 그 위로 전속력으로 달리게 해 머리를 으깨놓아야 할까, 내 팔만큼이나 긴 칼을 그의 심장에 꽂아야 할까?

랜슬롯은 생각한다, 저자를 흠씬 두들겨 팰 수 있다면 좋으련만.

그렇다, 그의 눈두덩을 찢어 놓고, 그의 코가 푸르뎅뎅하게 멍들었다가 누렇게 변하는 것을 며칠에 걸쳐 바라보고 싶다. 달달 볶고 졸여서 눌어붙은 버터처럼 만들어버릴 수 있다면 좋으련만.

그는 바이엘을 바라보면서 속으로 거듭 중얼거린다, 저 자를 흠씬 두들겨 팰 수 있다면 진짜 좋으련만.

31

사랑하는 이를 잃은 사람들의 얼굴에는 그림자가 있다. 덩굴 식물 같은 그림자가. 그 그림자는 그들이 모르는 사이에 자라난다. 아무도 그들을 보고 있지 않다고 생각되면 그 그림자는 그들의 얼굴을 허망과 엄숙과 혼란에 빠뜨린다. 그것은 그들의 얼굴에 은밀히 살고 있는 악마이다. 그 악마는 누군가 그들을 바라보는 순간 즉각 모습을 감춘다.

32

　세 번째 날, 자기 집 문을 열고 들어온 바이엘은, 랜슬롯처럼 생긴 사람이 맞잡은 두 손을 연노랑 포마이카 테이블 위에 올려놓은 채 석고상처럼 꼼짝도 하지 않고 자신을 기다리고 있는 것을 발견한다. 테이블 위에는 냉수가 담긴 잔이 손에서 조금 떨어진 곳에 놓여 있다. 바이엘이 그에게 인사를 건네자, 랜슬롯은 서론이라도 되는 것처럼 이렇게 묻는다(그 질문을 던지며 그는 생각한다, 이런 걸로 상대를 공격해선 안 되는데. 그는 미간을 찌푸리며 자신이 우스꽝스럽다고 생각한다. 하지만 그로서는 이 문제를 다른 방법으로 다룰 수가 없다. 그는 옷도 제대로 입지 않은 흐트러진 모습으로 투박한 구두를 신고 있다. 기품이라고는 찾아볼 수 없는 구부정한 자세로 자신이 던진 질문에 대한 대답을 한시바삐 듣고 싶어서 조바심을 낸다).

트랄랄라가 이리나의 딸인가?

바이엘은 처음에는 몹시 놀란 기색이다. 이윽고 그는 웃기 시작한다. 어찌나 큰소리로 웃었던지 랜슬롯은 경단고동처럼 몸을 움츠린다. 바이엘은 직접적인 대답 대신 이렇게 말한다, 우린 지금 신파조의 연속극을 찍고 있는 게 아냐. 하지만 랜슬롯은 웃지 않는다. 그는 신파조의 연속극이 어떤 건지 알지 못한다. 적어도 그에게는, 이리나의 죽음(이렇게 생생한데 그녀가 '죽었다'고 할 수 있을까?) 이후 그녀에 대해 알게 된 것들보다는 이 질문이 훨씬 합리적으로 여겨진다.

아니, 아니, 그렇지 않다. 트랄랄라의 어머니는 랜슬롯이 바이엘 집의 서랍장 위에 놓인 사진에서 본 그 아름다운 러시아 여자인 게 분명하다.

바이엘이 설명한다. 이리나는 아이를 가질 수 없었어. 그걸 품질 못했지.

뭘 품질 못했다는 거지? 랜슬롯이 어금니를 앙다물며 묻는다.

아기 말이야.

아기를 어디에 품는다는 거야?

그녀의 뱃속이지. (바이엘은 냉장고 문을 열고 맥주 한 병을 꺼내더니 랜슬롯 앞에 와서 앉는다. 그는 열기를 식히려고 맥주병을 이마에 대고 굴린다. 그는 그 질문이 특별히 바보 같다고 생각하는 것 같진 않다. 하지만 그 주름투성이의 괴상한 두상 이면에서 실제로 그가 무슨 생각을 하고 있는지는 알아채기 쉽지 않다. 어쨌든 그는 랜슬롯이 자기 말을 알아듣지 못했을 거라고 여긴 듯 이렇게 덧붙인다) 자궁 말이야. 그녀는 여러 차례 아이를 유산했어. 임신 상태가 한두 달 정도 지속되다가 그만 유산이 되고 말더군.

그녀는 당신과 아기를 갖고 싶어 했나?

당시 우리는 젊었어, 안 해본 게 없었지. 서로 헤어졌다가 다시 만나기도 했어(바이엘은 맥주를 한 모금 마시고 입술을 닦고 미간을 찌푸린다). 당신 정말 그 모든 이야기를 듣고 싶은 건 아니겠지.

바이엘이 자리에서 일어나며 말한다, 우물을 좀 살펴봐야겠어. 맞은편 공사장의 정신 나간 작자들이 지하 주차장을 만드는 통에 우리 우물에 금이라도 가지 않았는지 말이야.

랜슬롯은 그를 따라 밖으로 나온다. 그는 바이엘을 도와 콘크리트로 된 우물 뚜껑을 들어 올려 뜰 위에 내려놓는다.

혹시 로메로란 사람 아나? 랜슬롯이 뚜껑 위에 올라서서, 손전등으로 우물 속을 살펴보고 있는 바이엘에게 몸을 기울이며 묻는다.

내려가 봐야겠는걸, 바이엘이 불퉁하게 말한다.

내 말에 대답 좀 하지?

바이엘은 우물 테두리에 앉아 랜슬롯을 바라본다.

로메로라, 세계 도처에 제약 연구소를 갖고 있는 사람 말인가?

그래.

근데 왜 그런 걸 묻지?

그냥.

그들은 입을 다문다.

랜슬롯은 바이엘에게 그가 모르는 이리나에 대해 말하고 싶어서 몸이 근질거린다. 잠시 후 그가 말한다.

사실 이리나는 규칙적으로 몇 군데의 저택들을 방문했어. 난 그중 한 곳을 가보고 싶었지. 가보니 그 집은 폭파되고 없더군. 그 집의 소유자가 로메로였어.

제약 연구소 소장 말이지.

제약 연구소 소장 말이야.

랜슬롯은 자신이 한심하게 여겨진다. 바이엘이 그 사건에 대해 이미 알고 있는지, 나아가 그 집을 폭파하는 일에 참여했는지 알 수가 없다.

랜슬롯은 우물을 등진 채 바이엘 옆에 앉는다. 오래된 종이 냄새나 우물에서 나오는 달팽이 냄새 같은 애매한 냄새가 난다. 랜슬롯은 고개를 젖혀 하늘을 바라본다. 두 손을 바지에 대고 문지른 다음 말을 시작한다, 이리나가 죽은 후(이제 겨우 나은 팔다리가 제대로 움직이는지 시험해보는 것처럼 아주 조심스럽게 그 단어를 발음한다) 이리나의 아버지라고 주장하는 남자가 카타노로 그를 찾아왔었다고.

그녀의 아버지는 아주 오래전에 간경화로 죽었는데, 바이엘이 고개를 저으며 대답한다.

아, 그랬군. 나도 그럴 거라고 생각했지,

그런데 어떻게 생겼던가, 당신을 찾아온 그 남자 말이야?

퇴역한 장군 같던데.

그 외에는?

자세가 무척 꼿꼿했어. 나이는 예순 살쯤 되었을까. 어쩌면 조금 더 되었을지도 몰라. 어쨌든 그는 이리나에 대해 잘 알고 있더군……

잘 알다니, 어떻게?

글쎄…… 그녀의 어린 시절에 대해 자세히 말해주더군. 또 '크릭'과 당신에 대해서도 말이야. 그의 말에 따르면 이리나와 그는 사이가 좋지 않았다더군.

그렇겠지.

그렇겠지, 랜슬롯이 결론짓듯 말한다.

두 남자는 거기 앉은 채 말없이 위풍당당한 플라타너스를 바라본다. 바이엘이 나무를 가리키며 말한다. 이건 이 도시에서 가장 나이가 많은 나무야. 그들은 다시 침묵한다. 바이엘이 즈크 천으로 된 바지를 무릎까지 걷어 올린다. 어제보다 좀 더 더러워진 그의 머리카락에 기묘하게도 낡은 가죽 끈 같은 은빛이 감돈다. 그는 샴 사람처럼 차분한 태도로 테두리 돌 위에 앉아 있다. 균열을 확인하기 위해 우물 속으로 내려가고 싶은 생각이 전혀 없는 것 같다.

랜슬롯이 말한다.

그녀는 폭탄을 만들 줄 알았어.

폭탄 제조법을 아는 사람들은 아주 많아, 바이엘이 대답한다.

랜슬롯은 그들이 나누는 대화의 사이사이가 100까지 셀 수 있을 정도로 띄엄띄엄 떨어져 있다는 것을 깨닫는다.

난 모르는데, 랜슬롯이 말한다.

다시 100초 정도의 침묵이 흐른다.

원한다면 내가 가르쳐주지, 바이엘이 대답한다. 그는 미간에 주름을 잡는다. 마치 나뭇가지 사이에서 깜박거리는 불빛이 성가시다는 듯이.

랜슬롯이 사이를 두었다가 대답한다.

글쎄, 잘 모르겠는걸.

그는 바이엘의 나무를 응시하면서 생각한다, 이곳을 좋아하게 될 것 같아. 그는 플라타너스 둥치의 연한 반점들을 면밀하게 관찰하기 시작한다. 그 반점들은 늙은 여자의 손등에 핀 건선 같다. 하지만 랜슬롯은 거기에서 구름을 본다. 그는 자기 마음대로 구름의 형태를 잡는다. 그 장난에 스스로를 방기한다(그의 강한 성격적 특징이다). 그의 눈에 제비와 몹시 비슷해보이는 참새의 경박한 쩍쩍거림(옆 작업장의 굴착기 소리 사이사이에 들려오는)을 들으면서.

잘 모르겠어, 그가 다시 대답한다. 그는 기분이 좋다. 계속 이곳에 머물고 싶다. 최대한 바이엘 가까이에 앉아 있고 싶다. 바이엘과의 대화는 고등학교 때 급우들에게 자신의 은밀한 성향에 대한 이야기를 하는 것과 비슷한 느낌이다. 그녀가 마음속에서 어떤 특별한 자리에 있는지 알리지 않은 채 좋아하는 여자에 대해 이야기할 때, 꽁꽁 숨겨놓은 연인의 이름을 누군가 무심코 입 밖에 내는 순간 머리가 핑 도는 것 같지 않았던가.

이곳은 아주 근사하군, 마침내 그가 소리 내어 말한다.

33

바이엘과 랜슬롯은 함께 어떤 쇼핑센터에 와 있다. 솔레유 타워 - 전면에 거울 유리가 붙은 이 업무용 건물은 창을 열 수 없게 되어 있다. 반드시 에어컨을, 기관지염을 유발하고 오존층에 구멍을 내는 에어컨을 설치해야 하는 것이다 - 2층에 위치한 쇼핑센터이다.

주차장에서 올라오는 에스컬레이터가 고장이다.

바이엘은 클라우스 메이어라는 가짜 이름을 댄다. 페드로 데 루치아 같은 이국적인 이름을 선택할 수도 있었을 것이다. 하지만 그런 변화는 그에게 두 배의 번거로움을 야기할 것이 분명하다. 이름을 바꾸는 것은 좋지만, 이전 것과 비슷한 성을 쓰는 게 좋다. 그래야 새로운 이름이 불릴 때, 하루에도 여러 차례 가짜 이름을 써야할 때 안정된 태도를 보일 수 있는 것이다. 그는 자신의 연장 일체

와 랜슬롯, 곧 조수를 데리고 왔다.

그가 랜슬롯에게 말했다, 내겐 함께 일할 사람이 필요해. 내가 하는 걸 잘 봐둬. 그럼 금방 배울거야.

랜슬롯은 그 자신이 이리나가 바이엘에 대해 했던 말을 농담으로 여기고 있었음을 깨달았다. 바이엘이 사냥개 기르는 걸 그만두고 에스컬레이터 수리를 시작했다는 말 말이다. 그때 랜슬롯은 도저히 그런 일을 진담으로 받아들일 수가 없었던 것이다.

그런데 이제 랜슬롯 자신이 에스컬레이터 수리를 돕기 위해 한 쇼핑센터의 마모방지 처리가 된 마루판 위에 주저앉아 있는 것이다. 측면으로 촘촘하게 연결되어 있는 12센티미터 두께의 이 마루판 각재들은 120년 정도 사용 가능하다. 그 즈음 우리 모두는 이 세상 사람이 아닐 것이다. 지금 이 마룻바닥 위에서 어슬렁거리고 있는 우리 모두가 먼지로, 개미 똥으로 돌아간 다음에도 이 빌어먹을 마루판은 귀틀 위에 얹혀 줄곧 삐걱대면서 허무하게 스러져가는 인간의 육체를 비웃으리라. 그는 검은 즈크 바지에 '트랄랄라 수리점'이라는 푸른 글자들이 플로킹(섬유를 수직으로 세워 요철 효과를 주는 직조법 ―옮긴이) 처리 된 빨간 셔츠를 입고 바이엘 옆에 앉아 있다. 랜슬롯은 자신이 여전히 질투에 불타면서도(또한 잘도 속아 넘어가면서도) 바이엘을 다시 만난 것에 대해, 그자가 과거 언젠가 랜슬롯 자신이 사랑하는 여자와 잤다는 사실을 알게 된 것에 대해, 이 알코올 중독 증세가 있는 기술자와 커다란 불행을 공유하고 있다는 사실에 대해 어째서 이렇게 기묘한 만족감을 느끼는 것인지 도대체 알 수가 없다.

쉬는 시간이 되자 랜슬롯은 일반인들을 위해 마련된 푸른색 플라스틱 벤치에 앉아 만들어온 샌드위치(밀기울 빵에 오이를 끼운)를 씹으며, 가까스로 생명을 유지하고 있는 화분 속의 식물들을 바라본다. 나무들이 양식으로 삼을 것이라고는 테라코타 부스러기뿐인 것 같다. 랜슬롯은 캔에 든 오렌지주스(시큼하고 게거품이 이는)를 마신 다음 엄숙한 표정으로 휴대전화에 녹음된 메시지들을 듣는다. 쇼핑센터의 나른한 음악소리에 방해받지 않기 위해 손가락으로 귀를 막고. 슈나이더 경감에게서 가능한 한 빨리 자신에게 연락하라는 메시지가 와 있다. 경감은 말한다. 도대체 그를 만날 수가 없다, 경찰과 늘 연락이 되어야 한다, 수사에 새로운 진전은 없지만 그와 이야기할 필요가 있다고 말한다. 아울러, 그의 집에 사람을 보냈다, 이런 상황이라면 그가 심문을 피해 달아났다고 볼 수도 있다, 그렇게 되면 의심을 사게 된다(경감의 목소리에 짜증기가 섞이고 협박조가 된다)고 말한다. 닥터 엡스타인으로부터도 메시지가 하나와 있다. 그는 랜슬롯에게 자신에게 와서 치료를 받아야 한다는 사실을 상기시킨다(그의 목소리에는 짜증과 더불어 죄책감 같은 것이 서려 있다). 마지막으로 마리 마리에게서 여러 통의 메시지가 와 있다. 차례로 들어보니 뜻밖에도 놀랍다. 그녀의 목소리가 달라진다. 어떤 때는 불안정하다가 다시 장난꾸러기 같은 평소의 어조로 돌아온다. 그녀는 그가 아직도 그의 집을 팔 생각인지 묻는다. 사려는 사람이 있다는 것이다. 그녀는 공격적인 고객과 약속을 앞두고 푸념을 늘어놓고, 눈과 별이 가득한 하늘에 대해 몇 마디하고, 부동산 사무실의 사장과 그녀의 아들과 그녀 아들의 아버지와 애인(같은 사람이 아닌 듯하다. 하지만 그런 구별은 그녀의 존재만큼이나 불분명하다)에 대해 언급하고, 그녀의 어머니(아주 먼 곳에서 살고 있다. 시차 때문에 밤에 그녀에게 전화를 거는데, 정작 전화를 걸어놓고는 침묵을 지킨다)에 대해 이야기한다. 때로는 죽음에 대해, 자신의 가슴팍에서 느껴지는 고통에 대해 이야기하다가는 다른 이야기로 넘어간다. 그녀는 때로는 자동차 안에서, 때로는 점심식사를 하는 식당에서 그에게 전화를 건다. 여러 사람의 목소리와 자동차 소리가 뒤섞여 들려온다. 날짜가 최근에 가까워질수록, 녹음된 메시지들이 더욱 사적인 것이, 역설적으로 익명의 것이 된다. 그녀가 말하는 대상은 더 이상 랜슬롯이 아니다. 그 날치 자기 몫의 슬픔을 작은 상자에 담은 다음 밖으로 드러나지 않도록 조심스럽게 뚜껑을 덮어놓는 것이다.

랜슬롯은 마리 마리의 메시지들을 삭제하지 않고 휴대전화를 끈다. 그런 다음 거대한 에스컬레이터 옆에서 일하고 있는 바이엘 옆으로 간다.

그걸 진짜 고치겠다는 거야? 의기소침한 녹색 식물들 속에 조그만 적들이 뿌리를 내리고 있기라도 한 것처럼 랜슬롯이 나직하게 묻는다.

바이엘은 어깨를 으쓱해 보이고는, 그렇게 묻는 의도를 모르겠다는 듯 미간을 찌푸리며 그를 쳐다본다.

도대체 무슨 말이야? 나도 먹고 살아야지, 그가 대답한다.

그런 다음 그는 미소를 짓는다. 불법적인 일에 대한 랜슬롯의 초심자다운 열광이 재미있는 모양이다.

랜슬롯은 한편으로는 실망감을, 또 한편으로는 더욱 분명한 확신을 느끼면서 생각한다, 이게 내 새로운 직업이야. 내 새로운 일이라고. 그러자 마음이 한결 가벼워진다. 바이엘과 함께 있을 수 있다는 것, 잊을 만하면 반복되는 그의 성기에 대한 암시(오늘은 그게 길고 단단해, 당신이 이 두툼한 분홍색 물건을 잘 발기시켜주면 한번 쏠 수 있는데)가 차라리 고맙게 여겨지기 시작한다. 확성기에서 흘러나오는 상가 버전 '호텔 캘리포니아'를 들으면서, '보안'이라는 글자가 쓰인 완장을 차고 와 바이엘과 농담을 하다가 경쾌하게 걸음을 옮겨놓는 야간 당직자들의 요란스럽지 않은 존재감을 즐기면서, 랜슬롯은 이곳이 그가 있을 자리라는 느낌이 든다. 그는 생각한다, 이리나의 실상에 대해 더 이상 알고 싶지 않다고, 이리나가 다리에서 떨어지기 전에 이미 누군가에 의해 독살되었다는 사실을 바이엘에게 알릴 필요가 점점 엷어진다고, 이제 더 이상 새로운 사실을 알고 싶지 않다고, 그저 지금까지 알게 된 것들이나 차분히 감당하면서 살고 싶다고.

34

이리나와의 동거는 처음 얼마간은 고통스러웠다.

서커스의 마술사를 방불케 하는 여자를 선택해 함께 사는 일은 그리 간단한 것이 아니었다. 이리나의 아름다움은 때때로 랜슬롯을 당혹감에 빠뜨렸다.

그들이 카메론에 살고 있었을 때에는 특히 그러했다. 그녀가 그곳에서 많은 사람들과 알고 지냈다는 사실 때문이었다. 그녀가 그 도시의 몇몇 남자들과 동거했고, 몇몇 남자들과 잠자리를 함께 했으며, 몇몇과는 시시덕거렸고, 또 몇몇과는 은밀한 관계(크림 커피를 함께 마시는 관계를 넘어서서 서로 킥킥거리기도 하고 속내를 털어놓기도 하는)였다는 사실을 모를 수가 없었던 것이다. 그녀가 길에서 그런 남자들 중 하나와 부딪칠 때면, 과거에 대한 향수가 떠올랐다. 두 사람이 서로 얼굴에 가벼운 미소를 띠고 잠시 지난날을 추억할 수도 있었다. 그런 날 그녀가 집에 돌아오면 랜슬롯은 빛의 방향이 달라진 듯한 미묘한 변화를 감지할 수 있었다. 그녀는 샌들을 벗거나 손을 씻으면서 주방에서 거실까지 들리도록 목소리를 높여서 아무렇지도 않은 어조로(랜슬롯에게 그런 이야기를 하려면 초연한 어조를 동원해야 한다는 것을 알고 있었고, 그 우연한 만남을 그에게 숨길 마음이 없다는 것, 그녀 자신에겐 완전히 끝난 일이라는 것을 드러내려는 의도였다) 이야기를 시작했다, 오늘 길에서 우연히 미니막스를 만났어, 오늘 토로로를 만났지 뭐야(이리나가 과거에 사귄 남자들은 하나같이 우스꽝스러운 이름을 갖고 있었다). 그러면 랜슬롯은 가슴에 산酸을 들이부은 것 같은 느낌이 들었다. 그는 그녀가 원망스러웠다(토로로나 미니막스를 우연히 만났다는 사실, 혹은 그를 만나기 전에 다른 남자들과 사귀었다는 사실 때문에). 그러면 그 저녁나절은 완전히 망쳐지는 셈이다.

카메론의 날씨가 일년 내내 따뜻해 여자들이 종종(이리나는 항상) 속이 훤히 비치는 옷을 입고 다닌다는 것도 무시하기 어려운 문제였다. 아침마다 랜슬롯은 이리나에게 하루 동안에라도 날씨가 스산해지고 기온이 내려갈지도 모르니 조심해야 한다고 알아듣게 설명하려 애썼다. 그러니까 스카프를 두르거나, 초승달 모양의 구멍이 뚫린 속옷 같은 미니드레스를 블루마린색 터틀넥으로 갈아입는 것이 좋겠다는 말이었다. 이리나는 아무 대답도 하지 않고 외출 준비를 계속했다. 마치 그가 그녀의 귀에는 들리지 않는 주파수로 이야기하는 것처럼. 그런 다음 그에게 입맞춤을 하고 사람들을 만나기 위해 외출했다. 랜슬롯은 슬프고 놀란 모습으로 두 눈이 휘둥그레진 채 거실에 서 있었다.

이리나는 자신이 제안한 다큐멘터리 필름에 예산이 편성되기를 기다리면서 규칙적으로 편집 일을 했다. 랜슬롯은 편집실의 풍경이 어떨지에 대해, 그렇게 제한되고 어두운 공간에서 이리나와 이전 동료들이 암묵적 합의하에 무엇을 할지에 대해 상상하지 않을 수 없었다.

그것만으로도 그에겐 충분히 고문이었다.

하지만 가장 지독한 것은 이리나와 함께 가야 하는 파티들이었다. 비좁은 아파트의 주방에서, 더 낫다고 해봐야 잎이 두꺼운 식물들이 들어찬 발코니에서 혼자 딸기 펀치를 마시며 이리나의 춤이 끝나기를 기다리는 일은 결코 유쾌하지 않았다. 하지만 그녀를 그곳에 혼자 가게 한다는 것은 그로서는 불가능했다.

그들은 조금 늦게야 파티 장소에 도착했다. 왜냐하면 그가 그런 파티에 어울리는 셔츠를 입는 것을 내키지 않아 했던 것이다. 그가 그런 결정을 내리는 데에는 여러 시간이 걸리기도 했다. 그런 식으로 시간을 끌면서 그는, 소란스럽고 사람 많은 장소에 가면 어떤 경우에도 유쾌한 저녁을 보낼 수가 없다고 그녀를 설득하려 애썼다. 하지만 그녀는 그가 왜 그러는지 이해할 수 없다는 듯 문간에서 참을성 있게 그를 기다렸다. 날카로운 굽이 달린 완벽한 하이힐을 신고, 몸에 지나치게 달라붙는 드레스를 입은 모습으로 그녀는 열쇠를 만지작거리며 그를 기다렸다. 열쇠가 딸그락거리는 소리가 랜슬롯의 뱃속으로 파고들었다. 그는 궁지에 몰린 것 같은 느낌이 들었다. 그는 아름다운 이리나의 매력에 사로잡힌 동시에 그것 때문에 녹초가 되어 있었다.

파티 장소까지 가는 동안 그들은 대개 한 마디도 나누지 않았다. 이리나는 그의 손을 잡았지만, 입은 닫고 있었다. 그들은 전철을 탔다. 소음과 다른 사람들의 존재가 그들에게 말다툼을 피하게 해주었다. 이윽고 친구들의 집 앞에 이르러 초인종을 누르는 순간(문 너머로 요란한 소리가 한풀 꺾인 채 들려왔다), 그녀는 비로소 그에게 미소를 지어 보였다(물론 희미한 미소였다. 하지만 랜슬롯은 그 미소가 이렇게 말하고 있다고 믿고 싶었다. 난 당신을 믿어, 당신을 원망하지 않아). 문을 열러 나온 집주인이 이리나를 알아보고 족제비 같은 비명을 내지르자, 이리나 역시 킥킥거리며 갑자기 스페인어나 중국어 같은 외국어를 쓰기 시작했다. 그렇게 변신하는 그녀를 바라보면서 랜슬롯은 자신이 빛의 속도로 은하계 구석으로 추방되는 것을 느꼈다. 그들은 사람들로 붐비는 실내(아파트가 아니라 하숙집 방 두 세개의 벽을 터서 한 공간으로 만들어놓은 곳)로 들어갔다.

랜슬롯은 한 무리의 극좌파들, 투사들, 자연보호주의자들, 난민들 무리에 둘러싸여 있었다. 그들은 술을 마시고 즉석에서 춤을 추고 때로는 노래를 불렀다. 랜슬롯은 그 자리에서 사라져버리고 싶었다. 어떤 자리에서 누군가 노래를 부른다는 것은 끔찍한 일이었다. 열광하든가 귀를 막든가 해야 하는 것이다. 랜슬롯은 생각했다, 세상이 어떻게 돌아가는 건지 모르겠어. 그는 충계참에 있는 공동 주방으로 가서 개수대 가장자리에 걸터앉아, 막연하게 무엇인가를 생각나게 하는 이름을 가진 난쟁이 기자와 이야기를 나누었다. 그러다가 이리나가 그의 시야 안으로 들어오면, 기자가 하는 말에 더 이상 집중할 수가 없었다. 이리나가 그녀의 친구들에게 하는 말이 들려왔다. 그녀는 한 손에 잔을 든 채 그에게 손짓을 해 보였다. 그는 그녀의 눈빛을 보고 그녀가 몹시 흐트러져 있다는 것을 알 수 있었다. 그는 그녀를 따라가고 싶었지만 그럴 수가 없었다. 그가 그 난쟁이 기자와 우정으로 묶여 있다고 그녀로 하여금 믿게 해주어야 할 것 같았다. 그녀는 복도에서 춤을 추다가 다시 그가 있는 곳으로 돌아왔다. 그녀는 그에게 입맞춤을 하고 지나가면서 친구들과 수다를 계속했다. 이따금 그는 그런 대화의 한 토막을 포착할 수 있었는데, 그럴 때면 아찔한 현기증을 느꼈다. 다음과 같은 기사들이 실린 여성지의 책장을 넘기는 것 같았다. 거기에는 이렇게 써 있었다. 빙하가 녹는 걸 두려워해야 하는가? 다음 두 페이지에 세상 끝에 있는 최고의 빙하들을 소개한다.

그는 생각했다, 이들은 현대 여성들이군.

난쟁이 기자가 누군가 자신의 말을 끊을까봐 두려운 듯 속사포처럼 이야기를 쏟아놓고 있는 동안, 랜슬롯은 거듭 중얼거렸다, 이들은 현대 여성들이야. 그러면 그 기자는 더욱 속도를 높여 숨도 쉬지 않고 문장과 문장을 이어나갔다. 그의 말을 듣지 않고 있던, 듣지 않으면서도 듣는 체하고 있던 랜슬롯은 무슨 심오한 진실이라도 찾아낸 것처럼 또다시 중얼거렸다, 저들은 현대 여성들이야.

이리나를 만나기 전에 그는 그런 당혹감이나 버려진 느낌을 경험한 적이 없었다. 하지만 그는 그것이 그녀로 인한 것이 아닐지도 모른다고 생각했다. 그의 정글 안에 살고 있는 짐승이 하필 그때를 택해 잡목림에서 나온 것인지도 몰랐다. 카타노로 이사를 하고 나자 그런 사태는 그런대로 정리되었다. 랜슬롯의 질투심은 이리나가 가는 곳을 확실히 알고 있어야 한다는 단순한 필요로 바뀌었다. 그녀가 외국으로 떠날 때면 그는 특별히 버려진 것 같은 느낌이 들지 않았다. 그저 그녀를 기다리기만 하면 되었다. 이제 그는 그녀가 반드시 돌아오리라는 것, 주의 깊고 정확하다는 것, 규칙적으로 전화를 걸어오리라는 것을 알고 있었다. 그가 두려워한 것은 그녀가 혹시 어떤 남자를 우연히 만나지 않을까 하는 것뿐이었다. 그는 우연히 갖게 되는 성관계와 뜻밖의 입맞춤 같은, 여행이란 것이 막연하게 포괄하는 그 무엇을 걱정했다. 그 문제에 대해 생각하기 시작하면, 그의 머릿속에서는 군데군데 끊어진, 분비물로 뒤덮인 기관들과 점막들을 찍은 수많은 이미지들이 계속해서 돌아갔다. 이윽고 그는 그런 생각들과 거리를 유지할 수 있게 되었다. 그런 생각은 더 이상 빠지지 말아야 할 덫과도 같았다. 이리나가 외국으로 떠나고 나면 다음 며칠 동안 그의 걸음걸이가 신중해졌다. 그는 그 자신의 생각의 박동에 조심과 주의를 기울였다. 그는 이른 아침 집에서 나와 추운 새벽 공기 속을 걸었다. 오모코 다리로 가서 해가 뜨는 것을 바라보고 카타노 숲을 가로질러 모든 걱정을 씻어버리고 돌아왔다. 하지만 그의 마음이 아직 상처입기 쉬운 상태인 처음 며칠을 채 보내기 전에 개수대 위의 선반에서 먼 도시의 술집 성냥갑을 찾아낼 때도 있었다. 그럴 때면 그는 그 성냥갑이 어떻게 거기 있게 된 것인지 자문하지 않을 수 없었다. 그것을 거기 갖다 둔 사람이 이리나인지(그럴 경우 그녀는 어떤 남자와 그 술집에 같이 간 것일까. 그녀가 혼자 그곳에 갔을 리는 없고, 그 경우 같이 간 사람은 틀림없이 남자였을 터였다), 아니면 랜슬롯이 장을 봐오기 위해 집을 비웠을 때 그곳에 온 누군가인지를. 가정용품이나 알루미늄 창문이나 항진드기 가공이 된 러그를 팔러 온 세일즈맨이 거실에서 담배를 피운 다음 자기 성냥갑을 던져두고 이리나를 안아들어 부부 침대(혹은 그 옆의 침대) 위에 내려놓은 게 아닌지를.

랜슬롯은 자신이 사물과 문제가 있다는 것을 알고 있었다. 그는 사물들이 그의 머릿속으로 들어오도록, 그의 감정 속을 돌아다니도록 내버려두었다. 그리하여 그는 그 자신과 사물들의 적대감을 혼동하기에 이르렀다.

그는 안정제를 한두 알 삼키고 마음을 가라앉혔다. 그러면 그 다음 며칠 동안은 다시 평온한 남자―카메론의 녹나무 속에 사는 주머니쥐를 응시하던 남자―로 돌아갈 수 있었다.

35

랜슬롯은 바이엘의 침대에서 잔다.

바이엘은 소파에서 잔다.

바이엘은 말한다, 거실에 크라방 담배 연기가 점점 더 심해진다고, 랜슬롯에게 그런 거실에서 자라고 할 수는 없는 게 당연하지 않느냐고.

거실은 외부에 면해 있다. 방에서 집 밖으로 나가기 위해서는 거실을 지나가야 한다. 방에는 철창이 달린 아주 작은 환기창이 하나 있을 뿐이다. 그 창 때문에 그 방은 수도사의 독방 같다. 바닥은 콘크리트로 되어 있고, 그 위에는 그것을 밟는 것만으로도 참선 수행이 될 것처럼 거칠기 짝이 없는 코코넛 러그가 깔려 있다.

여긴 좋은 곳이야, 하고 바이엘이 말했다.

그 말을 듣고 랜슬롯은 생각했다. 무엇을 하기에 좋은 곳이란 말인가?

밤이면 차가 도로 위를 달려가는 소리, 화물 열차가 철로 위를 삐걱이며 지나가는 소리가 들린다. 그리고 채 동이 트기 전부터 플라타너스에 깃든 새들이 요란하게 지저귀는 소리, 고함 소리, 싸우는 소리, 나뭇잎들이 부딪치는 소리, 난투극을 벌이는 소리, 태평성대의 뮤지컬 코미디에나 나올 법한 이른 아침의 풍경들이 펼쳐진다.

새벽 다섯 시, 랜슬롯은 잠이 깬다. 야생 동물들의 시간이다. 그의 가슴 속에, 그의 머릿속 가장 어둡고 오래된 귀퉁이에 그렇게 각인되어 있다. 퍼뜩 잠을 깬 랜슬롯은 바닥을 더듬어 손목시계를 찾는다. 시계의 디지털 숫자판에 불을 켜 시간을 확인한 그는 어김없이 같은 시각에 잠을 깼다는 사실에 짜릿한 흥분을 느끼며 누운 채 움직이지 않는다. 눈이 어둠에 익숙해지자, 그는 천장의 균열이 더 심해지지 않았는지 확인한다. 갈라진 자국이 꼭 마녀의 옆얼굴 같다. 그는 판판하게 편 손바닥 아래로 시트의 감촉을 또렷하게 느끼면서 문 너머로 들리는 바이엘의 요란스러운 숨소리에 귀를 기울인다. 호흡과 호흡 사이 몇 초간 간격이 있다. 그는 그 무엇에도 묶이지 않은, 이 세상 그 누구도 그를 불행하게 만들 수 없는 사치를 음미한다. 같은 지붕 아래 누군가 있다는 사실에, 그의 고독감에 특별한 풍미를 더해주는 그 사실에 고마움을 느낀다. 랜슬롯은 그곳에서 찾아낸 기묘한 평화로움에 사로잡혀 있다. 아니 그것을 사로잡으려 애쓰고 있다.

빙하 속에서 동굴을 발견한 것처럼, 스위스제 벽시계 속에 갇혀버린 것처럼, 모든 것이 복잡하고 눈부시게 여겨진다.

뭔가 번득이지만, 그는 그것이 무엇인지 전혀 알 수가 없다.

그날 새벽 다섯 시 랜슬롯은 잠이 깬다. 그 순간이 자신이 어디 있는지 가늠할 수 없는 감미로운 현기증의 시간이라는 것을 깨닫는다. 이윽고 이성과 기억이 다시 형태와 윤곽을 갖추는 것을 느끼며 그를 둘러싼 밤의 박동을 듣는다.

옆에서 누군가 속삭이고 있다.

그는 귀를 기울인다.

그는 최대한 조심스럽게 자리에서 일어난다. 냉장고에서 딸깍 윙윙 소리가 들린다. 그는 숨을 참고 거친 코코넛 러그 위를 맨발로 걸어 방 한가운데 선다. 텔레비전 드라마 〈엉 뒤 트루아 솔레유〉에 나오는 정신 나간 남자처럼. 그가 낸 소리를 듣고 누군가 나타나 남의 일에 상관 말라고, 랜슬롯 같은 뜨내기 인생이 정신이 나간 상태임을 감안해 이렇게 재워주는 것만으로도 고마워해야 하지 않느냐고 호통을 칠 것 같다. 속삭이는 소리가 다시 들려온 데 이어 라이터를 켜는 소리, 연기를 내뿜는 소리, 담배가 타들어가는 소리, 그리고 그 속삭임에 대답하는 좀 더 낮은 속삭임 소리가 들려온다. 실제로 들은 것이 아니라 들었다고 상상한 것 같은 작은 소리이다. 코끼리들이 눈 사이의 공명 상자 속에서 낸다는 불가청음, 너무 낮아서 귀로 들었다기보다는 성대의 떨림으로 인지한 것 같은 소리다.

랜슬롯은 문의 열쇠구멍에 눈을 갖다 댄다.

바이엘이 철제 의자에 앉아 있다. 그는 의자 앞다리를 들어 올리고 발목을 열린 창문 가장자리에 올려놓은 자세로 균형을 잡고 앉아 앞뒤로 몸을 왔다 갔다 하면서 담배를 피우고 있다. 그 옆에는 몹시 피로한 듯한, 혹은 낙담한 듯한 남자 하나가 두 팔을 허벅지 위에 올려놓은 채 바닥을 향해 상반신을 숙이고 앉아 있다.

남자의 뒷모습이 몽둥이처럼 건조하고 뻣뻣하다.

랜슬롯은 그 실루엣의 주인공이 누구인지를 알아본다. 흉곽 속에서 한 순간 심장이 멎는다.

파코 피카소.

그게 그의 진짜 이름이라면 말이다.

랜슬롯은 그들의 대화 내용을 알아들으려 애쓴다. 그들의 대화 사이사이에 긴 침묵이 끼어든다. 그동안 두 사람은 가로등 옆에 서 있는 플라타너스를 물끄러미 응시한다. 그들이 이리나의 이름을 언급한다. 그는 생각한다, 저 사람이 진짜 이리나의 아버지일까? 이윽고 그는 다시 정신을 차린다. 아냐, 물론 그럴 리가 없지. 그는 그의 머리가 계산기처럼 움직이기 시작하는 것 같다. 두 사람이 동시에 아주 조심스럽고 짤막하게 웃음을 터뜨린다. 랜슬롯은 생각한다, 저들은 나를 비웃고 있는 거야. 그들이 다시 침묵한다. 랜슬롯은 자신이 소금기둥이라도 된 것처럼 부동 상태에 갇혀 있다고 느낀다. 그는 생각한다, 파코는 이리나의 애인이었는지도 몰라. 그 생각이 램프처럼 어둠을 밝힌다. 저 두 사람은 오래전부터 서로 아는 사이인 게 틀림없어. 랜슬롯은 두 사람을 주의 깊게 관찰한다. 그는 생각한다, 이리나가 둘 중 한 사람을 버리고 다른 사람에게로 갔는지도 몰라. 이 새로운 가설에 비춰볼 때 두 사람의 차분한 만남이 완벽하게 설명되는 것 같다. 그들의 동류의식, 특징적인 사내다움, 그가 갖지 못한 그 무엇에 랜슬롯은 질투를 느낀다.

그는 생각한다, 나의 이리나, 나의 어여쁜 이, 나의 귀염둥이, 나의 물고기, 나의 아몬드, 나의 가젤.

그런 다음 생각한다, 저들은 과거의 길동무들이군. 크릭의 옛 동지들이야.

그는 기억을 되살리려 애쓴다. 길을 걷던 그의 머리 위로 하이힐이 떨어졌던 그날 이리나의 집에서 얼핏 본 그 남자가 바로 파코 피카소였나? 이윽고 기운이 빠진 랜슬롯은 침대 가장자리에 가서 앉고 싶은 마음이 간절하다. 보다 편안한 자세에서 생각을 하고 휴식을 취하다가 다시 잠에 빠져들고 싶다. 하지만 옆방의 두 사람에게서 눈을 뗄 수가 없다. 그는 생각한다, 나의 이리나. 그는 너그럽기 짝이 없는 태도로 고개를 내젓는다. 그녀가 앞에 있고 그가 어린아이·같은 그녀의 실수를 용서해주는 것처럼. 그녀가 저지른 일이 싱싱한 풀잎에 앉아 새 드레스에 푸른 물을 들여놓은 것과 같은 종류인 것처럼.

저 자가 카타노로 그를 보러 온 것은 이리나의 남편이 어떤 사람인지 보고 싶어서였을까?

어쨌든 난 상관 안 해.

랜슬롯은 방 안에서 뒷걸음질한다. 기운이 빠진다. 이리나의 비밀이 나무가 빽빽이 들어찬 숲처럼 여겨진다. 나무들인 줄 알았는데 사실은 황새나 두루미 같은 섭금류의 유난히 긴 다리들이란 말인가.

난 상관 안 해.

랜슬롯은 침대 가장자리에 앉았다가 매트리스 위에 눕는다.

난 상관 안 해.

창가 쪽 두 사람은 조용하다. 바깥 소리도 더 이상 들리지 않는다. 랜슬롯은 밤의 황홀한 침묵을 느낀다.

사물들이 깊은 잠에 들어 그마저도 잠 속으로 빠져들게 하는 것 같다.

36

두 시간 후 랜슬롯은 자리에서 일어난다. 그는 자문한다, 여기가 어디지? 내가 꿈을 꾼 것일까? 오늘이 무슨 요일이지? 동이 튼다. 옆방에서 소리가 난다. 랜슬롯은 방문 앞으로 다가간다. 누군가 무거운 물건을 끌고 가는 것 같다. 차고의 콘크리트 바닥에 쌓인 먼지를 낡은 실내화로 쓸어내는 소리 같은 게 들린다.

랜슬롯은 열쇠 구멍을 들여다본다. 흥분과 혐오와 공포가 뒤섞인 느낌으로 욕실 안의 어머니를 훔쳐보던 여섯 살 때로 돌아간 것 같다.

파코가 손수레에다 나무 상자들을 실어 밖으로 나르고 있다.

저자가 바이엘을 죽이고 그의 보물들을 훔쳐가나 보군, 랜슬롯은 생각한다.

파코가 몇 차례 왕복한다. 그는 탁자 위의 재떨이에서 타고 있는 담배를 집어 든다.

제기랄, 경찰에 전화를 걸어야겠어.

파코는 창가에 서서 멋진 플라타너스를 응시하며 담배를 핀다. 그는 꼼짝도 하지 않고 서 있다.

경찰은 내 친구들이야.

이윽고 파코는 생각의 실마리를 잡은 모양이다. 그는 개수대의 수도꼭지 아래서 담배를 끈다.

경찰이 나를 도와줄 거야.

누군가 밖에서 그를 부른다. 그리 크지 않은 소리다. 이른 아침이고, 자고 있는 랜슬롯을 깨우고 싶지 않아서인 듯하다. 파코는 한숨을 내쉬며 대답한다. 지금 간다, 간다고. 그러니까 바이엘은 살해당한 것이 아니다. 그는 파코가 집안에서 꺼내온 상자들을 그의 밴의 트렁크에 싣고 있다.

그런데 저 상자들이 그 동안 어디 있었을까? 주방 벽에 사다리가 기대져 있는 것이 보인다. 랜슬롯은 시선을 든다. 다락으로 통하는 뚜껑 문이 보인다. 전에는 본 적이 없는 뚜껑 문이다. 그것은 가짜 천장으로 가려져 있었고, 랜슬롯은 다락으로 통하는 비밀 뚜껑 문을 일부러 찾아낼 사람이 아니기 때문에 몰랐던 것이다.

충격을 받은 랜슬롯은 두 손을 무릎 위에 올려놓고 열쇠 구멍으로 줄곧 그들을 살펴본다. 그들이 밴에 오른다. 랜슬롯은 생각한다, 저들을 따라가 봐야겠어. 그는 흥분과 혐오와 공포를 느낀다.

밴이 출발하자마자 그는 바지를 입고 거실로 달려나간다. 벽에 세워져 있던 바이엘의 자전거를 끌어낸다. 밴과의 거리가 50미터 정도 되기를 기다렸다가, 그 자전거가 탄소섬유로 되어 있기라도 한 것처럼 가볍게 움켜쥐고 길로 나온다. 새로운 에너지에 넘치는 그 자신에게 놀라며, 잠이 완전히 깬 그는 기민하고 자유롭다. 그는 자전거를 타고 그들을 뒤쫓기 시작한다.

공기는 차갑고 날은 아직 꽤 어둡다. 자전거로 밴의 불빛을 좇아가는 일이 어린애 장난처럼 쉽진 않다. 랜슬롯의 두 뺨이 차가워지고 매끄러워진다. 고통스럽게 조여오던 폐가 적응하기 시작한다. 얼마나 오랜만에 하는 운동인가. 그는 자전거에 탄 채 미소를 짓는다. 그는 기분 좋게 미소를 짓다가 잠시 후 입을 다문다. 바람에 노출된 이가 아프고 잇몸이 건조해졌던 것이다.

그들은 카메론 시내를 가로지른다. 도시는 잿빛을 띠고 안개에 싸여 있다. 가로등들이 일제히 꺼진다. 가로등과 세상 사이에 드리워진 오건디 베일이 누군가의 손에 의해 찢기는 것 같다. 이윽고 도시가 제 빛을 되찾는다.

30분쯤 달렸을까, 밴은 어떤 사료 가게 주차장으로 들어간다. 랜슬롯은 창살 뒤에 자전거를 세우고, 자전거에 탄 채 균형을 잡기 위해 손가락을 철망에 건다. 그는 생기와 활력을 느낀다. 차가 서더니 바이엘과 파코가 차에서 내려 트렁크를 연다. 밴에서 상자들을 꺼내 파코의 자동차―랜슬롯은 새롭게 갖게 된 탐정의 눈으로 한눈에 그의 차를 알아 본다―로 옮긴다. 이윽고 두 사람은 뭔가를 기다리는 듯 농담을 하며 하늘을 쳐다본다. 이 상황에서 담뱃불을 붙이다니, 저자들 진짜 불한당들이로군. 하긴 신중한 자들이었다면 폭탄을 옮기는 일 같은 건 하지 않겠지. 차 한 대가 주차장 안으로 들어온다. 도대체 왜 여자들은 이런 종류의 남자들에게 매력을 느끼는 것일까? 그들을 경계하는 대신에 말이다. 인간이라는 종을 영속시킬 준비가 된, 믿을 만한 남자들에게 눈을 돌려야 마땅하지 않은가? 한 남자가 차에서 내린다. 그들은 서로 인사를 건넨다. 그들은 문제의 상자들을 다시 이 차에서 저 차로 옮긴다. 지나치게 사내다운 남자들(혹은 그렇게 여겨지는 남자들)이 최고의 생식력을 가진 건 아니라는 게 내게는 명백해 보이는데 말이야. 상자를 옮기는 일이 끝나자 새로 도착한 남자는 즉각 다시 출발한다. 우리 몸의 동물적 본능이, 암컷들에게 인기가 있는 이런 종류의 수컷들에게, 볼일이 끝나자마자 자신이 정복한 암컷을 버리라고 명령하는 것일까. 파코와 커트는 악수를 하고 서로의 어깨를 토닥거린다.

랜슬롯은 진창에 빠진다.

파코가 자기 자동차의 운전석에 올라 차를 출발시킨다. 이윽고 커트 바이엘도 출발한다.

랜슬롯은 이제 자전거로 그를 쫓아갈 기운이 없다. 조금 전 자신이 어떻게 그 일을 했는지 믿어지질 않는다. 그는 고통스럽게 페달을 밟기 시작한다. 생각에 잠긴 채 왔던 길을 되짚어가기 시작한다. 차들이 점점 많아진다. 랜슬롯은 고개를 숙인 채 욱신거리는 무릎으로 페달을 밟는다.

집에 도착한 커트 바이엘은 주방 의자에 두 발을 올려놓은 채 커피를 마시고 있다. 랜슬롯은 집으로 들어가 자전거를 원래 위치에 세운다. 커트 바이엘은 가볍게 미간을 찌푸리며 그를 바라본다.

밖에 나갔었어? 그가 묻는다.

밖에 나갔었어, 랜슬롯이 대답한다.

그는 어떤 표정을 지을지 망설인다. 유쾌한 표정을 지어야 할까, 인상을 써야 할까. 그는 한 순간 그 자리에 서서 움직이지 않는다. 그렇게 이른 아침 심한 운동을 한 탓에 엉덩이가 욱신거리는 것을 느끼며 두 팔을 늘어뜨리고 걸음을 옮긴다. 한숨을 내쉬며 바이엘 옆에 앉는다.

정치적인 신념에서 당신과 만나왔다는 말을 이리나가 왜 나에게 하지 않았는지 그 이유를 난 모르겠어, 랜슬롯이 고개를 내저으며 말한다. 그녀는 무엇이 두려웠던 걸까?

37

바이엘의 집에는 이리나의 사진이 한 장 있다. 볼셰비키 혁명에 관한 책 122페이지와 123페이지 사이에 책갈피 대신 끼워져 있다. 그 사진에서 이리나는 18세 소녀 같은 모습이다. 머리에는 짙은 색 베레모를 쓰고 검은 눈 아래에 다크 서클이 보인다. 그녀는 렌즈를 보고 웃고 있다. 송곳니를 드러낸 채 사진 찍는 사람을 지그시 바라보고 있다. 한 손에는 풀통을, 다른 손에는 커다란 솔을 들고 있다. 사진의 배경이 되는 벽돌담에는 그녀가 막 붙여놓은 듯한 벽보가 붙어 있다. 풀이 아직 마르지 않아 벽보에 무어라 씌어 있는지 읽을 수가 없다. 그저 거울 면처럼 플래시 빛을 반사시킬 뿐이다. 그 사진에서 보이는 것은 눈부신 빛 한가운데에서 의기양양하게 서 있는 이리나뿐이다.

38

　이틀 후인 일요일, 랜슬롯과 바이엘은 플라타너스를 바라보며
나란히 앉아 아침 식사를 한다. 요컨대 그들은 그 플라타너스를 마
주보며 시간을 보낸다. 랜슬롯은 몸을 흔들면서 찻잔을 앞에 놓고
한숨을 내쉬고, 바이엘은 손가락 끝으로 비스킷을 부수면서 신문
을 읽고 커피를 마시고 담배를 피우고 귀를 비튼다.

　랜슬롯은 소파 옆에 있던 커피 탁자가 사라지고 없다는 사실을
깨닫는다. 그는 눈으로 탁자를 찾다가 속으로 신음한다. 그 일이
다시 시작되는 것일까? 그는 그를 힘들게 하는 물건들의 변덕스러
운 이동에서 벗어나 다른 것을 생각하려 애쓴다.

　조용하니 참 좋군, 랜슬롯이 말을 시작한다.

　바이엘은 대답하지 않는다.

공사장 말이야, 그가 자신의 말뜻을 분명히 한다.

내일이면 다시 시작되겠지만 말이야……

아닐지도 모르지.

아닐지도 모르다니?

누가 알아? (바이엘은 신문을 접고, 콘크리트 위에다 모래를 문지르는 것 같은 소리를 내며 발로 의자를 당겨와 거기에 두 발을 걸쳐놓는다).

랜슬롯이 말한다, 저 공사장엔 짐승들이 사는 것 같아. 줄곧 진을 치고 있는 거지. 그들이 밤에 토끼 사냥을 나가 집을 비우면, 다른 짐승들이 들어와 또 주연을 베푸는 거지……

그런 얘길 들려준 사람이 이리나야?

아니야(랜슬롯은 거북이가 등껍질 아래로 목을 밀어 넣듯 일단 후퇴한다).

그들은 잠시 침묵한다. 랜슬롯은 파코 피카소에 대해 바이엘에게 아직 아무것도 묻지 않았다. 비밀과 조심성의 의무를 다하면 침묵하고 싶을 때 침묵할 수 있는 권리를 갖게 되는 법. 그는 이리나가 강에 빠지기 전에 독살되었다는 사실을 바이엘에게 밝히고 싶지 않다. 그 정보를 발설하지 않고 갖고 있는 한, 힘의 균형이 그에게 결정적으로 불리해지지는 않으리라고 믿는다(그렇게 생각하며 그는 중얼거린다. 저자는 그 빌어먹을 차에다 에어백도 달지 않았나 보군, 내 어여쁜 이리나의 얼굴을 그대로 앞유리에 부딪치게 하다니. 바보 같은 자식, 넌 에어백이 있는 차를 살 능력도 없었던 거야). 그 순간 랜슬롯의 생각을 따라오기라도 한 것처럼 바이엘이 묻는다.

경찰이 내 차 트렁크에서 뭔가 찾아냈다는 말은 없었어?

랜슬롯은 플라타너스의 잎사귀들 절반이 나머지 절반과 부딪치며 내는 소리에 빠져 있다. 이 일요일 아침, 두 사람 사이에는 날카로운 긴장이 감돌고 있는 것 같다. 약간의 아드레날린이 분비되는지 가슴이 뻐근해진다. 그는 눈을 감는다. 금방이라도 싸움이 터질 것 같다. 저 자가 내 신경을 긁는군. 이윽고 그가 바이엘에게 말한다.

당신은 내 신경을 긁고 있어.

경찰이 당신한테 그것에 대해 얘기가 없었냐고?

당신이 내 신경을 긁는다고.

내가 공항에서 이리나에게 그 차를 넘겨주었을 때, 그 차 트렁크 안에는 몇 가지 물건이 들어 있었어.

당신은 내 신경을 긁고 있어.

바이엘이 말을 이었다, 이론적으로는 거기에 뮤직 박스가 있었어야 해.

뮤직 박스?

침대 위에서 빙빙 돌아가며 슈베르트 음악이 흘러나와 아기들을 재우는 물건 말이야.

아무리, 그럴 리가.

또 아이들을 위한 분홍색 카세트라디오와 마이크, 표지가 금속 반짝이와 이끼로 장식된 동화책들도 있었을 거야. 내 말을 듣고 뭐 떠오르는 거 없어, 랜슬롯?

어쨌든 당신은 내 신경에 거슬려.

내가 왜 이런 말을 하는 줄 알아? 혹시 경찰이 그 뮤직 박스를 틀어봤다면, 거기에선 슈베르트 음악 대신 '벨라 차오' (2차 세계대전 당시 이탈리아 좌익 반파시스트 저항군의 노래―옮긴이)가 흘러나온다는 것, 카세트라디오에는 동요 대신 혁명가들이 녹음되어 있다는 사실을 알았겠지.

바이엘은 그 정보의 의미가 랜슬롯의 머릿속에 충분히 자리를 잡도록 잠시 뜸을 들인다. 랜슬롯은 생각한다, 이자가 지금 내게 뭘 바라는 걸까? 도대체 왜 나에게 이런 이야기를 하는 것일까?

바이엘이 말을 잇는다. 그들이 동화책을 펼쳐보았을 수도 있어, 그랬다면 그 내용이 〈금발 소녀와 곰 삼형제〉가 아니라, 다채로운 삽화들이 곁들여진 엉뚱한 이야기라는 것을 알았을 거야. 학교에서 아이들이 무기를 들고 교사를 죽이는 이야기, 어미가 보고 있는 앞에서 학살당하는 새끼 곰 이야기, 검은 기름으로 뒤덮인 물속에서 옴짝달싹 못하는 새끼 가마우지 이야기라는 걸 말이야.

미치광이들.

바이엘이 말한다, 하지만 그냥 넘어갔을 수도 있어. 경찰들은 책을 펼쳐보거나 뮤직 박스를 틀어보지는 않으니까.

내 생각에 그들이 그랬을 것 같은데.

내 생각엔 아니야.

당신네는 잘난 척이 하늘을 찌르는 미치광이들이야.

바이엘이 대답했다, 비교적 온건하고 별로 호전적이지 않은 미치광이들이라고 할 수 있지. 그 책들을 서점이나 도서관에 갖다놓는 게 그다지 어려운 일이 아니라는 걸 명심해……

미치광이들.

그리고 문제의 위장된 장난감들은 상점 판매대에 내려놓는 거야.

미치광이들.

그건 대서양에서 화학물질 운반선들을, 일단 독극물 탱크를 비운 다음 침몰시키는 것보다 훨씬 간단하고 재미있는 일이었어. 그럴 것 같지 않나, 랜슬롯? (이 대목에서 랜슬롯은 또 생각한다, 아침부터 도대체 왜 이런 이야기를 하는 건데, 이 얼간아? 어째서 이런 식으로 밑천을 드러내느냐고?) 낡은 배에 올라 일본 포경선에 맞서 고래를 보호하는 것보다는 그게 훨씬 효율적인 일이었다고.

덜 위험하기도 하고 말이야, 랜슬롯이 이죽거린다.

덜 위험했을 수도 있지. 실험실에 갇힌 동물들을 풀어주고, 솜씨를 녹슬게 하지 않기 위해 두세 곳을 폭파시켜야 하는 일이 남아 있었지만 말이야.

폭파?

폭파.

랜슬롯이 미간을 찌푸린다. 팔짱 낀 두 팔을 가슴 위로 힘주어 높이 들어올린다. 무분별한 산림벌채 때문에 갈증과 영양실조로 죽어가는 보르네오 긴코원숭이들을 찍은 이리나의 다큐멘터리(첫 작품이었던가?)에 나오는 장면들이 눈앞에 떠오른다. 형제 사이인 중국인 남자 둘이 종려나무를 심어 팜유를 얻기 위해 맹그로브 숲을 베어낸다. 그들은 쾌감어린 표정을 전혀 숨기지 않은 채 원숭이들에게 총을 쏘아댄다. 긴코원숭이 어미 하나가 죽은 지 이미 오래되어 미라처럼 말라버린 새끼를 안고 어르며 이를 잡아준다. 이리나는 그 필름을 보면서 눈물을 흘렸다. 그녀 자신이 그 필름을 찍고 편집했음에도, 그 필름을 백번도 더 보았음에도, 함께 지내는 동안 랜슬롯에게도 대여섯번이나 보게 했음에도, 눈물방울이 그녀의 뺨 위로 흘러내렸다. 그녀는 손에 리모컨을 들고 바닥에 주저앉은 채 울었다. 그런 식으로 그 필름을 보면서 각성의 주사를 맞았던 것이다.

이리나는 물에 빠져죽은 것이 아니야, 랜슬롯이 말한다.

나도 알아. 검시 보고서를 읽었지.

랜슬롯은 몸속에 구멍이 뚫리고 속이 텅 빈 것 같은 느낌이 든다. 박하와 산을 삼켜 내장이 상한 것 같다. 그가 생각한다, 이제 그만 항복하고 싶어,

저번 날 밤 당신과 함께 있던 남자는 누구지? 랜슬롯이 바이엘을 바라보지 않은 채 묻는다.

어떤 남자, 어느 날 밤?

이틀 전 밤 말이야. 당신은 누군가와 함께 있던데. 두 사람의 이야기 소리에 잠에서 깼지.

바이엘은 랜슬롯 쪽으로 천천히 몸을 돌린다. 마치 위험한 미치광이 앞에서는 행동을 조심해야 한다는 듯이. 등딱지에서 고개를 내미는 거북이처럼 목을 앞으로 내밀며 콧소리를 곁들여 그가 말한다, 뭐라고? 그게 무슨 얘기야?

랜슬롯은 침착하게 숨을 내쉰다. 점점 커져가는 절망감을 느끼며 플라타너스를 응시한다.

난 조종당하고 있는 것 같아, 그가 차분하게 말한다.

그럴 리가…… 바이엘이 부드러운 어조로 그를 안심시킨다.

맞아. 난 조종당하고 있는 것 같아(그는 잠시 말을 멈추었다가 미간을 찌푸린다. 마치 유난히 딱딱한 음식을 삼키는 것처럼). 마치 그녀가 독이 든 음료와 달콤한 말들로 나를 잠에 빠뜨려놓은 것 같아……

바이엘은 대답하지 않는다. 미간을 찌푸린 채 몸을 웅크리고 생각에 잠겨 있다. 랜슬롯은 몸을 움츠리고 있는 그를 바라본다. 주먹 쥐어진 손바닥 같다.

그건 야비한 짓이야, 마침내 바이엘이 말한다.

랜슬롯은 그 말이 무슨 뜻일까 자문한다.

바이엘이 일어서서 밖으로 나간다. 문을 열어놓은 채. 랜슬롯은 그가 거리로 나서는 것을 바라본다. 바이엘의 집과 비슷비슷한 오두막들, 전철의 철로, 외곽 도로가 보인다. 꼬질꼬질한 플라스틱 방음 시설이 늙은 자두나무 가지처럼 삐걱거리며 기운 없이 흔들린다. 바이엘은 반바지 주머니에 두 손을 찔러 넣고 신발을 꺾어 신고 걷고 있다. 랜슬롯은, 이따금 마음 놓고 울기 위해, 아니면 울음을 그치기 위해 밖으로 나가던 어머니를 떠올린다. 보는 사람이 없으면 눈물은 마르는 법. 랜슬롯은 밖으로 나가는 바이엘을 붙잡지 않는다. 그는 꼼짝도 하지 않고 자리에 앉아 있다. 심장박동 수를 높이지 않으려 애쓰면서 조심스럽게 이산화탄소를 내뿜고 옆 건물에서 흘러나오는 석고가루가 섞인 공기를 들이마신다. 구석에서 들려오는 흰티티새의 노래에 신경을 집중한다. 죽은 것처럼 있기, 그것이야말로 그가 힘든 시간을 견디는 방법이다.

39

월요일 그들은 공항의 에스컬레이터를 수리한다. 몇몇 업체들이 그 시장을 나눠 갖고 있는데, 바이엘이 그중 자기 몫을 확보하는 데 성공한 모양이다.

그들은 서로 이야기를 하지 않는다. 집에 돌아오는 길로 랜슬롯은 자기 방으로 들어간다. 그는 바이엘의 의자가 사라지고 없다는 것을 깨닫는다. 바이엘이 두 발을 올려놓고 느긋하게 플라타너스를 응시하던 그 의자 말이다. 랜슬롯은 침대에 누워 초콜릿을 먹으며 생각한다, 의자가 사라졌어. 여기 물건들도 감염된 것 같아. 나와는 상관없는 일이지만. 물건들이 계속 없어진다는 걸 아는지 바이엘에게 확인해보고 싶지만, 그런 어처구니없는 일 때문에 그에게 말을 건다면 서투른 화해 시도로 여겨질 것 같다. 바이엘이 거실에서 라디오를 듣는 모양이다. 규칙적인 말소리와 캔 따는 소리가 들린다. 부부싸움이라도 한 것처럼 랜슬롯은 긴장되고 화가 난다(잠을 잘 수가 없어. 당신 때문이야, 당신, 바로 당신의 잘못 때문이라고). 그는 나무토막처럼 뻣뻣하게 누워 두 눈을 천장에 고정시킨 채 원통한 마음을 되새김질한다(이 비열한 얼간이가 나를 엿 먹이고 있어. 아무 말도 안 하는 것 같지만 실은 나를 비난하고 있는 거야). 새벽 세 시쯤 그는 완전히 녹초가 되어 잠에 빠져든다.

화요일 그들은 축산 시장의 화물용 승강기를 점검한다. 바이엘은 심기가 편치 않은 것 같다. 채식주의자인 그에게 동물에 대한 그런 야만적 대우가 고통스러운 구역감을 불러일으키는 모양이다. 그는 자질구레한 일들을 랜슬롯에게 해결하도록 내버려두고 몇 시간 동안 작업장을 비운다.

그들은 여전히 서로 이야기를 하지 않는다. 바이엘은 그날 저녁나절을 밖에서 보낸다.

수요일에는 사튀른 타워의 방탄유리 승강기를 수리한다.

랜슬롯은 마리 마리로부터 두 개의 메시지를 더 받는다. 그는 그것들을 저장해둔다. 그녀가 전화를 걸어온 걸 알면서도 그는 받지 않는다. 그녀와 직접 대화할 수는 없을 것 같다. 그가 할 수 있는 건 그저 그녀의 메시지들을 편집적일 정도로 철저하게 전화기의 메모리 속에 저장해두는 것뿐이다. 닥터 엡스타인이 처방한 푸른 알약을 사서 모으는 일에도 그런 철저함이 동원된다.

슈나이더 경감에게서 두 개의 메시지가 더 와 있다. 경감은 그에게 줄 정보가 있는 것처럼, 전화를 걸어오는 게 그에게도 좋을 것처럼 말하지만, 랜슬롯은 그렇지 않다는 걸 안다. 경감의 두 번째 메시지는 그의 그런 확신을 확인시켜 준다. 경감은 그를 소환하겠다는 말로 시작해 체포 영장이 발부되었다는 말로 끝을 맺는다. 그녀의 어조는 얼음장처럼 차갑다. 하지만 그가 줄곧 반응을 보이지 않는데 어쩌겠는가. 그는 경감과 이야기하고 싶지 않다. 더 이상 마리 마리의 메시지들을 받을 수 없다는 문제만 아니라면 휴대전화를 발로 으깨버렸을 것이다.

수요일 랜슬롯과 커트 바이엘은 낮 동안 한 마디도 나누지 않는다. 하지만 그날 저녁 집에 도착해 자기 방으로 건너가는 랜슬롯에게 바이엘이 말한다. 뭐 좀 만들어줄까? 랜슬롯이 필요 없다고 손짓하자, 바이엘은 어깨를 으쓱해 보이며 말한다, 그렇다면 됐고. 한 시간 후 랜슬롯은 집안에 진동하는 토마토소스 파스타 냄새, 그리고 바이엘로 하여금 먼저 말을 하게 만들었다는 만족감과 죄책감이 뒤섞인 감정에 부추겨져 방에서 나와 식탁에 앉아 있는 바이엘 옆에 앉는다. 바이엘이 그에게 접시를 놓아준다. 그들은 말없이 파스타를 먹는다. 랜슬롯은 지나치게 빠른 화해의 가능성을 불식시키고자 줄곧 굳은 표정을 유지한다.

목요일 그들은 솔레유 타워 쇼핑센터의 에스컬레이터들―이번에는 2층까지 올라오는 것들―을 수리한다. 일반 개방을 앞둔 점검이다. 경비원들과 야간당직자들, 부리망을 씌운 개, 유리창 닦는 사람들, 스탠 컬러가 달린 푸른색과 흰색이 섞인 임신복 같은 블라우스를 입은 청소부들이 바이엘과 스페인어로 농담을 주고받으며 그에게 레몬 사탕을 권한다. 그들은 랜슬롯에게는 신경조차 쓰지 않는 것 같다. 랜슬롯은 이런 건물들을 폭파시키는 것이 그다지 어렵지 않다는 것을 깨닫는다. 에스컬레이터 계단 아래 폭탄을 설치하기만 하면 되는 것이다.

목요일 저녁 그들은 슈퍼마켓에 가서 카트에 맥주와 두부를 담는다. 랜슬롯은 카트에 내용물이 쌓이는 것을 바라보면서 열의 없이 카트를 민다. 바이엘이 애프터쉐이브 로션을 고르는 동안 잠시 기다린다. 바이엘은 로션 뚜껑을 차례로 열어 냄새를 맡고나서 다시 닫아놓고 성분 표시를 살펴보고 무어라 중얼거리며 다시 진열대에 내려놓는다.

그거 맘에 들어? 마침내 랜슬롯이 묻는다.

바이엘은 대답하지 않고 다른 종류로 넘어간다.

랜슬롯은 조바심이 난다. 하지만 달리 무슨 수가 있겠는가? 그는 두 팔을 카트 위에 올려놓고 고개를 가볍게 흔들면서 좀 더 편안한 자세를 취하려 애쓴다.

바이엘은 결국 애프터쉐이브 로션을 사겠다는 생각을 포기한 듯 다시 걷기 시작한다. 그는 카트 안에 계속해서 물건들을 넣는다. 그들은 출구 쪽으로 간다. 바이엘이 소냐라는 계산원에게 슬쩍 수작을 건다. 여자는 이를 드러내며 웃는다. 돈을 지불하고 그들은 밖으로 나온다.

바이엘이 집까지 운전을 한다. 그는 자동차의 라디오를 켜고 랜슬롯에게 나직하게 묻는다. 하나 따줄래? 그는 랜슬롯이 건넨 맥주를 마신다.

내일 일 있나? 랜슬롯이 묻는다.

이윽고 그는 생각한다. 내 존재가 그에게 방해가 되는 것 같아, 실제로 난 그에게 방해가 되고 있어. 그런데 저 친구는 내게 그 사실을 말하고 싶지 않은 거야.

바이엘은 대답하지 않는다. 하지만 그 어떤 적대감도 느껴지지 않는 침묵이다. 그는 바이엘이 아직 말할 준비가 되지 않았다고 판단한다. 집에 도착한 그들은 차 트렁크에서 사온 물건들을 꺼낸다. 늦은 시각이다. 공사장이 조용하다. 랜슬롯은 식품들을 찬장에 정리한다. 바이엘은 맥주를 한 캔 더 마신 다음 그에게 말한다, 자, 이리로 좀 와봐.

랜슬롯은 그의 말에 따른다. 현관문이 열려 있다. 그가 말한다, 문 안 닫아? 바이엘은 대답하지 않는다. 그들은 길을 건넌 다음 길고양이들이 어슬렁거리는 공터를 지난다. 비탈을 급히 내려가 운하에 이른다. 바이엘이 기슭에 서서 물속에 빵조각을 던진다. 물속에서 둥근 머리들이 비늘처럼 일어난다. 운하는 거북이들에게 점령당해 있다.

저 안에 빠지면, 저들의 밥이 될 거야, 바이엘이 말한다.

그는 랜슬롯에게 힐긋 눈길을 주더니 맑은 미소를 지어 보인다.

그런데 왜 저들에게 과자를 주는 거지?

바이엘은 계속해서 빵을 뜯으며 설명한다.

이러면 혹시 내가 물속에 빠져도 날 잡아먹지 않을 거거든.

랜슬롯은 무슨 말인지 이해하지 못하고 고개를 내젓는다.

이런 식으로 저들을 억지로 채식주의자로 만들고 있는 거라고, 바이엘이 덧붙인다.

랜슬롯은 두 눈을 크게 뜬다. 하지만 그 이야기를 더 진행시키고 싶진 않다. 그가 말한다.

거북이들이 저렇게 많다니 믿어지질 않는군…… 저들은 어디서 온 걸까?

바이엘은 몸을 앞으로 숙이고 대답 대신 그들을 유인하려는 듯 입술로 소리를 낸다.

가장 큰 것들은 몸길이가 1미터나 돼, 그가 말한다.

랜슬롯은 고개를 끄덕인다. 그는 비늘처럼 보이는 거북이 머리들을 살펴본다. 등껍질 위쪽이 물 위로 나와 있다. 그들이 물속에 들어갔다가 다시 나온다. 지금 보이는 것들은 몸길이가 기껏해야 20센티미터 정도 되는 것들이다. 그들은 굶주린 작은 유령들을 연상시킨다. 그는 생각한다. 저들이 들어오지 못하도록 밤에는 꼭 문을 잠그고 자야겠군. 저들이 내 발가락을 먹게 하고 싶진 않아.

너비가 3미터 정도 되는 그 운하에는 물풀이 무성하다. 오른쪽으로 조금 떨어진 곳에 녹슨 세탁기 한 대가 물속에 거꾸로 처박혀 있다. 물 위에 뜬 기름띠가 움직이는 무지개를 만든다. 우중중한 양쪽 기슭은 콘크리트로 되어 있는 것 같다. 중간이 잘린 단도 같은 갈대들이 바람이 불자 서걱거리며 흔들린다. 버드나무 한 그루가 가지를 물에 닿을 듯이 드리우고 있다. 그 낙담한 듯한 품새가 랜슬롯의 마음에 든다. 어린 고양이 한 마리가 둑으로 다가오더니, 자기 다리를 핥고 눈을 깜박이면서 두 사람과 거북이들을 지켜본다. 랜슬롯은 생각한다. 저 고양이는 내가 이해하지 못하는 뭔가를 알고 있어.

바이엘은 거북이들을 바라보며 미소를 짓는다. 들고 있던 빵을 모두 주고 나서 그는 담배에 불을 붙인다. 그가 말한다. 그만 갈까? 그는 공터를 가로지른다.

랜슬롯은 머리를 내놓고 두 손을 주머니에 찌른 채 몇 미터 사이를 두고 그의 뒤를 따른다. 그는 저녁 공기를 들이마시며 생각한다, 난 정말 여기가 좋아. 그는 걸음을 멈추고 뒤를 돌아본다. 거북이 한 마리가 갈퀴발로 지상의 인력과 맞서 싸우면서 제방 위로 기어오르고 있다. 랜슬롯은, 아이들이 기르던 파충류들을 운하로 가져와 놓아준 후 물가에서 두 발을 모아 깡충깡충 뛰면서 그들을 격려하는 장면을 상상한다. 아까의 노란 고양이가 거북이 곁으로 다가가더니 발바닥 살로 등껍질을 조심스럽게 두드려본다. 거북이는 공격자를 잡아먹으려는 듯이 입을 크게 벌린다. 작은 공룡 같은 두상에서 분홍색 혀가 나온다. 랜슬롯은 생각한다, 내가 저 고양이라면, 몸을 돌려 다른 곳으로 가겠어. 고양이는 우아한 동작으로 펄쩍 뒤로 물러나서는 돌아선다. 그리고 꼬리를 꼿꼿이 세운 채 좌우로 몸을 흔들며 걷기 시작한다.

랜슬롯은 오렌지 빛으로 물든 서쪽 하늘을 응시한다. 선명한 오렌지 빛이 그의 식욕을 자극한다. 그는 달리기 시작한다(달리다니? 달리기를 해본지 몇 년이나 되었던가?) 바이엘이 집에 도착하기 전에 그를 따라잡는다.

40

파코가 누구야?

파코는 그런대로 좋은 친구야.

더 할 말 없어?

그는 오랫동안 여러 실험실에서 일했어. 화이트칼라이긴 하지만 육체노동을 한 셈이지. 엄청난 양의 화학제품들을 만들었지. 저개발 국가들로 보내 효능을 실험할 제품들 말이야.

프로메단 같은 실험실 말인가? 로메로의 실험실 같은?

맞아. 그런 곳들이야. 로메로는 그의 허접한 항암제와 새로운 피임약(일 년에 한 알만 복용하면 되는)들을 앙골라의 여성들을 대상으로 생체 실험을 해왔지.

그래서 당신네가 그의 집을 폭파시킨 거야?

그 정도로 그친 게 감지덕지 아니겠어?

파코에 대한 이야기나 계속해.

어느 날 그는 그 일을 그만두었어. 조용히 말이야. 그 사람은 공격적인 형이 아니거든. 하지만 질문이 너무 많았어. 그래서 쫓겨났지. 엎친 데 덮친 격으로 그의 아내는 딸들을 데리고 달아나버렸어. 그 무렵 사람들이 그를 나에게 소개했지. 그는 더 이상 잃을 게 없었고, 우리 조직에서는 치밀한 연구원들이 절실히 필요했거든. 절망에 빠진 친구라면 더 좋았고.

그 다음에 그가 이리나를 만났겠군.

내가 그에게 그녀를 소개했어.

그게 언젠데?

그러니까, 보자, 10년…… 그래, 10년 전쯤일 거야.

10년이라……

그는 이리나의 헌신적인 조수가 됐어. 이리나는 훌륭한 투사였고, 그가 바란 건 오직 그런 이리나에게 쓸모 있는 존재가 되는 것뿐이었지.

그들이 함께 잤나?

그게 무슨 상관인가, 안 그래?

상관있어.

좋아. 내 생각엔 그런 것 같지 않아. 그는 그녀의 보호자로 자처했어. 그러니까 생사의 경계를 넘어 영원히 그녀에게 충실한 경호원이었던 셈이지. 그는 '크릭'의 회합이 열릴 때면 그녀를 도왔고,

화학제품과 그것들의 용도, 각종 혼합 약제에 관한 모든 것을 그녀에게 브리핑했어. 어떤 순간 나는 파코에게 질려버렸어. 이리나에게서 5미터도 떨어져 있지 않은 곳에 언제나 장의사 일꾼 같은 낯짝을 한 그 꺽다리가 있었거든.

그때도 당신은 여전히 그녀와 함께였나?

그녀와 함께 있기도 했고 함께 있지 않기도 했어. 어쨌든 멀리 떨어져 있었던 적은 없었지. 이리나와 거리를 두고 있을 때 에리카를 만났어. 트랄랄라의 엄마 말이야. 난 좀 쉬고 싶었어. 이리나는 언제나 무척 활동적이었어. 그녀는 오지로 가서 동물 다큐멘터리를 찍기 시작했지. 그리고 투쟁을 계속했어. 그림자처럼 붙어 있는 파코와 함께 말이야. 그녀가 그를 귀찮아하는 것 같으면 그는 그녀와 거리를 두었지. 그런 사람에겐 힘든 일이었을 거야.

그럼 그녀는 언제 나를 만난 거지?

그녀가 바람 좀 쏘이고 싶다는 뜻을 그에게 전달한 것 같아.

그자가 그녀를 죽였을 수도 있지 않을까?

파코 말인가? 아니, 천만에. 당신은 그 사람을 몰라. 그는 오히려 그녀를 지켜주지 못한 스스로를 책망하고 있을걸, 아마 그럴 거야. 그는 처음에 어떤 미지의 단체가 그녀를 제거했을지도 모른다고 생각했대. 하지만 그녀의 차가 다리 위에서 미끄러진 거라고 결론지은 것 같아. 그래서 빙판 길을 그녀가 혼자 운전하게 할 게 아니라 자신이 태워다 주었어야 했다고 자책하고 있는 것 같아.

그녀를 보호해줘야 할 사람은 나 아냐?

나도 잘 모르겠어, 폴. 정말 모르겠어. 도대체 어떤 빌어먹을 것이 그녀의 심장박동을 멈추게 했는지 정말 모르겠다고.

그런데 그의 이름이 왜 파코 피카소야?

그는 화가 피카소의 이름이 파블로라는 것을 몰랐던 모양이야.

41

　금요일에 그들은 일을 나가지 않는다. 바이엘은 랜슬롯에게 하고 싶은 일을 하라고 말한다. 랜슬롯은 아직도 소방서 광장 옆 하숙집에 놓아둔 물건들을 가져오지 않았던 것이다. 그는 가방을 가져오려는 계획을 포기한다. 하지만 자동차가 그 자리에 있는지는 확인하고 싶다. 자동차는 여전히 그 자리에 있다. 캐비닛에 든, 내용물이 분리되기 시작하는 이리나의 립스틱들과 요오드 정제들과 함께. 랜슬롯은 멀리서 자동차를 바라보며 잠시 걸음을 멈춘다. 물건들이 그의 시야에서 줄곧 사라지고 있는 이런 상황에서, 그 차가 같은 장소에 건재해 있다는 것이 실감나지 않는다. 그는 운전석에 앉아 시동을 건다. 그 차를 이 거리에 두기로 마음먹는다. 견인되지 않도록 맞은편 인도에 반듯이 붙여 세워놓은 다음 걷기 시작한다. 그는 시내를 한 바퀴 돌아 바이엘의 엘리베이터 수리점 앞에 도착한다. 바이엘은 그곳에서 서류를 정리하겠다고 했던 것이다.

하지만 가게에는 아무도 없다.

랜슬롯은 맞은편 술집 테라스에 앉아 바이엘이 돌아오기를 기다린다.

바이엘은 돌아오지 않는다.

랜슬롯은 닥터 엡스타인의 약을 끊었음에도 먹을 때처럼 차분하다. 그는 술집을 나와 카메론 교외를 향해, 바이엘의 집을 향해 다시 출발한다. 사방으로 불똥이 튈 것처럼 요란한 굉음을 내는 전차에 오른다. 그는 저녁 무렵 집 앞에 도착한다.

집은 여전히 그 자리에 있다.

하지만 짓고 있던 옆 건물이 사라지고 없다.

건물이 날아가 버렸다.

길에는 경찰차 다섯 대가 라이트를 깜박거리며 서 있다. 인도를 따라 아무렇게나 세워져 있는 것을 보니 긴급한 상황이었던 모양이다. 랜슬롯은 집으로 향한다. 바이엘이 현관문 발치에 앉아 담배를 피우고 커피를 마시면서 경찰의 흥분한 모습을 차분하게 지켜보고 있다. 머지않아 경찰이 그를 보러 와, 클라우스 마이어라는 그의 새 이름과 그 순간 그가 내키는 대로 말해주는 생년월일을 적은 다음, 사건과 관련해 의심스러운 점이 없었는지 물을 것이다. 바이엘은 그들에게 자신도 이제 막 집에 왔다고, 그날 종일을 가게에서 서류 정리를 하며 보냈다고, 도대체 무슨 일이 일어났는지 모르겠다고 대답하며 이렇게 물을 것이다. 어떻게 된 건지 좀 말해주시죠? 굴착기가 가스관을 건드렸나요, 아니면 조폭이 관련된 사건인가요? 여경은 미소를 지으며, 자신도 모르게 바이엘의 해초 같은 머리카락을 눈여겨 볼 것이다(괴물 고르고 자매들의 뱀 머리카락을 연상시키는 그의 머리카락이 여경의 기억 속에 각인되어, 그녀의 동물적인 감각을 약화시킬 것이다. 그녀는 속수무책으로 속아넘어갈 수밖에 없을 것이다). 여경은 지금으로서는 그 어떤 정보도 줄 수 없노라고 말하고, 무슨 일이 일어나고 있는지 알지 못한 채 가볍게 몸을 흔들며 그 자리를 떠날 것이다.

랜슬롯은 몸을 돌려 다시 시내를 가로지른다. 자동차 있는 곳으로 돌아가기 위해서이다.

그는 생각한다, 이제부터는 그 차 안이 그가 살 수 있는 유일한 곳이라고.

그는 핸들 위에 고개를 올려놓고 몸을 움츠린다. 몸속에 바람 한 줄기도 물 한 방울도 남아 있지 않았으면 좋겠다. 팩에 담긴 커피 가루처럼 건조해지고 싶다. 그리고 미라가 되어 사라져버린다면 더 바랄 것이 없겠다.

그는 라디오를 튼다.

우울한 뉴스들이 흘러나온다.

4

42

온 세상 우울한 뉴스들을 들으며 랜슬롯은 이리나와의 결혼을 생각한다. 고통스러운 동시에 감미롭다. 금속과 고무로 이루어진 낡은 자동차 속에서 그의 어깨를 두드리는 친구 같은 고독처럼.

그 생각 덕분에 랜슬롯은 바이엘을, 공포의 다이너마이트를 잊을 수 있다.

랜슬롯은 핸들 위에 두 손을, 두 손 위에 이마를 올려놓고 줄곧 차 안에 앉아 있다. 라디오에서 록 페스티발 동안 숨이 끊어진 채 발견된 한 소녀의 짧은 일생에 대한 이야기가 흘러나온다. 중동 상황에 대한 분석과 북쪽 지방의 악천후에 대한 소식이 이어진다. 전문가들은 지구 온난화와는 전혀 상관이 없는 일이라고 단언한다. 이어 어떤 의사가 나와 백화점이나 슈퍼마켓에서 파는, 무수암모니아가 함유된 립스틱의 사용에 대해 소비자들의 주의를 촉구한다. 랜슬롯은 볼륨을 높이며 캐비닛을 뒤진다. 문제의 '루즈 드 루즈'라는 립스틱의 상표가 되풀이해서 들려오는 순간, 랜슬롯은 이리나가 쓰던 두 개의 립스틱을 찾아낸다. 그는 침을 삼킨다. 흉곽 안에서 심장이 경련하는 것 같다. 목구멍이 죄어든다. 의사가 설명한다. 그 독성물질을 미량이라도 계속해서 흡수하면 돌연사의 위험이 있다는 것이다. 안전성에 대한 조사와 더불어 대소동이 벌어질 것이다. 랜슬롯은 이 지독한 이리나의 자가당착이 고통스럽다. 그 립스틱을 시장에 내놓은 화장품 회사의 사장은 위험이 전혀 없을 수는 없다고 말한다. 랜슬롯은 이 문제를 깊이 생각해본다. 주의 깊게 검토한다.

그는 차를 출발시킨다.

❧

도로 위를 달리며 그는 이리나와 함께 살았던 삶을 차분히 돌아본다. 그들은 2년 반, 3년을 함께 살았고, 그 세월 동안 이리나는 대부분 여행 중이었다. 그는 그녀의 엄격한 채식주의, 돌연사를 낳은 치명적인 립스틱, 엄청난 가솔린을 소비하는 여행, TNT에 대한 전투적 태도를 생각해본다. 그의 성정에 어울리지 않게 흥분과 분노가 동시에 솟구친다.

그는 생각한다, 숨이 막힐 것 같아. 그는 중얼거린다, 숨이 막힐 것 같아. 그 순간 어이없게도 오르가슴에 대해 이리나가 했던 말이 떠오른다. 그녀는 아침식사 시간에 간밤의 꿈에 대해 말하듯 자신의 오르가슴에 대해 자세히 묘사했는데, 한번은 이런 이야기를 했다. 쾌감을 느낄 때면 때때로 이런 환상이 떠올라. 한 떼의 사람들이 모두 카우보이모자를 쓰고 들판에 모여 있는 거야. 말하자면 카우보이모자의 바다라고 할 수 있지. 이런 여자, 재채기를 할 때마다, 보드카를 마실 때마다, 오르가슴을 느낄 때마다 머릿속에서 몇 개의 신경세포들을 가만히 폭발시키는 그 무엇에 대해 그런 식으로 말해준 이런 여자와 더 이상 함께 살 수 없는 현실을 어떻게 받아들인단 말인가.

랜슬롯은 시내를 가로지른다.

자동차 위에서 갈매기들의 고함 소리가 들려온다. 갈매기들이 어찌나 많은지 불안할 지경이다. 그는 핸들 위로 몸을 기울이고 힐긋 위를 쳐다본다.

나의 연인 나의 사랑 나의 보석

그는 거북이들을 생각하며 중얼거린다, 거북이들이 갈매기들에게 잡아먹힐 것 같아. 여긴 갈매기들이 너무 많아,

나의 연인

양재용 가위 같은 날카로운 부리를 가진 갈매기들이 그의 눈에는 육식 동물 같다. 그들이 서로 싸우는 소리가 들린다. 랜슬롯은 빨간 신호등 앞에서 차를 정지시킨다. 갈매기들의 잔인한 춤을 바라보기 위해 하늘을 쳐다보는 사람은 아무도 없다. 그의 자동차 위

로 깃털들이 떨어져 내리고, 솜털들이 앞유리에 달라붙는다. 그는 차를 출발시키며 생각한다, 이건 갈매기들이 아니야. 어쩌면 가마우지거나 신천옹인지도 몰라. 그 새들은 결코 땅에 발을 딛지 않지. 혹시 딛더라도 그런 경우는 아주 드물어. 이런 새들에 관한 다큐멘터리를 보고 웃었던 일이 기억나는군. 그들은 땅에서 도대체 균형을 잡지 못했어. 정말 괴상하고 꼴불견이야. 그래서 난 웃었지. 그러자 옆에 있던 이리나가 표정이 어두워지면서 말했어, 제발 웃지 마. 그녀는 미간을 찌푸리며 거듭 말했지, 제발 웃지 마,

나의 공주 나의 벌새 나의 태양

갈매기들(혹은 가마우지 혹은 신천옹), 아카시아 나무들, 그리고 인도 위를 걸어가는 사람들이 있다. 폭탄 제조법 같은 건 꿈에도 모르고 자기 안에 묻어둔 작은 상자들을 열어볼 생각 같은 건 하지 않은 채 언제나 사소한 일로 바쁜 사람들이,

나의 사랑

우리는 이따금 그 작은 상자를 열었다가 얼른 닫아버린다. 거기 넣어둔 것을 꺼내 보아 좋을 게 없기 때문이다. 그건 버릴 수는 없지만 쓰지도 않는 물건들을 넣어두는, 무질서가 지배하는 헛간 같은 장소이다,

나의 마음

보다 정확하게 말하자면 겹겹의 혼돈. 길을 걷는 사람들은 서로의 깃털을 뽑아대는 갈매기들을 보지 않는다. 내 차의 보닛 위에 깃털이 비처럼 쏟아지는 데도 말이다. 사람들은 그 작은 상자를 슬

쩍 열어보곤 얼른 닫아버린다. 그 편이 나을지도 모른다. 그렇지 않으면 모두들 폭탄 제조법을 알아야 할 테니까,

나의 마음

건물들이 점점 띄엄띄엄해진다. 작은 정원들이 함석집들과 함께 모습을 나타낸다. 오두막들에는 쇠스랑과 살충제와 갈퀴들이 놓여 있다. 뜻하지 않게 비를 만나면 앉아서 비를 피할 수 있도록, 맹꽁이자물쇠가 채워진 문 옆에 의자가 놓여 있는 집들도 있다. 맹꽁이 자물쇠가 채워진 함석집 문을 산산조각 내 날려버리는 건 그야말로 식은 죽 먹기이다. 거기 문 앞에 앉으면 되는 것이다. 물론 사람 눈을 피해서, 그리고 비에 흠씬 젖은 흙냄새를 기분 좋게 풍기면서,

내 마음

랜슬롯은 도심을 벗어난다. 자신이 어떤 도시의 외곽 지대를 좋아하게 될 줄은 몰랐었다. 이제 갈매기들의 모습은 찾아볼 수 없지만, 그들의 깃털은 전쟁의 상흔처럼 자동차 보닛 위를 뒤덮고 있다. 랜슬롯은 한숨을 내쉰다,

내 마음

그는 커피 머신에서 뜨거운 김이 올라오는 커피 잔을 꺼내들면서 고마워하던 시절을 생각한다. 사람들은 기계에 대고 말한다, 고마워. 그리고는 기계에게 감사를 표하는 것을 혹시 누가 듣지나 않았을까 해서 당황한 눈빛으로 주위를 둘러보는 것이다,

오 안 돼,

누군가에게 발을 밟힐 때면 랜슬롯은 그렇게 오히려 미안해했고,

이리나는 어리둥절해 했다. 누군가 그에게 몸을 부딪치면 그는 말했다, 죄송합니다. 하지만 그것은 맹목적인 순종이 아니라 방심의 표시였다. 랜슬롯은 자신이 순종적이라고 생각하지 않는다. 그저 살짝 세상 밖에 속해 있을 뿐이다. 그런 그에게 이리나는 말했다, 그러면 헛갈리잖아. 보통 늘 사과를 하는 쪽은 여자들이야. 여자들에게는 수천년 동안 써먹어온 핑계들이 있거든. 랜슬롯은 어깨를 으쓱해 보였고, 이리나는 그런 어깻짓에 매혹되었음이 분명했다.

나의 연인

랜슬롯은 교외를 가로지른다. 차창을 열고 빨간 신호등 앞에서 차를 멈춘다. 한쪽 팔을 창밖으로 내민다. 할미새의 노랫소리가 들린다,

여기에 할미새들이 있나?

그는 거북이들을, 호전적인 갈매기들을, 할미새들을 생각한다. 그는 한 순간 야생 짐승들의 손에 넘어간 이 도시를 상상한다. 그는 미소를 짓는다. 폭파된 건물 잔해에서 솟아오르는 연기가 멀리서도 보인다. 여전히 짙은 연기가 콘크리트와 유리 조각들을 저녁 공기 속에 퍼뜨린다. 랜슬롯은 차를 몰고 바이엘의 집이 있는 거리의 모퉁이를 돈다. 백년 된 플라타너스의 그늘 속에 자리 잡은 그 집은 건재하다. 랜슬롯은 미소를 거두지 않는다. 그는 차를 세우고 가볍게 뛰어내린다. 그 품새는 어색할지는 몰라도 그것만으로도 충분히 경쾌하고 가상하다―중력을 비웃고 질식 상태를 경계하고 있는 것이다.

43

현관문이 활짝 열려 있다. 환기가 잘 되게 하기 위해서, 주위에 떠도는 먼지를 빨리 제거하기 위해서일 것이다.

랜슬롯은 어안이 벙벙해진 채 문턱에 한 순간 못박힌 듯 멈춰 선다. 모든 게 사라지고 없다. 탁자, 의자들, 망가진 가스레인지, 자석으로 엽서들을 잔뜩 붙여놓은 냉장고, 꼴불견인 초록색 램프, 보기 흉한 낡은 러그, 냉장고 위에서 서글프게 째깍거리던 자명종. 그는 생각한다, 제기랄, 제기랄, 제기랄, 증세가 이렇게까지 심한 건 처음인데⋯⋯

그는 텅 빈 집·안으로 한 걸음 내딛는다.

텔레비전은 켜진 채로 남아 있다. 요컨대 그게 더 끔찍한 일일 수도 있다. 랜슬롯은 화면 앞에 가서 선다. 이제 그는 텔레비전을 보는 일에 몰두해 있다. 내화성 플라스틱 화면 위로 여자 진행자가 모습을 나타낸다. 확실한 존재감을 지닌 그 여자는 날씨에 대해, 적란운에 대해, 세찬 돌풍에 대해, 한랭전선 후 뭉게구름 가득한 하늘에 대해, 잊지 말아야 할 축제에 대해 이야기하면서, 날개가 그물에 걸린 나비처럼 두 팔을 흔들어댄다. 통통한 살이 삐져나오는 기묘한 레이스 옷을 입고 있는 그녀의 모습은 마치 핏기 없는 고기를 구워 놓은 것 같다. 랜슬롯은 몸을 비비적거린다. 남성 호르몬 테스토스테론의 영향에서 벗어나려면 자리를 피해야 한다. 그는 뜰로 나온다. 초라하고 버려진 것 같은 느낌이 든다. 텔레비전 앞에 앉아서 플라스틱제制 미인들이 어항 같은 화면 속에서 움직이는 것을 보고 있는 편이 나았을지도 모른다. 그러다 보면 폭파된 건물과 바이엘의 집을 마침내 연관 지은 경찰에서 하얀 웃옷을 입은 건장한 남자들을 보내 그 오두막에서 그를 끌어낼 것이다. 그들은 그를 그 같은 사람들을 처리하는 곳에 집어넣겠지만, 랜슬롯도 가만히 있진 않을 것이다. 온순한 환자 역할을 연기하다가 적당한 때 병원에 불을 지를 것이다. 누군가에 대한 경의로서 말이다.

랜슬롯은 바이엘의 소형 트럭이 집에서 조금 떨어진 길 맞은편에 주차되어 있는 것을 발견한다. 트럭 지붕 위에 침대 횡목이 밧줄로 고정되어 있다. 그러니까 물건들이 증발한 것이 아니라 바이엘이 줄행랑을 놓고 있는 것이다.

트럭 근처에는 인기척이 전혀 없다. 랜슬롯은 집 주위를 한 바퀴 돈다. 짓이겨진 민들레와 연약한 엉겅퀴 덤불 속을 걸으며, 티셔츠

268

깃을 목 위로 끌어올린다. 공기가 숨쉬기 힘들 정도로 탁하다. 그는 우물 쪽을 바라본다. 콘크리트 뚜껑이 우물 옆 으깨진 풀밭 위에 놓여 있다. 랜슬롯은 그리로 다가가 둘레돌 위로 몸을 굽힌다. 우물 바닥에서 불빛이 이리저리 움직이고, 찌걱대는 마찰음과 조개껍질이 밟혀 부서지는 소리, 진흙 위를 걷는 발소리가 들린다. 누군가 우물 안을 걸어다니고 있다. 그 우물 안에는 물이 없다.

바이엘, 랜슬롯이 어두운 구멍에 대고 소리친다.

불빛이 멈추더니 모든 것이 조용해진다. 이윽고 우물 속에서 바이엘의 목소리가 윙윙거리며 들려온다. 나 좀 도와줘. 동굴 속에서 은신처라도 찾아낸 모양이다. 미사일 공격에 대비해 우물 깊숙한 곳에 벙커를 설치하고 있는지도 모른다. 이윽고 랜슬롯의 귀에 다시 바이엘의 음성이 들려온다. 밧줄을 던져 줘.

랜슬롯은 밧줄을 던진다. 그리 어려운 일이 아니다. 바이엘이 이미 도르래와 평형추를 설치해 두었던 것이다. 랜슬롯은 아래에서 올라오는 서로 묶인 두 개의 석유통을 끌어 올린다. 묶인 것을 풀어낸 다음 밧줄을 다시 둘레돌 너머로 던진다. 밧줄은 물속으로 떨어지는 뱀처럼 꿈틀거리며 떨어지다가 이윽고 팽팽하게 당겨진다. 바이엘이 조금 전처럼 다시 분주하게 움직인다. 날이 저문다. 랜슬롯은 아무것도 묻지 않는다. 그런 단순한 일을 하면서 편안하게 긴장이 풀리는 것이 느껴진다. 날이 완전히 어두워지기 시작한다. 랜슬롯은 우물 바닥에서 움직이는 회중전등 불빛을 물끄러미 바라본다. 바이엘이 밧줄을 두 차례 잡아당겨 신호를 보내자, 그는 다시 밧줄을 끌어올린다. 이제 우물 옆에 열두 개의 석유통이 쌓여 있다. 바이엘은 금속제 사다리를 기어올라 우물 밖으로 나온다. 그는 우물 뚜껑돌을 제자리에 덮는 것을 도와달라고 랜슬롯에게 말한다.

내게 지금 필요한 건 세 개뿐이야, 바이엘이 석유통을 가리키며 말한다. 나머지는 트럭에 실어줘. 랜슬롯은 석유통들을 손수레에 싣고 길을 건넌다. 그의 호흡이 차분하다. 그는 석유통들을 트럭에 실으며 중얼거린다, 아직 할 일이 많아. 자전거 옆에 애써 석유통들을 집어넣는다. 거기에는 냉장고도 있고, 꼴불견 초록색 램프도 있고 다리를 공중으로 치커든 테이블도 있고 낡은 가스레인지도 있다. 그는 그 모든 것들 위에 손수레를 얹는다. 아직 할 일이 많다. 랜슬롯은 삐걱 소리를 내지 않으려 조심하면서, 너무 큰 소리를 내지 않으려 애쓰면서 문을 닫는다(사실 그렇게 조심할 필요도 없는 것 같다. 그들 주위에는 거북이들이 우글거리는 운하와 건물의 잔해 말고는 아무것도 없기 때문이다). 그는 집 쪽을 바라본다. 바이엘이 길을 건너 그를 향해 달려오며 소리친다. 차에 타. 집의 창문을 통해 희미한 미광이 보인다. 유리가 펑 하고 터지는 소리가 들린다. 차에 타라니까, 바이엘이 운전석 문을 열면서 소리친다. 랜슬롯은 바이엘 옆자리에 올라탄다. 하지만 그는 타오르기 시작하는 집에서 눈을 뗄 수가 없다. 흥분과 공포와 쾌감이, 어린아이가 느끼는 즐거움이 그를 휩싼다. 난 여덟 살이야. 그의 두 눈이 휘둥그레진다. 바이엘이 시동을 건다. 난 여덟 살이야. 내 앞에는 자갈투성이 비탈 같은 미래가 펼쳐져 있어. 난 이쪽 꼭대기에서 스케이트보드를 타고 내려갈 거야. 바이엘이 클러치를 넣는다. 트럭이 앞으로 달려 나간다. 바이엘이 말한다. 다음번 공중전화 부스가 나오면 일단 멈추자. 기다리고 있을테니 소방서에 전화를 걸어. 플라타너스가 다 타버리는 건 싫으니까. 바이엘은 힐긋 눈길을 던져 랜슬롯의 기색을 살피더니 희미하게 미소를 띠고는 다시 운전에 몰두한다. 트럭은 왼쪽으로 방향을 틀었다가 운하 위의 다리를 건너 그 구역을 벗어난다. 랜슬롯은 좌석에 깊이 몸을 묻는다. 그는 평화 협정에, 삶과 죽음과의 화해에 서명할 준비가 되어 있다. 핏줄 속에서 파닥거리는 화해에 대한 욕망이 그의 얼굴을 빛나게 한다. 그는 소리내어 말한다, 아직 할 일이 많아. 바이엘이 눈썹을 치켜 올린다.

랜슬롯이 미소를 짓는다.

이윽고 그는 혼자 중얼거린다. 아직 그 말을 남 앞에서 말할 용기가 없으므로, 그 말을 한다는 것이 쑥스럽게 여겨지므로, 하지만 자신이 결심한 바를 진정으로 믿기 위해서는 그 말을 입밖에 내야 하므로. 이제부터 내 이름은 폴이야.

누군가를 의식하고 내 마음이 투명해질 때

나는 종종 이런 기묘하고 강렬한 꿈을 꾼다,

미지의 한 여인에 대한 꿈. 내가 사랑하고 나를 사랑하는

그녀는 매번 똑같은 사람도 아니고,

전혀 다른 인물도 아니다, 다만 나를 사랑하고 나를 이해해줄 뿐.

그녀가 나를 이해해주므로, 내 투명한 마음은

오직 그녀만을 위하여, 고민을 벗어던진다

오직 그녀만을 위하여, 내 축축한 이마는 창백해진다,

오직 그녀만이 눈물로써 내 마음과 이마를 식혀줄 수 있으리라.

－폴 베를렌, 〈내 익숙한 꿈 Mon reve familier〉 중에서

당신이 이 책을 집어든 이유가 프랑스 현대 소설에, 그것도 베로

니크 오발데라는 참신한 이름의 작가에 관심이 끌려서라면, 나아가 〈그리고 투명한 내 마음〉이라는 제목에, 그 제목과 더불어 폴 베를렌의 시 한 구절을 떠올렸다면, 무엇을 기대했든 간에 이 책을 다 읽을 즈음에는 기대 이상의 것을 받게 될 것이다. 왜냐하면 이 소설에는 거듭된 설명으로 독자를 과잉 배려하는 작품들에서는 볼 수 없는 섬세한 포석과 절제된 묘사가 자리잡고 있어, 성급하게 책장을 넘기는 책읽기로는 음미하기 어려운 미묘한 울림과 독특한 성찰을 만날 수 있기 때문이다. 해석이나 소화를 요하지 않는 편한 책들 사이에서 낮은 촉수의 등불을 들고 시간을 들여 가만히 삶의 한 부분을 비춰내는 이런 작품이야말로 언어를 통한 내적 진화를 꾀하는 문학의 본령에 더 다가서 있다고 할 만하다. 많은 평론가들과 진지한 독자들이 이 책에 격찬을 보내는 이유가 여기에 있다. 요컨대 당신이 이 책의 독서 전후에 시야가 투명해지는 느낌을 받는다면, 폴 베를렌과 보리스 비앙의 분위기를 떠올린다면 문학만이 줄 수 있는 그 선물을 받을 채비가 된 것이다.

그렇다고 해서 이 작품이 어렵다는 말은 아니다. 문장은 간결하고 표현은 참신하며 스토리 전개는 흥미롭다. 〈에벤느〉의 평자가 지적하고 있는 것처럼 "사랑하던 아내의 죽음을 둘러싼 상황을 밝혀내는 일에 착수한 주인공의 의혹과 슬픔이 뒤섞인 시선을 통해 베로니크 오발데는 우리를 사실 그 자체가 아니라 '사실의 흔적'으로 데려간다. 그리하여 독자는 미궁 소설의 매혹적인 동시에 폭력적인 우주 속에 발을 들여놓게 되는 것이다." 이 작품을 팜 파탈에 관한 이야기로 읽든, 그 여자에 대한 사랑에 삶을 송두리째 저당 잡힌 한 남자의 기록으로 읽든, 하나씩 나타나는 사실에 경악하며 최후의 진실을 찾아나가는 스릴러로 보든, 사랑과 그로 인한 여러 가지 감정들이 어떻게 인간을 변화시키는지 보여주는 심리 소설로 읽든 그것은 독자의 몫이다. 걸작의 한 요소이기도 한 작중인물의 자유로운 행보를 따라가다가 군데군데 만나는 작가의 의도를 포착할 수 있으면 충분하다.

우선 작품 전체를 관통하는 몽환적, 동화적, 마술적, 환상적 분위기에 주목할 필요가 있다. 작품의 배경이 되는 추운 카타노와 따뜻한 카메론은 둘 다 가상공간이다. 그곳의 눈 언덕과 녹나무, 플라타너스 들은 충분한 실재감은 갖고 있으면서도 현실의 그것들과는 조금 다른 아우라를 내뿜고, 주인공이 눈보라를 뚫고 들르는 초록빛 어항이 있는 카페도 그런 초현실적인 분위기에 일조한다. 이상한 나라의 앨리스를 만나게 될 것만 같다. 주인공이 앉은 차고는 평범한 콘크리트 구조물 이상이고, 집안으로 들어가기 위해 오르는 계단은 언제라도 허방이 되어 환상의 세계로 연결된다. 랜슬롯이 이리나를 만나는 계기가 되는 '완벽한 하이힐' 한 짝은 신데렐라의 유리구두를 연상시키고, 노구치 테이블과 페리앙 책꽂이는 충분한 실재감을 지니면서도 주인공과 함께 은밀한 차원으로 곤두박질친다. 서랍장이 사라지고 우산대가 종적을 감추는 일이 이 작품에서는 이상하지 않다. 하지만, 〈아방포르트레〉의 평자가 지적하듯 '여자 브라우티건'(〈미국에서의 송어낚시〉와 〈워터멜론 슈가〉

275

를 기억하는가. 그러니까 이 소설은 아는 만큼 보이는 몇 개의 층위를 지닌 소설로서, 성의 있는 책읽기로 그 모두를 음미할 수 있다)이라고 불리는 저자가 구사하는 이런 환상적 리얼리즘은 남미 문학에서 만나는 그것과는 다르다. 주인공의 심리와 긴밀히 연동하면서, "앙투안 볼로딘이나 장필립 투생 같은, 프랑스 소설의 일반적인 경향에서 의도적으로 거리를 둔 몇몇 작가들의 맥을 잇게 되는 것이다."(〈트랑스퀴즈〉)

이 작품의 또다른 특징은 의식화된 명명으로, 여기서 '이름'은 상당히 시사적인 의미를 띤다. 주인공의 이름 랜슬롯은 아서 왕의 충직한 기사로 왕비 기네비어와 사랑에 빠지는 바로 그 랜슬롯이다. 여주인공 이리나는 처음 만남에서 그 이름을 듣고 웃음을 터뜨리며 이렇게 말한다. "이제부터 나는 당신을 폴이라고 부르겠어요." 그렇게 랜슬롯은 폴이 된다. 어떻게 보면 그 이전의 삶에서 만났던 이름들은 첫 아내의 이름 엘리자베스처럼 평범한 반면, 그 이후 등장하는 이름들은, 파코 피카소, 트랄랄라, 마리 마리, 토로로, 미니막스처럼 독특하다. 이런 관점에서 보자면 이 작품은 주인공이 랜슬롯에서 폴이 되어가는 과정을 담은 것이라고도 할 수 있다. 작품의 마지막에 이르러 주인공 자신은 스스로의 새 이름을 의식하고 이렇게 중얼거린다. "이제부터 내 이름은 폴이야."

추리적 형식을 취하고 있는 이 작품을 읽어나가며 주인공과 독자가 함께 밝혀내는 것은 이중적 삶을 살았던 여자 '이리나'의 실체이자 남녀간의 사랑의 본모습이다. 이리나와의 만남이 랜슬롯에게 자신의 삶을 송두리째 바꾸는 당위가 되기에 충분했다면, 이리나에게는 쾌락의 절정에서도 손톱 주위의 굳은살을 뜯어낼 수 있는 딱 그만큼의 어떤 것이다. 구체적인 묘사를 절제할 뿐 포르노그라피를 연상시키는 사랑의 장면을 비추는 거울은 그런 어이없는 여자의 동작을 이 넘나간 남자에게 보여준다. 오오, 그러니 도대체 사랑이란 무엇인가. 끝내 그 어이없는 사랑을 포기하지 않는 주인공에게 우리는 설득당하지는 않지만 감동한다. 대구요리와 닭가슴살을 넣은 카레 레시피 사이에다 네이팜 탄의 제조법을 꼼꼼이 적어놓은 이리나보다, 멸종 위기의 동물 앞에서는 한없이 여려지지만 대의를 위해서는 눈도 깜짝하지 않고 저택을 폭파하는 이리나보다 더 지독한 내적 과격함은 바로 그 랜슬롯의 사랑에 있는 것이 아니겠는가.

우리나라에 처음 소개되는 베로니크 오발데는 1972년 프랑스에서 태어나 2000년부터 작품 활동을 시작해 현재 프랑스 현대 문학에서 가장 독창적인 목소리를 내는 작가 중의 하나로 꼽힌다. 실제로 '포스트 에그조티즘'의 대가로 불리는 앙투안 볼로틴과 장필립 투생의 계보를 잇는, 기존의 문학적 성향과 의도적으로 거리를 둔다는 평가를 받고 있다. 출판사 제작부에서 오랫동안 일했고 두 아이의 어머니이기도 한 저자는 프랑스 문학은 물론 포크너나 헤밍웨이를 비롯한 미국 문학, 나아가 일본 문학과 포르투갈 문학에 이르기까지 엄청난 독서량을 자랑한다. 그러한 내공과 성실성을 바탕으로 그녀는 자신만의 독특한 문학적 공간을 구축해나가고 있다. 작품으로 〈물고기의 잠 Le Sommeil des poissons〉(2000년), 〈반짝이는 모든 것 Toutes choses scintillants〉(2002년), 〈대부분의 남자들이 날 좋아해〉(2003년), 〈동물 쫓아내기〉(2005년), 〈베라 캉디다에 대해 내가 아는 모든 것 Ce que je sais de Vera Candida〉(2009년)이 있다. 2006년 공쿠르 지원금을 받아 일레스트레이터 조엘 졸리베와 함께 〈땅꼬마 제빌린〉을 펴냈고, 2008년 펴낸 이 작품 〈그리고 투명한 내 마음〉으로 프랑스 퀼튀르-텔레라마 상을 받았다.

2011. 2. 김남주

그리고 투명한 내 마음

첫판 1쇄 펴낸날 2011년 3월 8일

지은이 ┃ 베로니크 오발데
옮긴이 ┃ 김남주
펴낸이 ┃ 박남희
기획·편집 ┃ 박남주
마케팅 ┃ 김영신
디자인 ┃ Studio Bemine
종이 공급 ┃ 화인페이퍼
인쇄 ┃ 청아문화사
제본 ┃ 정민제본

펴낸곳 ┃ (주)뮤진트리
출판등록 ┃ 2007년 11월 28일 제318-2007-000130호
주소 ┃ 서울시 영등포구 양평동 2가 37-2 양평빌딩 301호
전화 ┃ (02)2676-7117 팩스 ┃ (02)2676-5261
E-mail ┃ geist6@hanmail.net

ISBN 978-89-94015-21-7 03860

* 잘못된 책은 교환해드립니다.